KB235437

김 한 식
평 론 집

서정시의 운명

서정시의 운명

김 한 식

도서출판 역락

오래된 담수호, 서정시의 운명

또 한 권의 책을 낸다. 여전히 부족함을 느낀다. 타자에 대한 부끄러움도 있지만 자신에 대한 불만이 더 크다. 이후로 더 나은 사고를 하고 더 재미있는 글을 쓰기 위해 지난 흔적을 기억 저쪽으로 보내는 일, 이번 책의 출간에 대해서도 이렇게 변명한다. 남의 글을 읽고 평가하는 일은 언제나 쉽지 않다. 그래서 글을 쓰기도 그것을 다시 책으로 묶기도 어려운 것인지 모른다. 앞으로도 부족함을 느끼며 살겠지만 문학 선생으로서 해야 할 일들을 성실히 수행하고 싶다.

서정시는 우리 시대 주류 문학 양식은 아니다. 그렇다고 시대적 쓸모가 다하여 곧 사라져버릴 허약하고 기반 없는 양식은 더욱 아니다. 현재의 서정시가 어떤 모습으로 존재하는지 또 앞으로의 서정시는 어떻게 변화할 것인지에 관심을 가지고 글을 써왔다. 그렇게 쓴 글들을 모아 '서정시의 운명'이라는 이름을 붙여 보았다. 특별히 정답이 있을 수 없는 질문이지만 서정시에 대한 나의 생각들을 모았다는 데 의미를 둔다.

각각은 그때그때의 사정에 의해 일관된 맥락 없이 쓴 글들이다. 그런 글들을 모은 것이고 보니 책이 일관된 체계를 갖추었다고 말할 수는 없다. 하지만 다행스럽게 내 현재 생각에서 크게 어긋나 보이는 글은 없었다. 시인을 평가하고 시를 해석하는 데 문제가 있다면 그것은 과거의 책임이 아니라 현재의 내 모습에 문제가 있는 것이라 생각한다. 글을 쓴 순서에 상관없이 시인론, 월평, 시집평 그리고 시평의 순서로 엮었다.

현재 우리가 접할 수 있는 시들 중 서정시의 비율은 압도적으로 높다. 그러나 예전의 서정시와 비교하여 본질적으로 달라진 면모를 보인다고 말하기는 어렵다. 오래 전부터 물고기가 놀았던 서정시라는 담수호에 여전히 물고기는 뛰놀고 있지만, 앞으로도 고인 물 속에서 알을 잘 낳고, 알은 또 잘 성장하여 월척으로 자랄 수 있을지, 가늠하기 어렵다. 비가 크게 내려 새로운 못이 생기면 보다 힘찬 물고기를 볼 수 있을까. 그것 역시 누구도 쉽게 말하기 어려운 일이다.

차 례

김 한 식
평 론 집

서정시의 운명

I.

기억, 무의식 또는 네거티브 필름

− 김참의 시

1.

공들여 이끌어낸 개념 정의가 막연한 인상 정도의 만족도 주지 못하는 경우가 있다. 문학에 사용되는 개념들 역시 쉽게 정의 내리기 어려운 것들이 많다. 나는 아직도 은유, 환유, 제유, 대유를 엄격히 구분하지 못한다. 사전적 의미로 억지로 구분하자면 그리 어려운 일은 아니지만 실제 시를 읽고 평가하면서는 정확하게 용어를 사용하고 있다는 확신을 갖지 못하는 때가 많다. 그래서 막연히 비유 또는 은유라는 총칭을 사용하기도 한다. 개념에 대한 정의를 절대적으로 받아들이기보다는 용례나 어원을 확인하는 일이 시 읽기에 실제로 더 큰 도움이 된다는 생각이 들 때도 있다.

현대시를 이야기할 때 가장 많이 사용하는 단어인 이미지 역시 정의 내리기 어려운 개념임에 틀림이 없다. 감각과 관계된 모든 사물과 정서가 이미지일 수도 있지만 정선된 공감 영역만을 이미지로 인정하기도 한다. 일상에서 흔히 사용하는 '이미지'는 세 가지 정도로 정의되는 것 같다.[1] 첫째, 모든 지각적 인상을 포괄하는 감각적 표현으로 사용되는 경우이다. 있는 그대로의 대상에 주관적, 직관적 인상이 가미되면 그것은 모두 이미지가 된다. 둘째 이미지가 단순히 감각적 표현에 국한되지 않고 보다 추상적인 관념의 표현으로까지 확장되는 경우이다. 이 경우 이미지는 모든 인간의 지적 활동을 포괄하는 것이 된다. 셋째, 이미지라는 용어를 앞서 말한 지각이나 개념과는 대립되는 제한된 경우로 사용하는 경우이다. 이 경우 이미지는 기억에 의해 직관을 고정시켜 놓은 표현, 상상력에 의해 그것을 변형시키는 표현들을 일컫는 말이 된다.

이미지에 대한 정의가 감각적 차원에서 관념적 차원으로 다시 그것과 대비되는 기억의 차원으로 다양하게 해석되는 셈이다. 이미지는 현존하는 현실과의 정서적 접촉인 지각만도 아니며 경험적 요소 전체를 추상적으로 집약시킨 개념은 더욱 아니다. 혹은 달리 말한다면 순수한 지각과 지각된 사물에 대한 개념의 중간에 위치해 있다고 할 수 있다. 반대로 감각도 개념도 아닌 상상력일 수도 있다. 이미지는 하나의 학문적, 의미론적, 해석적, 인식론적 고정 틀을 가지고 있는 것이 아니라 그 모든 것을 연결해주는 구체적 직물로 존재하며, 그 구체성에 바로 이미지 존재의 핵심적 의미가 있고, 그 구체성이 바로 이미지의 편재성을 낳게 되는 것이다.[2]

여기서 장황하게 이미지에 대한 글을 인용한 이유가 이미지를 정

---

1) 사실 이미지란 말은 문학 외의 분야에서 더 자주 사용된다. 따라서 이미지를 굳이 문학만의 용어라고 볼 수는 없다. 우리가 지각하는 매일 매일의 일상이 이미지와 서사로 채워져 있다고 말해도 전혀 지나친 말이 아닐 것이다. 시는 고급스럽기는 하지만 이미지 자체를 전달하는 데 직접적이고 효율적인 형식은 아니다.
2) 이상 이미지에 대한 정리는 유평근과 진형준의 『이미지』(살림, 2001)를 참고하였다. 여기서 정리한 내용은 굳이 두 사람의 고유한 생각이라기보다 이미지에 대한 보편적이고 상식적인 정리라 생각한다.

의 내리기 위한 것은 물론 아니다. 다만 우리는 김참 시를 읽기 위해 이미지에 대한 환기를 필요로 했을 뿐이다. 김참의 시는 그림처럼 혹은 흑백 필름처럼 펼쳐지는 시의 이미지를 독특하게 사용하고 있으며 그것을 읽는 것이 김참 시에 접근하는 유용한 방법이라는 것이 필자의 생각이다. 김참 시의 이미지에는 단순히 직관이나 감각을 넘어서는 무엇이 있다. 앞의 정의 안에서 선택한다면 '기억에 의해 직관을 고정시켜 놓은 표현, 상상력에 의해 그것을 변형시키는 표현들을 일컫는' 그 무엇에 속하는 것이다. 그의 시가 많은 경우 환상 혹은 백일몽을 떠올리게 하고 기억에 의지하고 있으며, 사물에 대한 직관보다는 색이나 명암을 통한 강한 인상을 지향하고 있음을 통해 이를 확인할 수 있다.

현재 보이는 구체적인 사물 각각에서 독립된 시의 이미지를 만들어 내기보다 사물에 대한 인상의 전달을 통해 하나의 환상 공간을 만들어내고 그 공간을 하나의 이미지로 생산해 내는 것이 김참 시의 중요한 특징이다. 따라서 그의 시에서 이미지를 읽어내기 위해서는 눈앞에 펼쳐지는 풍경을 따라가는 것 보다는 언젠가 우리 안에 있었던 강렬한 기억의 순간적인 번쩍임을 되살려 보는 것이 중요하다.

물론 이런 시 쓰기가 김참 만의 고유한 방법이라거나 그가 이런 시 쓰기 방식의 정상에 있다고 주장할 생각은 없다. 겸손하게 말해 90년대 이후 우리 시의 한 경향을 보여준다는 정도의 평가가 적절할 것이다. 이런 시들은 또 행을 나누어 쓰지 않은 줄글 형식을 지향한다. 시인의 메시지가 자연스럽게 이어지기를 희망하기 때문에 시 안에서 굳이 단락을 나누지 않는 것이다. 김참의 경우 줄글로 시 쓰기는 시간과 공간을 초월하려는 욕망의 표현이기도 한다.

이제 그 내용을 구체적으로 살펴보자.

2.

앞서 잠시 설명한 그의 시 경향을 확인하기 위해서 첫 시집의 표
제작 「시간이 멈추자」를 꼼꼼히 읽어볼 필요가 있다. 이 시는 형식이
나 내용 모두에서 이후 김참 시의 방향을 짐작하게 해준다고 생각하
기 때문이다.

　　　시간이 멈추자 나는 날았다. 건물들은 허물어지고 길들은 지워졌다.
　　시간이 멈추자 공중에 비탈길이 생겼다. 나는 그 길을 따라 시간의 반
　　대편으로 걸어 들어갔다. 시간의 반대편에는 달이 있었고 별이 있었고
　　둥근 기둥이 있었다. 두 마리 새가 기둥 위에 앉아 있었다. 기둥 밑에
　　는 장작이 타고 있었다. 검은 치마를 입은 처녀들이 기둥을 향해 걸어
　　왔다. 그녀들의 얼굴에는 눈이 없었다. 코도 없고 입도 없었다. 그녀들
　　은 기둥을 지나 나무 밑을 걸어갔다. 사람들의 머리통이 주렁주렁 매
　　달려 붉은 열매로 익어가고 있는 나무 밑을 지나갔다. 나는 나무 뒤에
　　서 휘파람을 불었다. 어디선가 두 마리 개가 달려왔다. 여자들이 기둥
　　을 향해 재빨리 달렸다. 시간의 반대편에는 달이 있었고 별이 있었고
　　두 마리 새가 기둥 위에 앉아 있었다.

─「시간이 멈추자」 전문

위 시를 서사로 간단히 풀어보면 다음과 같이 정리된다. 우리를
현실 공간에 묶어 두고 시시 때때로 삶을 제약하는 '시간'이라는 괴
물을 벗어나서(는 여기서는 시간이 멈추자) 시의 화자는 자유로워진다.
정신은 자유롭게 날 수 있게 되었으며 반대편에 존재하는 달과 별과
두 마리 새를 볼 수도 있게 되었다. 알 수 없는 형상을 한 사람들을
보고 그들이 살고 있는 기둥과 나무를 보기도 한다. 이 모든 일들은
시간이 멈추었기에 가능하다고 화자는 말한다. 시간이 멈춘 곳에 새

로운 공간이 펼쳐지는 셈이다. 여기서 시간의 반대편이란 현재의 '내'가 존재하는 곳이 아닌 다른 어떤 곳을 가리킨다.

그런데 우리는 여기서 간단한 의문을 갖게 된다. 이는 시인이 말하는 공간이 과연 어디인지, 그런 곳이 과연 존재하기는 하는지와 관련된 것이다. 현실에서 흐르는 시간을 멈추는 일은 사실 불가능하다. 시를 읽으면서도 시간은 흐르고 시의 문장과 문장은 어쨌든 시간으로 이어지고 있다. 그렇기 때문에 시인은 흐르지 않는 시간을 현실 밖에서 찾을 수밖에 없다. 시인이 발견한 흐르지 않는 시간이 존재하는 곳은 기억의 공간이다. 상상력, 그것도 미래가 아닌 과거를 향한 상상력만이 시간에서 자유로울 수 있기 때문이다. 그러나 기억도 나름의 질서를 가지고 있는 경우가 많다. 따라서 시간에서 자유로운 기억은 의식이 아닌 무의식 안에 존재해야 한다. 백일몽처럼 잠시 비추었다 사라지는 꿈, 정리되지 않는 무의식의 편린들이 동시에 영상처럼 번쩍거리는 꿈, 그런 곳에서만이 진정한 시간의 파괴가 가능하다. 시인 역시 시간 파괴가 가능한 영역을 알고 있다. 화자가 보고 있는 '공중에 생긴 비탈길', '기둥 밑에서 타고 있는 장작', '열매로 익어가는 머리통', '코도 없고 입도 없는 얼굴' 들은 모두 백일몽으로 스치고 지나간 인상에 지나지 않는다. 메시지 자체가 명확하지 않은, 그리고 시간을 따라 흐르지 않는 '이미지'들인 셈이다.

위 시에 동원된 시어들의 질서를 살피면 서술어들이 모두 과거형으로 쓰여졌다는 점이 우선 눈에 띈다. 많은 시들이 선명한 이미지를 만들어내기 위해 현재형 서술에 기대는 것과 비교하면 이채로운 일이다. 대부분의 이미지가 시각적 연상에 기대고 있기에 장면의 현재성을 어느 정도 확보할 수 있는 현재 시제에 기대는 일은 현대시에서 보편화 되어 있다 할 수 있다. 이에 비해 과거형의 서술은 이미지보다는 서사의 전달에 어울리는 것으로 여겨져 왔다. 그러나 이 시에서 사용된 과거시제는 기억의 과거성을 나타냄과 동시에 흐르지 않는 시간을 효과적으로 나타내고 있다.

형식적으로도 과거형의 서술어들은 반복을 통한 리듬의 유지에 기여하고 있다. 단문과 단문의 반복에 가까운 중문의 연속으로 속도감을 높여 준다. 모두 16개의 문장으로 되어 있는데 의미상으로 나누면 다음과 같은 분절이 가능하다.

1. 날았다. 지워졌다. 생겼다.
2. 걸어 들어갔다. 있었다. 앉아 있었다. 타고 있었다.
3. 걸어왔다. 없었다. 없었다.
4. 걸어갔다. 지나갔다.
5. 불었다. 달려왔다. 달렸다. 앉아 있었다.

서술어만을 나열해본 결과 각 분절이 반복을 기본으로 하고 있음을 확인할 수 있다. 1에서 '지워졌다'에 이어지는 '생겼다'가 주는 속도감을 시작으로 2에서는 '있었다'를 반복하여 사용하고 있으며 3에서는 '없었다'가 반복된다. '눈이 없었다'에서 '코도 없고 입도 없었다'로 이어져 단순한 반복 이상의 점층 효과를 낸다. 5에서는 '달리다'는 동사가 반복된다. 각 분절 내의 비교 뿐 아니라 분절과 분절 사이를 비교해도 반복의 효과를 확인할 수 있다. '갔다'와 이어지는 '걸어 들어갔다'와 '걸어갔다'가 2와 4에 쓰였고, 3과 5에 쓰인 '걸어왔다'와 '달려왔다'는 '왔다'와 이어진다. 시 전체가 '가다'와 '오다'의 대비 반복인 셈이다.

그렇다면 시인이 왜 이런 방법을 사용했는지 그것이 어떤 효과를 거두고 있는지를 묻지 않을 수 없다. 시인은 대비와 반복을 통해 사물을 보는 행위에 동시성을 담보하고자 했던 것으로 보인다. 시간을 멈추고 멈춘 시간 안에서 희미하지만 존재하는 어떤 이미지를 발견하고 싶어 한 것이다. 그 이미지는 선후 없이 동시에 펼쳐지는 기억 속의 장면들이다. 이 기억을 드러내는 방법은 강렬한 빛 속에 알 수 없는 형체의 부각을 통해서이다. 이렇게 해서 기억은 순서도 없고 질서도 없는 것처럼 표현된다.

이미지의 이러한 사용은 김참 시의 특징을 이룬다 할 수 있다. 따라서 "시간이 멈추자 나는 날았다"라는 문장, 그리고 거기에 사용된 수사들은 이후 김참 시를 살펴보는 키워드가 될 수 있다. 땅에 발을 디디지 않고 허공에서 바라본 혹은 상상을 통해 허공을 바라본 기록들로 그의 시를 읽을 수 있는 것이다.

살펴볼 다섯 편의 신작시들 중 다음은 동시성을 만들어내는 간단한 형식을 확인할 수 있는 작품이다.

> 자전거를 타고 들판을 지나가는데 비가 왔다 파랑새 한 마리 나무 위를 날아가는데 비가 왔다 뒷동산 진달래 꽃잎 위에도 비가 왔다 모래밭에 묻힌 놋그릇을 적시며 비가 왔다 하얀 꽃 핀 들판에도 비가 왔다 검은 꽃나무 가지를 적시며 비가 왔다 길가의 석류나무 잎새 위에도 비가 왔다 종일 일하다 지친 사람들 다리를 건너 집으로 걸음을 옮길 때 비가 왔다 옥상의 환풍기가 돌아가기 시작하는데 비가 왔다 삼층 집 지붕 위 검은 장독 뚜껑을 적시며 비가 왔다
>
> — 「비」 전문

과거형 '왔다'의 반복이 시의 질서를 확보해 준다. 「비」는 비 오는 날의 인상을 그린 시로 비가 오는 모습은 후렴처럼 시의 리듬을 만드는 것이다. 같은 말의 반복으로 흥얼거림을 유발하는 반면, 줄글임에도 불구하고 서사가 두드러지게 느껴지지는 않는다. 연을 나누지 않고 반복하여 속도감을 느끼게도 한다.

전반적인 이미지는 시각에 의지하고 있다. 대상은 비를 맞고 있는

사물들과 빗속에서 움직이고 있는 사물들로 크게 나눌 수 있다. 비 오는 풍경과 그 속에 있는 사물들이 주는 인상이 곧 시의 인상과 직결된다고 할 수 있다. 비가 떨어지는 곳은 '진달래 꽃잎', '모래밭에 묻힌 놋그릇', '하얀 꽃 핀 들판', '석류나무 잎새' 등이다. 사물들이 풍경이 인과적으로 연결된다는 인상보다는 독립된 하나하나가 나열되고 있다는 인상을 주어 통일된 이미지 구축이라는 지향을 강하게 드러내지는 않는다.

3.

「비」는 고요히 가라앉은 분위기에 가지런히 정리된 느낌을 주는 시이지만 김참의 다른 시들과 비교하여 입체감과 역동성은 떨어지는 작품이다. 입체감 혹은 강렬한 인상을 남기기 위해 시인이 선택한 방법은 색채의 강조이다. '파랑새', '진달래 꽃잎', '하얀 꽃 핀 들판', '석류나무' 등은 흑백 필름에서 부각되는 채도 높은 원색과 같은 효과를 거두고 있다.

푸른 지붕에 많은 사람들이 있다 하얀 모자 쓴 사람이 턱을 괴고 앉아 마당에 서 있는 플라타너스를 바라본다 회색 잠바 입은 사람이 휘파람을 불며 플라타너스 가지에 앉아 지저귀는 참새들을 바라본다 검은 치마를 입은 여자가 기왓장을 밟고 지붕 위를 뛰어 다니며 플라타너스 뒤에 있는 이층집 양철 지붕을 바라본다 푸른 바이올린을 든 청년이 느리고 우울한 음악을 연주하며 이층집 양철 지붕에 앉아 있는 많은 사람들을 바라본다 검은 구두를 신은 여자가 회색 지붕에 앉아 푸른 지붕에 앉아 있는 사람들을 바라보는 사람들을 쳐다보며 고

개를 갸웃거린다

　의미상으로 시를 나누면 플라타너스를 바라본다, 참새들을 바라본다, 지붕을 바라본다, 사람들을 바라본다, 고개를 갸웃거린다로 구분할 수 있다. 서사를 구성해보면 푸른 지붕에 있는 사람들, 이층집 양철 지붕에 앉아 있는 사람들, 회색 지붕에 앉아 있는 사람 이렇게 사람들이 모여 있고 그들은 서로를 관찰한다는 내용이 된다. 푸른 지붕에 있는 사람들이 중심이기는 하지만 사람들의 현재 위치를 혼돈하게 하여 다루어지고 있는 사람들이 실제 구체적인 사람들이 아님을 암시한다. 사실 그들은 시인의 기억 속에 남아 있는 사람들이다. 이 시는 푸른 지붕에 앉아 있는 사람들에 대한 꿈같은 인상을 보여주는 작품이라고 할 수 있다. 이 시에서 사람들은 구체적으로 존재하는 모습이 아니라 빛으로만 존재하는 인물들이다.

　「푸른 지붕」에서도 색채는 시에서 중요한 역할을 한다. 아니 이 시의 경우 절대적 역할을 한다고 말할 수 있는데, 색은 사람들을 구분해 주는 유일한 장치라 해도 과언이 아니다. 직접 색을 나타내는 단어가 쓰인 시어들은 푸른 지붕, 하얀 모자, 회색 잠바, 검은 치마, 푸른 바이올린, 검은 구두, 회색 지붕, 푸른 지붕 등이다. 그 중 제목에도 쓰인 '푸른' 색이 시 이미지의 핵심에 놓인다. 하지만 그 푸른색은 자연에서 일상적으로 발견할 수 있는 그런 색은 아니다. 무채색들(흰색, 회색, 검은색) 사이에 묻힌 푸른색은 밝은 느낌을 넘어 형광처럼 빛나고 그 빛남은 흰색과 이어지든가 검은색으로 연결된다. 흑백 필름에 채도가 강한 한 가지 색만이 도드라지는, 한 가지 색을 드러내기 위해 주변의 색들을 무채색으로 변화시키는 방법이 이 시에서 사용되고 있는 것이다. 영화나 광고에서 흔히 볼 수 있는 영상 처리

방법을 떠올리게 된다(이 기법은 영화나 광고에서도 평범한 서사를 다룰 때 사용하는 방법은 아니다).

색채에 대한 시인의 특별한 감각은 다른 시에서도 확인할 수 있다.

붉은 지붕 위에 티티새가 누워 있다 공중에서 떨어지는 빗방울이 티티새가 누워 있는 붉은 지붕을 적신다 건너편 마을 외딴 이층집 유리창에 불이 들어오고 이층집 언덕 뒤에서 붉은 달이 떠오른다

− 「티티새가 누워 있는 밤」 부분

달빛 노랗게 쏟아지는 내 방 유리창엔 검은 치마 검은 구두 검은 눈동자의 여자가 거꾸로 매달려 있고 달빛 노랗게 쏟아지는 검은 길 옆 검은 자동차엔 검은 안경 검은 티셔츠 검은 입술의 여자가 앉아 있고

− 「우리들의 낙원」 부분

검은 개들이 뛰어나왔고 석탄을 실은 기차가 지나갔고 아파트가 덜컹거렸다 건너편 아파트 안테나에는 까마귀들이 앉아 있었고 검은 자동차들은 달렸다 검은 양복 입은 남자들 가방들 들고 어두운 건물 안으로 사라지자 검은 생머리의 여자 해바라기 화분을 들고 어두운 건물을 빠져나왔다

− 「검은 구름 몰려다니는 오후」 부분

사물을 객관적인 윤곽으로 보지 않고 색으로 보는 시인의 특징은 이전의 시들에서도 자주 발견할 수 있다. 시인에게 사물은 인상으로 다가오며, 그 인상은 색으로 대표되는 것이다. 마치 세상이 몇 가지의 색으로만 구성되어 있는 것처럼 시인은 색들을 통해 사물을 본다. 「티티새가 누워 있는 밤」은 붉은 지붕, 붉은 달을 통해 밤의 색을 온통 붉은 것으로 처리하고 있는 시이다. 「우리들의 낙원」은 노란 달빛 아래 검은 옷을 입고 검은 액세서리를 한 여자가 놓여 있는 풍경이

다. 세 번째 시 「검은 구름 몰려다니는 오후」도 검은 개들과 검은 석
탄, 그리고 검은 양복의 남자들이 길거리를 돌아다니는 오후를 그린
것이다.

　세 편이 유사한 표현 방법을 사용하고 있기는 하지만 색이 갖는
질에 있어서는 각각 다르다. 붉은 지붕에 떨어지는 빗물과 붉은 달이
첫 번째 시의 인상을 만들어낸다면 두 번째 시는 「푸른 지붕」과 유
사하게 검은 배경에 노란 달빛이 뿌려지는 몽환적인 느낌을 만들어
낸다. 세 번째 시 「검은 구름 몰려다니는 오후」는 시종 검은 색으로
일관하고 있다. 이렇게 다른 방법을 사용하는 듯하면서도 시가 주는
효과는 크게 다르지 않다. 단일한 색상 혹은 무채색에 압도당한 보이
는 세상은 사실 현재나 미래가 아닌 과거이고 과거도 실제의 재생이
아니라 인상의 재생이다. 카메라의 플래시가 터지는 짧은 순간에 떠
올랐다 사라지는 잠깐의 기억은 서사로 정리되지 않는 인상이다. 김
참 시에서 사용되는 색의 비밀이 여기에 있다 할 것이다.

　　아파트 옆으로 가면 쓴 사람들이 지나간다 대통령은 장관 손을 잡
고 장관은 경찰청장 손을 잡고 경찰청장은 범죄조직 두목 손을 잡고
걸어간다 나는 아파트 옥상에서 소주를 마시며 지나가는 가장행렬을
바라본다 범죄조직 두목은 검은 양복 입은 조직원 손을 잡고 조직원
은 돈가방을 든 사채업자 손을 잡고 사채업자는 건달 손을 잡고 건달
은 야바위꾼 손을 잡고 야바위꾼은 술 취한 남자 손을 잡고 걸어간다
도시를 가르며 뻗어있는 길을 따라 가면 쓴 사람들이 지나간다 의자
에 앉아 졸고 있는 검은 썬그라스의 여자가 길 옆을 지나가는 가장 행
렬을 바라본다 술 취한 남자가 여자의 뺨을 후려친다 여자는 비명을
지르며 아스팔트에 쓰러진다 나는 가면을 쓴 사람들이 지나가는 아스
팔트를 향해 빈 소주병을 집어던진다

— 「가장행렬」 전문

위 시에서 연쇄는 이렇게 이루어진다. 대통령, 장관, 경찰서장, 범죄조직 두목, 조직원, 사채업자, 건달, 야바위꾼, 술취한 남자, 술취한 여자 순서이다. 그런데 이런 순서가 무슨 상관이란 말인가? 이 시에서는 사람들 사이의 차별은 존재하지 않는다. 가장 행렬을 바라보는 여자조차 나에게는 관찰의 대상인 한에서 별반 다를 것이 없다. 이들은 앞서 「시간이 멈추자」에서 보았던 눈도 없고 코도 없고 귀도 없는 사람의 얼굴을 하고 있을 뿐이다.

「푸른 지붕」과 비교할 때 서사가 비교적 강한 반면 이미지는 약한 편이다. 이런 인상은 화자의 시선이 현실적인 느낌을 준 데서 비롯된다. 인간들의 머리에 씌어진 하나의 가면도 환상일 수 있다. 그러나 그것이 연쇄를 통해 하나의 분명한 의미(또는 교훈)를 얻을 때 시의 효과가 오히려 반감되고 있음은 알 수 있다. 실제로는 다양한 가면을 쓴 사람들이 지나가는 것이 아니라 보통 사람의 얼굴 가면을 쓴 다양한 사람들이 지나간다는 의미가 될 것이다. 다른 각도에서 보면 이는 여러 사람의 얼굴 위로 화자에 의해 가면이 씌어지고, 그것이 상상과도 같이 펼쳐지는 상황이라고 볼 수 있다.

> 누군가 숲으로 들어 갔나보다 숲의 연둣빛 나뭇잎을 헤치며 산새들이 솟구쳐 오른다 나는 창문을 열고 새들이 날아다니는 푸른 하늘을 본다 누군가 죽은 나방을 노래하나보다 죽은 나방들이 천장에서 우수수 떨어져 내린다 방바닥에 회색과 검은 색의 나방들이 낙엽처럼 뒹군다 누군가 죽었나 보나 우두꺼니 서 있는 가로수 옆을 지나 장의차 한 대 골목을 돌아나간다

— 「노래」 전문

이 시 역시 사고의 연쇄를 보여준다는 점에서 앞의 시와 유사한 면이 있다. 대상을 보고 느낀 생각이 사물을 발견하면서 또 다른 생

각을 낳는 방식으로 이어지고 있다. 산새들이 숲에서 솟구치니 하늘을 보게 되고, 죽은 나방들을 보니 검은 색을 생각하게 되고 이어 장의차 한 대를 보게 된다. 그런데 이 사물들이 만들어낸 생각은 사물을 보는 행위보다 앞서서 쓰인다. '누가 숲으로 들어갔나보다', '누군가 죽은 나방을 노래하나보다', '누군가 죽었나보다'는 생각은 모두 새, 나방, 장의차 보다 앞설 수 없는 것들이다. 그러니 여기서 시인이 내세우는 것은 사물보다 시인의 생각이라 할 수 있다. 푸른 하늘과 죽은 나방의 대비 역시 그의 시에서는 자연스러워 보인다. 푸른색과 대비되는 회색과 검은 색이 장의차와 함께 사라짐을 상징적으로 보여준다.

4.

이 글의 목적은 김참의 신작 다섯 편을 자세히 읽어보는 것이었다. 그러나 결과적으로는 김참 시의 성격 전반을 다룬 꼴이 되고 말았다. 신작 몇 편을 자세히 읽는 것보다 김참의 이전 시들과 비교해서 살펴보는 일이 신작시를 이해하는 데도 도움이 된다고 생각했기 때문이다. 특히 시인의 시 경향이 젊은 시인들의 특성을 대표하고 있다는 생각이 들었고, 이러한 특성은 이제 전통적인 서정시와 분명히 대비를 이룰 만큼 중요한 흐름을 형성하고 있다고 생각했다. 그의 전체 시를 살펴보고 싶은 욕망이 여기에서 비롯되었지 싶다.

글을 마치면서 다시 첫 번째 시집으로 돌아가야 할 것 같다. 다음 시는 현실과 시의 문이 지워지고 열리고 하는 과정을 그리고 있다.

    ······어지럽게 이어진 길을 따라 걸으며 하얀 집에서 새어나오는 가늘고 맑은 노래를 듣는다 하얀 집 지붕 위에서 흰 옷 입은 여자 느리고 느리게 피아노를 친다 공중에는 검은 옷의 여자들이 새처럼 가볍게 날아다닌다 하얀 집 지붕 위에서 해골들이 굴러 떨어진다 아이들이 하얀 문을 열고 집 밖으로 우르르 몰려나온다 누군가 내 발목을 잡고 힘껏 잡아당기기 시작한다 문 밖으로 끌려나온다 모든 문들은 지워진다 꿈의 문이 닫힌다

– 「수많은 문들의 도시」 부분

    앞에서 자세히 살펴보았지만 색, 특히 이 시에서 하얀색과 검은색의 대립은 시의 핵심을 이룬다. 기억 나아가 무의식은 모두 명암으로 남는 것이고 빛으로 상징되는 것이기 때문이다. 기억의 뒤편에는 명확히 알려고 할수록 알기 어려운 무엇이 있기 마련인데 김참의 시는 그것을 언어의 세계로 끌어내려고 애쓴다. 하지만 그것이 언어를 통해 완전히 재현되거나 해서는 시 본래의 목적을 달성하기 어려워진다. 그것은 이성적이고 서사적인 현실의 언어로는 설명될 수 없는 것들이기 때문이다.

    「수많은 문들의 도시」는 김참의 시 쓰기와 그의 시 읽기의 방법을 암시해주는 면이 있다. 흰색 바탕 위로 여자들이 어지럽게 돌아다니는 풍경, 그것은 모두 환상이다. 시는 꿈과 같은 환상을 보여주는 것이다. 그런데 꿈의 문이 닫히면서 시는 끝난다. 문이 닫히면서 독자들의 시 체험 역시 끝나고 만다. 시 안에서 벌어졌던 일들은 현실적으로는 아무 것도 아니다. 아무 것도 아니기에 시가 끝나도 독자에게 남겨줄 구체적 메시지는 남아 있지 않다. 독자들은 시의 느낌을 기억하거나 자신의 기억을 되돌라볼 수 있으면 그만이다. 김참의 시가 이후 무엇을 더 불러낼 수 있을지, 어떻게 그것을 유지할 수 있을지 관심을 갖고 지켜볼 일이다.

저녁 일곱 시의 쓸쓸함

― 엄원태의 시

1.

초보적인 수준의 장르 이론으로 시작해보자. 서정시는 대상을 다루는 방법에서 서사시, 극시와 구분된다. 이야기가 담겨 있는 운문과 극적 상황을 전달해주는 운문이 서사시, 극시라면 서정시는 세계와 교감하는 화자의 감정을 표현하는 양식이라 할 수 있다. 소설이나 극과 구분하는 데도 서정시의 이러한 특징은 온전히 적용된다. 소설이 개인(화자)보다 큰 세상에 대한 보고의 성격을 가지고 출발했다면 극은 화자의 개입 없이 세계를 독자(관객)에게 보여준다는 특징을 갖고 있다. 이와 구분되는 서정시는 개인(화자)이 세계를 받아들이고 그를 통해 걸러진 감정을 독자에게 전달해준다는 특징을 갖는다. 따라서 서정시에서는 세계를 통해 느끼는 화자의 순열한 감정이 무엇보다 중요하다. 낱낱이 설명하지는 못하지만 어떤 종류의 '교감'이 이루어지지 않는다면 서정시는 그 고유의 특성을 잃게 된다.

그렇다면 서정시를 읽는 독자들이 갖는 다음과 같은 의문은 자연스러운 것이다. 21세기도 한참이 지난 지금 서정시는 무엇을 말할 수 있는가? 세계를 통해 느끼는 순열한 감정, 그러한 감정의 고양 상태는 과연 어떤 형태도 존재하는가?

사실 1930년대 이후 많은 시인들이 순수 서정시를 통한 세계와의 교감을 부정하고 다양한 실험을 통해 '산문의 시대'에도 살아남을 새로운 시 형식들을 탐구해왔다. 소설로도 설명하기 어려운 복잡한 시대의 현실을 어떻게 시인 혼자 '아름답게' 받아들일 수 있는지를 의심한 것이다. '시'라는 말에 어울리든 그렇지 못하든 실험이나 새로움을 내세운 우리 시는 서정이라는 말에 대해 지속적으로 저항해 온 셈이다. 조화를 잃어 삐걱거리는 세상을 아름답게 번역하고 순수하게 정화하는 일에서 문학의 기능을 찾지 않았던 셈이다.

90년대 들어 이러한 시적 경향에도 변화가 일어났다. 정치·사회적으로 거대 서사가 인기를 잃어서인지 시인들도 '거대'한 인식에 대해 거리를 두기 시작한 것이다. 주변의 작은 이야기에서 느끼는 소박한 감상이 시의 중요한 소재로 등장하기 시작했다. 시에서 받아들이는 세상의 크기는 현저하게 줄어들었고, 인식적 차원에서 세상을 받아들이는 일도 적어졌다. 이러한 시들이 세상을 받아들이는 방식은 잊고 지내던 세상에 대한 새삼스러운 깨달음, 친근한 것들에 대한 다른 시선, 자연에서 느낀 경탄 등이다.

하지만 최근의 서정시가 드러내고 있는 구체적인 감상의 내용이 그리 다양해 보이지는 않는다. 이는 시인의 책임이 아니라 세상과 만나는 우리 시대의 문법이 다양하지 못하다는 증거이다. 시조에 어울리는 충성과 효도는 거론하지 않더라도 우리 서정시가 '우정'이나 '환희'와 같은 감정을 노래하지는 않는다. 남녀간의 애정을 표현하는 데도 조심스러운 것 같으며 '기쁨'이나 '축복'과 같은 감정도 시에서 찾아보기 어려워졌다. 자연이나 인간을 소재로 쓸쓸함과 경이를 노래

하는 것이 우리 서정시의 주조가 된 것 같다. 쓸쓸함 안에는 대상과
시인 자신에 대한 슬픔과 연민이 포함되곤 한다.

2.

　엄원태 시인의 시들을 읽으면서 우리는 90년대 이후 '신서정'이라는
이름으로 탄생한 새로운 서정시의 특징과 수준을 가늠해 볼 수 있다.
그의 시는 언어의 선택이나 대상에 접근하는 방법, 대상의 특성에서
자신의 감상을 뽑아내는 방법에서 최근 서정시의 안정된 문법을 떠올
리게 하기 때문이다. 그의 시에서 발견할 수 있는 대상에 대한 슬픔과
연민 역시 우리가 '시적'인 것으로 인정하고 있는 바로 그것이다.
　다음 시를 통해 이를 확인할 수 있다.

> 빗겨 여위여가는 겨울 햇살에도 비탈 산죽 이파리들은 반짝인다 제
> 몸에 닿는 미미한 햇살마저 온몸으로 가차 없이 되쏘아내는 이파리들,
> 그 순전한 반짝임에는 글썽임이 있다
>
> ―「安眠樹木園」 부분

　인용한 시는 「安眠樹木園」의 첫 연이다. 비탈에서 반짝이고 있는
이파리들을 보고 느낀 화자의 감상이 주요 내용이다. 단순한 자연 현
상을 관찰하고 있지만 어떤 종류의 감정 상태 때문인지 화자에게는
그것이 평범해 보이지 않는다. '글썽임'이라는 표현이 그 감상의 핵
심을 이룬다고 할 수 있다. 이파리들의 반짝임 속에서 시인은 아무것
도 소유하지 않고 되쏘아내는 그것들의 미덕을 발견한다. 자신들에게

도 충분하지 못한 겨울 햇살-시에서는 겨울 햇살이 빗겨 여위어간다고 표현했고 그것은 이파리들에게도 미미한 것이라고 표현했다-을 이파리들은 '가차 없이' 되쏘아낸다. '순전한 반짝임'은 이러한 이파리들의 몸짓 때문에 이루어질 수 있었다. 그러한 몸짓은 아름답기는 하지만 한편 안쓰러울 수도 있다. 이런 감상은 순전히 화자의 것인데, 소유하면 아름다워질 수 없고 아름다워지기 위해서는 미미한 것조차 내놓아야 하는 상황이 '글썽임'으로 이어진 것이다.

인용하지는 않았지만 둘째 연에서도 유사한 시상의 전개를 확인할 수 있다. "쟁강쟁강, 소리 내며 떨어질 것만 같은 물방울들, 저미듯 알알이 맺혀있다"로 시작하는 둘째 연은 아그배나무 까만 열매에 맺힌 물방울에서 느낀 감상을 말한다. 이 물방울에서도 화자는 쓸쓸함을 느낀다. 아름다운 물방울이 떨어질 때를 놓친 열매들에 맺혀 있기 때문이다. 때를 놓쳐 안타까운 열매들과 아름다운 물방울이 어울려 있는 것이다. "차고 맑아서, 조금 쓸쓸할 뿐"이라는 역설은 열매들에 대한-앞에서 이파리에 대해 그러했듯이-복잡한 감정을 표현하고 있다.

이처럼 「安眠樹木園」은 고요한 수목원의 풍경에서 쓸쓸함과 경이를 함께 발견하는 시이다. 다음 시에서도 느껴지는 감상은 비슷하다.

낡은 성냥갑 같은 집들
길에서 저만치 떨어져 있다
누런 개나리 덤불 말라붙은 청석 옹벽 아래
이끼 낀 냇물 차갑게 흐르고

차가운 콘크리트 낡은 다리 위
녹슨 파이프 난간은 시나브로 헐거운데,
난간 부서진 자리에 대나무 걸쳐지고

누가 거기다 이불 홑청을 널어놓았다

— 「삼성역에서」 부분

이 시가 다루는 대상은 「安眠樹木園」과 크게 다르다. 화자는 고요한 수목원이 아닌 쇠락한 듯한 도시의 풍경을 보고 있다. 쇠락한 풍경이 주는 쓸쓸함이 주요 정서를 이루는 시라고 할 수 있다. 화자의 감정이 개입된 흔적이 많지 않음으로 일단 풍경의 내용을 살펴 볼 필요가 있다. 길에서 멀리 떨어진 곳에 낡은 성냥갑처럼 퇴락한 집들이 서 있다. 길과 집들 사이에는 옹벽이 쳐져 있고 그 사이로는 더러운 물이 흐른다. 그 냇물을 건너는 콘크리트 다리 위의 파이프 난간은 헐거워졌고 일부는 떨어져 나가기도 했다. 사람이 지나 다니지 않을 것 같은 이런 다리에 누군가는 대나무를 걸쳐 놓고 이불을 널어 말리고 있다. 흑백 사진이 어울릴 것 같은 이런 풍경을 전달하는 것만으로 시인은 독자에게 어떤 쓸쓸함을 전염시키고 있다.

자연이나 풍경에서 발견한 쓸쓸함은 사실 화자 자신의 쓸쓸함을 말하기 위해 동원되는 경우가 많다. 자기 이야기를 최대한 억제하고 감상을 느끼게 된 과정과 '설득할만한 증거'를 찾아내기 위한 노력으로 자연과 풍경 그리고 기타의 것들이 시 안으로 들어오게 된다.

다음 시 「저녁 일곱 시」에서는 쓸쓸함의 대상이 풍경과 화자 모두에 걸쳐 있다.

저녁의 창문들은
제 겨드랑이를 지나간 바람이나
이마 위로 흘러간 구름들을 생각하느라
골똘하고 고요하다

나는 하루 종일

어떤 생각이란 것에 매달린 셈이다
한동안 뜨겁게 나를 지나간
끝내 내 것 아니었던 사랑에 대해서라면
할 말이 그리 많지 않다

이 푸른 저녁 공기는
어떤 위안의 말도 전해 준 바 없지만
나는 이미 충분히 위로 받은 것이다
뒤늦게 집으로 돌아오는 흰 죽지 새의
쭉, 경련하듯 뻗은 다리의 헛된 결기를 보면 안다

이제 저녁 일곱 시
하루가 얼마 남지 않았다는 건
벌겋게 타오르던 노을이
쇠잔해져 어둠에 사그라지는 것만 봐도 안다
마지막 네 눈빛이 그러하였다

—「저녁 일곱 시」 전문

마치 인생의 황혼기에 접어든 사람이 열정과 치기로 가득했던 젊음에 대해 회상하고 있는 것이 아닌가 하는 느낌을 주는 시이다. '푸른 저녁 공기', '헛된 결기', '황혼', '쇠해진 어둠', '마지막 네 눈빛' 등의 시어들이 이런 느낌을 뒷받침해 준다.

하루 종일 화자가 매달린 "생각이란 것"은 첫째 연의 "제 겨드랑이를 지나간 바람"이나 "머리 위로 흘러간 구름들"에 대한 상념들 생각의 비유이다. 직접적인 지시 대상을 찾자면 아마도 "한동안 뜨겁게 나를 지나간/끝내 내 것 아니었던 사랑" 정도가 될 것이다. 내 것이 아니었기에 할 말이 많지 않다고 하지만 그것도 지금에 이르러서의 생각일지 모른다. 이런 생각이 가능해진 것은 저녁 일곱 시라는 시간이 주는 독특한 분위기 때문이다. "푸른 저녁 공기"로 표현되는 일곱 시의 분위기는 사실 화자에게 구체적인 위안의 말을 전해 주지는 않았다 한다. 그러나 구체적인 위안의 말이 없이도 위안을 받을 수 있는 것이 이 시간이라고 화자는 말한다. 저녁 일곱 시라는 시간은 인생의 "뒤늦게 집으로 돌아오는 흰 죽지 새의 / 쭉, 경련하듯 뻗은 다리의 헛된 결기"에 대해 돌아 볼 수 있는 시간이며 "벌겋게 타오르던 노을이 / 쇠잔해져 어둠에 사그라지는" 시간이기도 하기 때문이다. 하루가 얼마 남지 않은 이 시간처럼 화자의 시간도 태양의 때를 모두 지나 온 것임에 틀림이 없다. 모든 사라져 가는 것들이 가진 쓸쓸함. 그것이 인생으로 비유되고 있음에 더 큰 어떤 감상이 있을까 싶다.

> 몰운대 숲길은 저녁이 짧아서
> 이월엔 가지 않는 게 좋다지만
> 지상을 떠나는 새떼들 배웅하기엔
> 가장 좋은 때
>
> 하구에선 세상에 버려진 것들이
> 비로소 제 쓸쓸한 표정 어둡게 문질러 지운다
> 낙동강 구백 리 물굽이를 거치는 동안
> 강물도 내내 상처였던 것
>
> 다대포 앞 바다 반짝이는 잔물결과
> 몇 점, 준설선들 띄운 컴컴한 모래톱
> 어두워가는 저녁의 부은 목젖에 칼칼하게 걸린다

― 「이월」 부분

화자는 아마 떠나가는 새들을 배웅하기 위해 낙동강가 하구로 내려간 모양이다. 이 시에는 강 하구의 풍경이 그려지는 데, 저녁 일곱 시의 쓸쓸함에 이월의 풍경이 주는 쓸쓸함이 더해진다. 새떼들을 배웅하기 위해 들린 곳에서 화자는 강을 보게 된다. 앞의 시에서 저녁 일곱 시가 갖는 의미처럼 '구백 리' 흘러온 강물이 모이는 하구가 주는 느낌 역시 '쓸쓸함'이다. '반짝이는 잔물결'과 '컴컴한 모래톱'이 "부은 목젖에 칼칼하게 걸"리는 이유는 아마 이 풍경을 통해 화자가 사람들의 생 또는 자신의 현재를 돌아보게 되어서일 것이다. 해만 짧은 것이 아니라 날짜도 며칠 모자란 이월이라 다 하지 못한 것에 대한 아쉬움까지 쓸쓸함 위에 더해진다.

3.

　풍경의 쓸쓸함이 화자의 쓸쓸함으로 전이되고 있는 네 편의 시와 달리 「강민휘」와 「조봉래」는 인물에 대한 인상기적 성격을 띠고 있는 시이다. 앞의 시들과 달리 두 시는 행갈이를 하지 않은 줄글 형태를 취하고 있다.

　그럼에도 불구하고 두 시가 주는 느낌은 앞의 그것들과 크게 다르지 않다. 중학교 동기로 서로 친구의 건강을 걱정해주지만 자신들의 건강은 챙기지 못하는 화자와 조봉래, 이제 물은 병을 "앞서거니 뒤서거니 함께 가고 있는 길가의 이정표 같은 그 무엇"으로 여기고 살아간다. 아니 그렇게 살아갈 수밖에 없다. 인생의 저녁 일곱 시에 이른 친구들의 쓸쓸한 모습이다. 항상 밝고 명랑하여 구김이 없을 것 같은 "최초의 다운증후군 대학생" 강민휘는 "세상 그 누구도 흉내 낼 수 없는 웃음의 소유자"이다. 이런 밝음 뒤에 찾아온 쓸쓸함은 그에게 사랑하는 여자가 생겼기 때문에 발생한다. 물론 그는 고백은 '차마 영원히' 하지 않겠지만, 그럴 수밖에 없는 그에게서 다른 종류의 쓸쓸함을 느끼게 되는 것도 어쩔 수 없는 일이다.

이상에서 확인했듯 엄원태 시인의 시들은 그 구체적 배경과 주제의 차이에도 불구하고 대상에 접근하는 태도에서 공통점을 가지고 있었다. 그 공통점은 세상을 보는 화자의 자리와 무관하지 않은데, 엄원태 시의 화자는 상승과 활력의 오전보다는 하강과 쇠락의 조짐을 보이는 저녁 일곱 시의 자리에 위치하고 있다. 공간을 끌어안는 시간의 쓸쓸함이 그의 시를 특징짓는다고 할 수 있다.

자연의 시간, 삶의 시간

― 이은봉의 시

1.

동양적 기준에서 소위 '훌륭한 인물'은 자신에게는 엄격하고 세상에 대해서는 너그러운 사람이다. 혼자 있을 때도 흐트러지지 않는 사람, 자신보다 남을 먼저 배려하는 사람은 누구에게나 존경과 찬사를 받는다. 그러나 문제는 그런 사람이 되는 일이 결코 쉽지 않다는 데 있다. 오히려 이런 기준이 강조되면 강조될수록 실현의 어려움만이 반증되고 만다. 자신에게는 너그럽고 타인에게는 엄격한 것이 보통 사람들의 삶이고, 혼자서는 점잖음을 유지하기 어려운 것이 현실의 우리 모습이다.

세상에 대해 너그러워지기 위해서는 세상을 보는 눈과 귀가 겸손해져야 한다. 자신의 위치를 낮추고 자연과 다른 이들의 삶을 존중할 수 있을 때 세상을 너그러운 마음으로 받아들일 수 있게 된다. 이는 세상을 긍정하는 태도이며 자기 밖의 것을 기꺼이 수용하는 정신이다. 시의 경우, 이렇게 세상을 긍정하게 되면 말이 순해지게 된다. 말이 순해진다는 것은 단지 격렬한 감정을 표 나게 드러내지 않는다거나 격한 단어의 사용을 줄인다는 의미만은 아니다. 개인이 만나는 세상에 대한 적대감을 드러내지 않게 되고, 그들과의 조화를 생각하게 된다는 뜻이다.

이은봉의 신작시들에서는 한층 순해진 시인의 '말'을 만날 수 있다. 일상에서는 필연적으로 마주치게 되는 최소한의 문제조차 그의 시에서는 갈등으로 표현되지 않는다. 화자의 생각은 자연의 법칙에서 벗어나지 않으며, 오히려 그것에 동화되기를 원한다. 인공에 대한 이야기는 찾아보기 어렵고 생장과 쇠락을 경험하는 자연물들에 제재가 집중된다.

최근 시집 『내 몸에는 달이 살고 있다』에서도 자연에 순응하고 세계를 수용하는 시인의 태도를 발견할 수 있었다. 시집의 전반부는 자연이나 생명으로 총칭될 수 있는 주변 사물들에 대한 관찰 형식을 띤 시들로 되어 있었다. 돌, 나무, 풀, 산 등이 자주 등장하고 그것들이 가진 성질에 대해 말했다. 후반부는 가족과 사람들을 그리워하며 살아가는 일상의 감상을 적은 시들로 채워졌다. 중년이 되어가면서 소원해지는 가족 관계, 매일 매일 치러야 하는 일상의 자질구레한 일들이 잔잔한 톤으로 이야기된다. 자연이나 주변에 화자가 동화되어가는 듯한 인상의 시들이다. 함께 읽어 볼 신작 여덟 편은 이 시들의 연장으로 읽을 수 있을 것이다.

2.

이전 시들과 비교해 볼 때 신작들에서 눈에 띄는 단어는 시간이다.

시간은 흘러가는 순간으로서의 현재가 아니라 과거의 축적, 즉 살아 있는 추억으로서의 시간이다.

다음은 늦은 가을의 해질 무렵을 묘사한 시이다.

> 晩秋의 들판 가득 채우며 쏟아져 내리는
> 저 석양, 탱자빛 노을만으로도
>
> 마을 뒤편 대나무 숲은 자란다
> 우물가 텃밭 고추들은 익는다
>
> 大地의 마음 촉촉이 적시며 퍼져 내리는
> 저 석양, 삼베빛 노을만으로도
>
> 고향집 저녁밥 짓는 연기 피어오른다
> 온종일 재재대던 참새들 歸家를 서둔다
>
> 울타리 아래로 뛰어 내리는 단풍잎처럼
> 함부로 나뒹굴고 있는 당신, 時間이여
>
> 뼈만 남은 앞다리 푹푹 꺾어가며
> 모랫길 터벅거리고 있는 당나귀, 來日이여
>
> 우리들 오랜 먼바다 벌떡 일어나 걷고 있다
> 곳간마다 볏가마니 채곡채곡 쌓이고 있다.

- 「저 석양!」 전문

우선 잦은 감탄의 사용으로 인해 서술어에 주목하게 된다. 한 행이 한 문장으로 처리된 경우가 많다는 점도 서술어 중심의 읽기를 강요한다. 서술어를 정리하면 <자란다 / 익는다 / 피어오른다 / 서둔다 / 걷고

있다 / 쌓이고 있다>인데, 모두 변화가 느껴지는 단어들이다. 이런 배치를 통해 이 시는 반복의 강조와 속도감의 확보라는 효과를 거두게 된다. 현재 시제의 사용도 이런 효과를 높이는 데 기여한다.

전체 일곱 연으로 이루어진 「저 석양!」은 크게 두 부분으로 나누어 볼 수 있다. 첫 네 연은 석양빛에 물이 드는 풍경을 그리고 있고, 이어지는 세 연에서는 자연의 변화를 만들어내는 시간에 대한 시인의 감상을 말하고 있다. 시 전반부의 중심 시어는 <석양−노을>이다. 노을이 주어가 되고 서술부에서는 그 빛을 받고 있는 자연물들이 차례로 제시된다. 노을로 해서 대나무 숲이 자라고 텃밭 고추들이 익고 저녁밥 연기가 피어오르며 참새들은 귀가를 서두른다. 쉽게 읽자면 이 시는 노을 아래 익어가는 가을 들판을 보여준 것이라고 할 수 있지만, 이후의 전개와 비교해 볼 때 노을은 성숙한 시간이라는 의미로 읽어야 한다.

후반부의 중심은 시간이다. 특별하지 않은 듯한 시간의 축적이 갖는 가치에 대해 이야기하고 있다. 인생에서 매일 마주하는 순간들은 큰 의미 없이 지나가는 것일 수 있다. 그러나 그저 흘러가는 것이거니 하며 보낸 시간이 결국은 무언가를 이루게 된다. ‘함부로 나뒹구는 시간’이나 ‘터벅거리고 있는 당나귀’에 비유되는 미래가 그 자체로 의미 있는 시간으로 보이지 않을 수도 있다. 그러나 이렇게 흘러가는 ‘오랜 먼 바다’는 노을이 그렇듯이 무언가를 익게 하여 ‘곳간마다 볏가마니 채곡채곡 쌓이’게 하는 것이다. 그래서인지 노을은 붉은 기운조차도 가을과 함께 익어 가는 ‘탱자빛’과 ‘삼베빛’으로 비유되고 있다.

사스레피나무 헛바닥 잎새들, 안간힘으로 보듬고 있는 초록의 시간……,

> 겨울, 사구미 바다, 차갑게 얼어붙는 서쪽 하늘에선, 저녁 노을 패
> 랭이꽃 붉은 마음으로, 으헝으헝 제 목숨 끊어내고 있었지
>
> 텅빈 백사장, 늙어빠진 소나무들 사이로 하현달, 뭇 별들 데불고 어
> 슬렁대는 꺼뭇한 시간……,
>
> 짐짓 늙어버린 내 사랑 너무 추워 어디 꽃 한 송이 피우지 못하고
> 있었지 기껏 쇠사슬에 묶인 통통배로나 출렁대고 있었지.
>
> ― 「사구미 바다, 겨울」 부분

「사구미 바다, 겨울」에서 시간에 대한 화자의 태도는 앞의 시에서
와 다르다. 저녁노을이 지고 있는 풍경 앞에 서 있다는 점에서는 같
지만 노을에 대한 느낌이 사뭇 다른 것이다. 노을이 사라져 가는 시
간, 계절로는 가을이 아닌 겨울을 다루고 있다는 데서 차이가 생긴
다. 이 시에서 노을은 자연을 여물게 하기보다 사라질 준비를 하고
있는 것이다. 따라서 겨울의 마지막 빛 아래에서 잎새들의 초록빛은
'안간힘'으로 자기를 유지하고 있는 것으로 보인다. 노을의 붉은 빛
도 자연을 풍요롭게 하는 것이기는 커녕 소리 내며 '목숨 끊어내'는
'붉은 마음'이다. 노을이 지고 나면 '늙어빠진 소나무', '하현달', '꺼
뭇한 시간'이 바로 찾아오고, 그 시간들은 곧 '내 사랑'과 이어진다.
　다른 시 「구름 묘지」는 형태상으로 「저 노을!」과 유사하다는 느낌
을 준다.

> 바람이 제 작은 부리로 물어온 깃털들이다
> 그녀의 자궁이 오밀조밀 낳아놓은 씨알들이다
>
> 마른 산비탈 붉게 상처 난 사타구니 한 구석
> 씨앗털들 모여 오조조 구름 묘지 만들고 있다

햇살들 은쟁반 두드리며 짤랑거려
치자꽃 향 물고 가슴 훅, 달아오르는 시간

바람이 제 작은 부리로 쪼아 쌓은 깃털들이다
그녀의 잘 익은 젖 먹고 자란 솜사탕 아기들이다.

- 「구름 묘지」 전문

구름이 모여드는 풍경을 묘사하고 있는 시이다. 직접적인 감정의 토로를 피하고 대상을 관찰하는 시인의 눈을 통해 언뜻언뜻 세상을 향한 시인의 생각을 보여준다. 이 시는 언뜻 싱거워 보이지만, 그 싱거움은 단순히 세상에 대한 초보적인 이해에서 나오는 것이 아니라 자연에 대한 새삼스러운 감상에서 비롯된다.

앞의 시와 같은 방식으로 읽으면 이 시의 주제어는 (작은)구름이다. 구름은 몇 가지로 비유되고 있는데 <깃털, 씨알, 솜사탕 아기>가 그것이다. 기본적으로 이러한 비유는 구름의 모습과 관계될 것이다. 이 비유 속에서 시의 주제를 찾을 수 있다. 첫 연에서 깃털과 씨앗은 유사한 과정을 통해 한 곳에 모이게 되었다. 작은 것들은 정성껏 '부리로 모아온' 것과 '오밀조밀 낳아놓은' 것들이다. 첫 연의 서술은 네 번째 연에서도 반복된다. '물어온'이 '쪼아 쌓은'으로 '낳아놓은'이 '젖 먹고 자란'으로 달라져 정도를 깊이 하지만 기본적인 화자의 발견은 같은 것이다. 둘째 연과 셋째 연은 표현은 직접적인 것 같지만 실제 첫째 연과 넷째 연의 인상을 공간과 시간을 설명해줌으로서 보충하는 역할을 한다. 골짜기에 모여드는 구름이나, 햇살이 쟁반을 두드리듯 튀어 오르고 있는 시간을 보여주는 것이다.

3.

　자연의 시간에 대한 관심은 인간의 삶에 대한 관심과 무관할 수 없다. 인간의 삶, 인간의 시간을 다룰 때 시인은 세상에서의 자기 위치를 겸손하게 돌아보는 자리에 선다.

　　　　아무 데나 불쑥 제 푹신한 엉덩이 내밀어
　　　　사람들 엉덩이 편하게 앉히는 접는의자

　　　　사람들 엉덩이 앉았다 떠날 때마다
　　　　접는의자의 엉덩이 반질반질 닦여진다

　　　　저들 다 돌아가면 엉덩이 들이밀고
　　　　사무실 한 구석 우두커니 기대 서 있는 접는의자

　　　　아무 데나 함부로 엉덩일 내밀 수 없어
　　　　그녀에겐 어디에도 제 자리 없다

　　　　　　　　　　　　　　　　　　　 ―「접는의자」 전문

　의자는 우리 시에서 매우 친숙한 이미지이다. 특히 의자는 능동적이기보다는 수동적인 이미지로 자주 사용되었다. 누구든 찾아와 앉았다 언제든 떠나면 그만인 것이 의자이다. 누군가 찾아오면 기꺼이 공간을 내주어야 하는 의자이지만 누군가 찾아올 것이라는 기대는 의자의 기다림을 견디게 해주는 힘이다. '접는 의자'의 느낌은 거기에 많은 것이 더해진다. 기다림을 견디어내는 현재의 행복도 제한되어 있기 때문이다. 접는 의자는 공간을 많이 차지하지 않기 때문에 '아무 데나 불쑥' 제 엉덩이를 내밀 수 있다. 그러나 필요가 다하면 접는 의자는 자신의 자리로 돌아가야 한다. 자기 자리라고 할 수도 없는 곳에 기대여 다음 번 쓰임을 기다려야 한다. 이런 접는 의자의 처지를 시인은 "그녀에겐 어디에도 제 자리 없다"고 말한다. 이런 의자의 성질이 과연 무엇과 연관되는지에 대해서는 구체적인 설명이 없다. 우리는 시인의 시선이 굳이 거기에 머무는 이유 정도를 짐작해 볼 수 있을 뿐이다.

> 참선 중입니다, 먹 글씨로 밑으로 / 엉금엉금 민달팽이 한 마리 / 기어가고 있다 촉수를 늘여 / 언젠가는 이 선방 / 죄 더듬으리라 마음먹는 사이 / 오조조 자미나무 꽃잎들 / 바람에 진다 민달팽이의 발원도 / 흙길 위로 진다 마곡사 / 지쳐빠진 선방 앞 / 늙은 매화나무 등걸을 밟고 / 한때는 나도 청개구리 한 마리로 / 초싹대며 뛰어오른 적 있다
>
> — 「청개구리와 민달팽이」 부분

'마곡사 / 지쳐빠진 선방 앞'에서 화자가 보고 있는 풍경은 청개구리와 민달팽이가 시선을 가로지르는 장면이다. 느릿느릿 기어가는 민달팽이와 가볍게 뛰어 오르는 청개구리는 속도에 있어 비교 상대가 되지 않는다. 그러나 속도에 주목하지 않고 달팽이와 청개구리가 지나간 흔적에 집중한다면 이야기는 달라진다. 청개구리가 속도와 높이로 많은 것을 생략하고 지나가 버리는 데 비해 민달팽이는 '죄 더듬으리라' 마음먹을 정도로 자신의 자리를 철저히 확인한다. 비록 민달팽이의 발원이 바람에 지워지더라도 여정은 계속되고 그 가치는 사라지지 않는다. 시인은 자신의 과거를 청개구리 뛰기에 비교한다. 시인의 말을 따르자면 그것은 '한때'였으며 촐싹대는 것이었다. 인생의 시간이란 급히 서두르거나 건성으로 건너뛸 수 있는 성질의 것이 아니라고 말하는 듯하다.

물론 이 시는 시에 대한 차분한 이해에 앞서 대상을 간취하는 시

인의 능력을 확인하는 것만으로도 읽는 즐거움을 준다. 일상에서 확인하기 쉬운 것과 확인하기 어려운 것을 함께 이야기하고 거기에 의미를 부여하는 것이 시의 일 중 하나라면 「청개구리와 민달팽이」는 그 역할을 제대로 해내고 있다고 평가할 수 있다.

> 바위는 제 몸에 낡고 오래된 책을 숨기고 있다
> 바위 위에 앉아 그냥 벅찬 숨이나 고르다 보면 이 흐릿한 책의 글자들 보이지 않는다
> [······]
> 명년 가을이 와도 그녀는 내가 이 책을 다 읽지 못할 것을 이미 잘 알고 있는 듯하다
> 그래도 나는 끈질기게 바위가 숨기고 있는 이 낡고 오래된 책을 계속해서 읽어나갈 작정이다
> 옛 글자들을 읽고 逸失된 진실을 복원하는 일을 나말고 누가 또 할 수 있을 것인가
> 언젠가는 바위의 숨소리만 듣고도 그녀가 제 몸에 숨기고 있는 책의 내용을 다 알 수 있을 날이 있으리라.
>
> — 「책바위」 부분

자신의 발원이 지워지더라도 천천히 선방을 핥아가듯 오래된 책을 읽어나가겠다는 시인의 결심을 표현하는 시이다. 시인은 현재 책의 내용을 이해하지 못하고 내년에도 그 책을 다 읽지 못할 것이 분명하지만 그래도 꾸준히 읽어나가 끝내 내용을 모두 알아낼(죄 더듬을) 날이 올 것이라고 기대한다. 여기서는 바위에 새겨진 책을 시간이라 읽어도 큰 무리는 없을 듯하다. 물론 중요하게 시인이 드러내고자 하는 바는 청개구리가 아니라 민달팽이가 되겠다는 생각이다.

이처럼 자연의 변화 앞에서 세월의 긍정과 부정을 느끼는 시인은 인생이라는 다른 자연 안에서 매우 겸손한 자세를 유지한다. 세상에

대해 이러니저러니 말하지 않고 눈에 보이는 것을 묘사하고 감탄하고 그러면서 삶을 느리게 끌어가겠다는 것이 시인의 생각이다. 시인은 이런 생각을 창작으로 옮기면서 보는 것이 순해지고 듣는 것이 순해지고 말하는 것까지 순해지는 방향으로 조용히 움직이고 있는 중이다.

4.

전통적 의미의 서정시를 읽다 보면 세상에 대해 순해지는 인간의 내면을 들여다보는 듯한 느낌을 갖게 된다. 그런 시들의 화자들은 주어진 환경을 거부하거나 거기에 저항하기보다는 주변을 이해하고 그것에 동화되기를 원하는 듯하다. 자신의 내면을 드러내기 위해 세계를 동원하기도 하지만 그보다는 세계의 모습을 통해 자신의 내면을 다스리는 것이 많은 서정시 화자들의 태도이다. 이은봉의 신작시들을 읽으면서도 유사한 생각이 들었다. 이런 서정시들은 인간의 존재는 한 없이 작으므로 세계 속에서의 위치만큼만 가치 있고, 그 자격만큼만 중요해 질 수 있다고 말한다. 이때 인간과 비교되는 세계는 주로 자연이었다.

그럼 마지막으로 자연에 대한 노래가 현재의 우리에게 어떤 의미를 갖는지 생각해 보자. 자연을 모르는 이들에게 서정시의 자리는 어디인지 묻자는 말이다. 사실 우리 시대 서정시에서 자연은 우리의 삶과 밀접한 자리에 있지 않다. 예전의 서정시가 늘 만날 수 있는 곳으로서의 자연을 노래했다면 지금 우리가 읽는 서정시에서의 자연은 애써 찾아가야 만날 수 있는 자연이다. 자연은 찾아가더라도 일상적 감동을 주기 어려운 공간이 되어 버렸다. 공통 경험으로 간직하고 있는 공간이 아니라 강의실에서 학습되고 책으로 경험된 가공의 공간으로 존재할 뿐이다.

서정시의 자리가 좁아들고 있는 현상은 어제 오늘의 일이 아니다. 이는 애정을 가지고 읽는 시 독자들의 수가 줄었다는 이야기이기도 하다. 이 경우 시인들은 두 가지 중 하나를 선택해야 할 것이다. 많은 독자를 확보하기 위해 대중에게 쉽게 다가갈 수 있는 시를 쓸 것인가 좁아진 독자들을 만족시킬 수 있는 시를 쓸 것인가의 선택이다. 두 번째 경우는 다시 창의적 형식과 독창적 내용을 추구할 것인가 더욱 더 전통적인 형식과 내용으로 돌아갈 것인가의 선택을 만나게 된다. 최근의 많은 서정시들이 마지막의 경우에 이르고 있다고 생각한다. 우리 서정시가 독자들의 층을 넓히는 것도 진보하는 것도 아닌 자기만족 행위에 그치고 있지 않은가 감히 의심해본다.

물론 이는 특별한 시인을 두고 하는 말은 아니다. 서정시 일반에 대한 나의 생각을 잘 쓴 서정시, 잘 읽히는 서정시 몇 편을 만나 털어놓았을 뿐이다.

죽음, 시간 또는 사라져 가는 것들에 대하여

― 배용제의 시

1997년 발간된 『삼류극장에서의 한 때』는 전 편에 걸쳐 '죽음'의 이미지가 가득한 시집이었다. 시집 전체를 하나의 이미지로 엮어나가는 시인의 시도는 가볍게 보아 넘길 수 없는 소중한 미덕으로 평가되었고 그것이 첫 시집이었다는 점에서 더욱 큰 관심을 모았다. 시집에는 묘지, 고독, 파열, 몰락, 소멸, 지독함 등의 시어들이 반복해서 등장했으며, 다루어지고 있는 대상들은 현재의 삶을 위해 있다기보다 죽음에 도달하기 위한 긴 통로를 지난다는 인상을 주었다. 시인은 존재의 본질을 현재의 삶과 연관시키기보다 죽음의 경험을 위한 준비 과정 정도로 취급하는 듯했다. 생동감 넘치는 밝은 표현을 애써 피하고, 감상을 짧은 호흡으로 건조하게 일방적으로 폭발시킨다는 평가도 받았다.

2004년 선보인 두 번째 시집 『이 달콤한 감각』에서도 지배적인 이미지는 '죽음'이라고 할 수 있다. 사라지는 것, 고통스러운 것에 대한 지속적인 관심은 여전히 '죽음'을 연상하기에 충분하다. 그러나 비슷한 주제를 다루는 듯 하지만 그것을 다루는 방법은 앞 시집의 그것과 크게 달라져 있음도 확인할 수 있다. 죽음과 소멸에 대해 직접적이며 과격한 발언을 서슴지 않던 배용제의 시는 이제 감정을 드러내는 데 있어 우회적인 방법을 사용한다. 가장 두드러진 변화는 대상에 기대지 않은 감정의 토로를 자제하고 사물에 대한 관심을 높이고 있다는 점이다. 이번 시집에서 화자는 죽음을 향해 달려가는 치열한 현장에 서 있지 않고 한 발 물러선 곳에서 스러지거나 힘없이 버려진 사물들을 관찰한다. 이전 시들이 사물에 의탁하긴 해도 다분히 관념적이었다면, 최근 시들에서의 정서 유발은 비교적 구체적이라는 느낌이 든다.

첫 장에 실린 시 「노을」은 이러한 변화를 인상적으로 느끼게 해주는 작품이다.

사라진 것이 아니다
해가 질 때 지상의 먼지들이 붉게 타오르는 건
아직 뜨거움이 남아 있기 때문이다
먼지들의 혈액 속에 진한 피가 돌고 있기 때문이다
소멸을 위한 춤이 아니다
무거운 형체를 꺼내놓고 잠시
한때의 가벼움을 향하여 제사를 올리는 것,
환생의 사원에 들러
아름다운 그림을 그리는 것이다

우주에서 사라지는 것은 없다, 고 믿는
보편적인 사람들의 종교를 나는 믿는다

— 「노을」 전문

노을의 풍경을 아름답게 그리거나 안타깝게 그린 흔히 만날 수 있는 감상적인 시로 간단히 읽기에는 세계를 보는 시인의 눈이 사뭇 진지하다. 특히 첫 장에 놓인 이 시는 이후 시들에 대한 친절한 안내 역할을 맡고 있기도 하다. 시집 전체의 인상이라고도 할 대상에 대한 깨달음과 바람 등을 연상할 수 있기 때문이다.

　서사만으로 나누면 이 시의 첫 연은 두 문장으로 이루어져 있다. 각각의 문장은 노을에 대해 '사라진 것이 아니다'라고 '소멸을 위한 춤이 아니다'라고 자기 생각을 분명히 밝히고, 이어지는 행에서 그 이유를 설명하는 형식이다. 뜨거움이 남아 있기에 사라짐이 아니라, 소멸이 아니라 '한때의 가벼움을 향하여 제사를 올리는 것'이라고 한다. 현상에 대한 판단을 먼저 제시하고 이어 이유를 설명하는 이야기 방식이라 할 수 있는데, 이를 통해 화자는 독자들에게 자기 판단에 대한 강한 설득을 기대하고 있는 듯하다.

　이어 시는 사라지는 아름다움에 대한 막연한 안타까움을 넘어 순환에 대한 믿음과 기대를 보여준다. 이런 생각은 조금 과격하지만 '우주에서 사라지는 것은 없다'는 생각으로까지 나아가는데, 그 진행 과정은 비교적 조심스러운 편이다. 사라지는 것이 없다고 믿는 것은 시인의 판단 이상일 수 있기에 화자는 그러한 믿음에 대한 신뢰를 드러내는 방법을 택한다. 죽음이 현실이고 사실이었다면 사라지는 것에 대한 생각은 사실이 아닌 사람들 또는 생에 대한 믿음의 층위에서 이루어지는 것이라고 할 수 있기 때문이다. 첫째 연에서 비교적 확신에 찬 목소리로 자기 생각을 드러냈던 것과는 대조적이지만, 첫 연의 확신이 믿음에 기반 한 것이었음을 확인하게 해준다.

　사라짐에 대한 이런 생각 때문인지 이번 시집에서는 낡고, 오래되고, 버려지고, 가치 없다고 여겨지는 대상들에 대한 관심이 두드러진다.

　　윤기 흐르던 시절,
　　사람들은 늘 내 편안한 휴식을 어루만지며
　　가슴속을 파고들었다
　　온 몸으로 무게들을 견뎌냈다
　　세월은 뼈마디를 관통하며 지나갔다

이를 악물어도 관절마다
삐걱거리는 신음소리가 새어나왔다
나를 추방한 건 다름 아닌 그들이었다
[······]
모든 내용물이 앙상한 뼈대를 벗어나자
짓눌렀던 무게들도 사라졌다
이제 아무 것도 아니다
바람이 쉬었다 가고,
햇볕이 잠시 어깨를 기대고,
검은 그림자도 웅크렸다 가고,
가장 가벼운 것들의 일부가 된다

― 「버려진 의자」 부분

환영 같은 빛으로 허공에서 아른거리지만
순식간에 펼쳐지는 기호를 나는 해독할 수 없다
아니 누구도 찰나에 대해 의미를 부여할 수 없다
어떤 존재들의 지나온 시간들도
이렇듯 툭,
털어내면 사라지는 반짝거림이다

다시 수억년이 지난 어느 날
먼지들은 또 다른 내가 되어 여기 서 있고
지금의 나는 먼지의 입자가 되어
그의 책장 구석에 쌓여 있을 수도 있겠다
아수 삼깐,

― 「먼지의 이력서」 부분

　두 편의 시 모두 '시간'에 대해 이야기한다. 「버려진 의자」에서 사
물을 대하는 시인의 태도는 그의 이전 시들에서와 사뭇 다르다. 화자
는 철저히 의자의 눈을 통해 세상을 보고 시간의 흐름을 느끼고 있

다. '신음소리' '앙상한 뼈대' 등의 시어들은 의자의 상태이면서 동시의 시인의 감정 상태이다. 여덟 번째 행의 '나'는 둘째 행의 '내 편안한 휴식'과 대비되어 화자이면서 동시에 의자가 된다. 시에서 제시된 의자의 느낌을 넘어서는 어떤 초월적 감상도 눈에 띠지 않는다. 이 시에서 '윤기 흐르던 시절'로 표현된 의자의 전성기는 사람들에게 편안한 휴식을 안겨주었다. 의자는 그것이 다인 줄 알고 무게를 견디어냈다. 세상 속에서 영화를 견주고 편안함을 꿈꾸는 시절이 지나고 의자는 바야흐로 낡아버렸다. 이제 인간들에게 의자는 쓸모없게 되었다. 속된 가치로 볼 때 의자는 과거에 의자였던 폐품에 지나지 않는다.

그런데 여기서 '이제 아무 것도 아니다'라는 시행이 곧바로 역설을 낳는다. 인간들에게는, 세상의 필요에 의하면, 아무 것도 아니라고 생각되던 낡은 의자는 비로소 세계에서 자기를 찾아가기 때문이다. 의자라는 제한된 목적에서 자유로울 때 '바람'과 '햇볕', '검은 그림자'까지도 의자에게 다가와 하나가 될 수 있었다. 반대로 의자는 스스로의 의지와 책임에서 벗어났기에 '아무 것도 아닌' 세계의 일부가 될 수 있었는지 모른다. 여기서 '가볍다'는 물론 '무겁다'의 반대 의미로 사용된다. 그렇더라도 두 시어가 긍정과 부정의 대립을 이룬다거나 서로 배제하는 개념이 되지는 않는다. 무게를 견뎌낸 후에 찾아오는 가벼움이기에 낡은 의자는 사물을 받아들이고 곧 사물이 될 수 있었던 것이다.

「먼지의 이력서」에서도 '가벼움'이 중요한 의미로 쓰이고 있다. 이 시에서의 먼지들은 현재라는 찰나에만 먼지일 뿐 긴 시간 안에서는 자기의 형체와 이름을 가지고 있었다. 먼지들이 품고 있는 시간을 상상해본다면 화자 또한 수 억 년 뒤의 먼지라고 하지 않을 수 없다. 화자는 먼지를 '해석할 수 없고', 먼지를 보고 '찰나에 대해 의미를 부여할 수 없게 된'다. 현재의 먼지에 그런 것처럼 화자의 삶에도 이 말은 적용될 수 있다. '환영 같은 빛', '사라지는 반짝거림'은 현재에 대한 이런 생각이 먼지에 투영된 잠시의 착란인 셈이다. 이 시가 시인의 앞선 시들과 다른 점은 화자가 사물을 관찰하고 느낀 감상을 자기 안으로 끌어들여 그 감상안에서 새로운 감정을 표현한다는 점이다. 시인에게 이는 하나의 발견처럼 여겨진다. 그 발견이 추상적 메시지를 담고 있지만 '먼지'라는 구체적 사물이 주는 이미지가 시 전체에서 강하기 때문에 관념적이라 느껴지지는 않는다.

쓸모가 다하여 '버려진 의자', 쓸어버려야 할 대상으로서 '먼지'는 모두 시간의 흐름 속에 자기를 잃어버린 것들이다. 여기서 잃어버린 것의 내용은 형체나 의미이지만 시인은 그것에 대해 아쉬워하고 있지만은 않다. 잃어버린 것만큼 얻은 것도 있기 때문이다. 시인은 세상에서 이름을 가짐으로 해서 부담해야 했던 고통들에 대해서도 잊지 않는다. 이는 '짓눌렸던 무게'들이 사라진 것에 대한 의미 부여이기도 하다.

사물을 대상으로 할 때 뿐 아니라 사람들에 대해 말할 때도 시인은 사라지는 것, 낡은 것을 선택하여 그들의 시간이 갖는 의미를 말한다. '여인'이나 '노인'을 다룬 많은 시편들이 여기에 해당한다. 조금 길지만 눈에 띠는 대로 시들을 정리해 보이면 다음과 같다.

> 비워낼수록 가벼워지는 노인은 / 이제 아무런 저항도 하지 않는다 / 경건한 의식을 치르듯 울음에 몰입한다 / 몰려온 어둠이 노인을 환선히 감쌀 때까지.
>
> —「발효된 울음에 대하여」

> 지상에 흐르는 엄마란 이름의 기억, / 자꾸만 소독약 냄새가 난다 / 너무 쉽게 사용해버린 엄마, / 어디에 저렇게 많은 꿈이 있었는지
>
> —「엄마, 이름이 엄마인 엄마」

태엽 풀린 시계의 톱니바퀴처럼 느릿느릿 / 몇 명의 여자들이 소파
에 몸을 기댄다 / 하루의 시간을 다 팔아버린 안도의 숨을 쉬며

─「타임 다방」

들여다본다, 깊은 그녀의 속 / 그곳은 이미 입구부터 어두웠고 / 내
눈의 검은 창엔 검은 빛으로 가득해진다

─「그녀의 깊은 속」

울면서도 과자를 먹고, 중고 전자상 티비를 보며 울고, 고개를 두리
번거리며 울고. // […] // 세월이 가고, 울고 있는 아이의 얼굴에 수염
이 돋아나고, 주름이 패이고, 머리칼이 하얗게 바랠 때까지 그저 울고.

─「울고 있는 아이」

한때 독수리로 불리워지던, / 날카로움이 응접실 구석에서 / 타다 만
휴지조각처럼 검게 그을린 하루를 노려보고 있다

─「박제에 대한 명상」

몸이 다 빠져나간 앙상한 목숨 줄기만 / 말린 장식용 꽃처럼 버석거
리며 / 癌 병동 일인용 병실에 꽂힌 그녀는 / 하루에도 몇 번씩 화장을
한다

─「봄, 화장하는 여자」

위에 예를 든 시들은 '울음', '어둠', '시간' 등의 이미지들을 포함
하고 있다. 이 이미지들은 모두 죽음과 연관된다. 어둠이 노인을 감
싼다든지 쉽게 사용해버린 엄마 그리고 하루의 시간을 팔아버린 여
인들에게서 얻을 수 있는 느낌이기도 하다. 죽음이라는 단어를 사용
하고 있지는 않지만 모두 사라지는 것이고 사라짐은 매우 자연스러
운 현상으로 표현된다. 그리고 그것은 경건한 것이기는 해도 떠들썩
한 것은 아니다. 주변에 널려 있는 데서 발견한 것이기 때문일지 모

른다. '앙상한 목숨 줄기', '타다 만 휴지조각', '중고 전파상 티비'
역시 이러한 느낌을 불러낸다.

이처럼 죽음에 대해 말하면서도 시인은 자신의 생각을 직접적으로
드러내지 않고 대상에 대한 천착을 통해 객관적 현상처럼 표현한다.
이 두 방향의 차이는 작지 않다. 그것은 자신이 가지고 있는 생각 이
외의 것을 찾아내는 길을 우연으로라도 열어줄 수 있기 때문이다. 시
간, 사라짐 등에 대한 관심으로 출발하였다고 해도 그것을 통해 발견
하는 것은 더 다양할 수 있다.

다음 시는 고통들에 대해 다루고 있는 시들 중에 가장 인상적인
경우에 속한다.

> 고통들이 전시되었다
> 세련된 관객들을 위하여
> 빛은 그 순간마다 얼마나 발광했을 것인가
> 관객들은 고통의 방식과 종류를 관찰하며
> 탄성을 지른다
> 정지된 슬픔과 죽음과 울음과 추락과 광기와 공포는
> 시상식장에 초대되어 박수갈채를 받았다
> 해마다 비슷한 이미지들이 인화되었고
> 상패의 제목이 새겨졌다
> 완벽하고 투명한 고통이 선정되는 황홀한 한때
> 벌거벗은 고통들은 갖가지 포즈를 취한다
>
> — 「퓰리처상 사진전」 전문

퓰리처상 사진전은 세계적 권위를 인정받고 있고 우리나라에서도
몇 번 열린 적이 있는 전시회이다. 시인은 전시회를 보며 사진 속 사
람들의 고통을 발견하고 그 고통을 전시하는 사람들의 마음을 읽는
다. 자신들이 일으킨 전쟁에서 희생당하는 어린이들, 굶주림에 죽어

가는 아이, 재난의 본질과는 먼 듯한 소영웅의 얼굴들이 전시된 사진들의 주요한 내용이다. 시인은 순간 포착이 갖는 힘이나 사진 미학보다는 그 죽음과 연관되는 고통을 겪고 있는 사람들에게 관심을 갖는다. 현실의 고통 앞에서 터졌을 카메라 전지의 '발광' 앞에서 실제의 죽음과 울음과 추락과 광기와 공포는 모두 '완벽하고 투명한 고통'으로 봉인되고 만다는 사실을 화자는 말하고 싶어 한다. 그 투명함 앞에서 실제의 고통은 사라지고 '벌거벗은 고통'이 된다는 말에도 동의하지 않을 수 없다. 존 버거의 말대로 하면 그러한 사진들은 우리를 갑자기 멈춰 서게 한다. 그러한 것들에 적용될 수 있는 가장 직설적인 형용사는 '사람의 이목을 *끄는*'이라는 것이다. 우리는 그것들에게 붙잡히게 되는 것이다. 우리가 그러한 사진들을 들여다보게 되면, 타인이 당하는 고통의 순간이 우리를 집어삼키게 된다. 우리의 마음속은 절망, 또는 의분 둘 중 하나로 채워진다. 절망은 타인이 당하는 고통 중 일부를 아주 헛된 것이 되게 한다(존 버거, 『본다는 것의 의미』). 종합해 말하면 고통스런 사진을 접하면서 관객들은 절망의 본질만은 피하게 되는 것이다. 시인은 사진 속의 고통을 통해 이런 생각들을 미학적으로 규명해내고 있는 셈이다.

이상의 간단한 설명을 통해 우리는 최근의 배용제 시에서도 첫 시집의 주요 제재라 할 '죽음'이 여전히 중요하게 다루어지고 있음을 확인했고, 그럼에도 불구하고 그것을 다루는 방법에는 큰 차이가 있다는 것도 확인했다. 방법 뿐 아니라 이야기하는 목소리까지 달라지고 있다는 느낌도 받을 수 있었다. 시인의 이런 변화는 매우 긍정적이라 할 수 있다. 시인의 목소리가 자기만의 내면을 떠나 대상에게로 한층 가깝게 다가가는 과정이라고 생각하기 때문이다.

현대시의 수사학 1

– 송욱의 시와 시론

1. 서 론

이 글에서 우리는 송욱(宋稶)의 대표 평론집 『詩學評傳』과 대표 시 「何如之鄕」 연작을 수사적 특성에 주목하여 살펴보고자 한다.

주지하다시피 송욱은 1930년대 이상(李箱)과 비견될 만큼 극단적인 언어실험을 했던 '과격한' 모더니즘 시인으로 뿐만 아니라 모더니즘 시론을 본격적으로 소개한 비평가로도 알려져 있다. 그의 모더니즘 시는 식민지 시대 모더니즘 시의 주류를 이루었던 이미지즘이나 주지주의와는 달리 '현실 비판적' 성격을 노골적으로 드러내었다. 그기 주로 소개한 비평 역시 해방 이전에 소개되었던 영미 모더니즘 계통이 아니라 '대륙'의 모더니즘이었다. 이러한 문학사적 '사실'만으로도 송욱은 중요한 의미를 갖는 시인이자 비평가였다고 할 수 있다.

어려서 한학을 공부하고 대학에서는 영문학을 전공한 송욱은 단순히 자신의 서정을 꾸밈없이 드러내는 데 시의 목적이 있다고 생각하지 않았다.[1] 한국어의 무한한 가능성을 살려 그 안에서 순수시도 사회시도 넘어서는 올바른 시를 만들어내야 한다는 생각을 표나게 드러내곤 하였다.[2] 자신이 영문학을 선택한 이유가 우리 시의 발전을 위해서라고 주장할 정도로 그는 자신의 시 창작과 시에 대한 공부를 동일한 것으로 생각하였다.[3] 이러한 주장 자체는 새로운 것도 무조건 신뢰할 만한 것도 아니지만 이러한 주장을 실제로 실천해 나갔다는 점에서 송욱은 주목받아야할 비평가·시인인 것이다.

1980년까지 그의 시작과 비평 활동이 꾸준히 이어졌음에도 불구하고 우리가 송욱을 『詩學評傳』과 『何如之鄕』의 비평가·시인으로 기억하는 이유는 그의 시와 시론이 갖는 시대적 성격과 무관하지 않다. 그의 시와 시론은 1950년대를 마감하고 1960년대를 여는 시기에 중요한 역할을 하였으며, 전통을 거부하고 새로운 시대를 열어야 한다는 동시대 문학인들과 지성인들의 주장을 대변했던 것이다. 이는 일찍이 이어

---

1) 송욱은 1925년 4월 19일 충남 홍성에서 3남 5녀 중 3남으로 태어났다. 송욱이 어린 시절 아버지 송양호는 당진 군수와 강화 군수를 지냈다. 3살에 서울 종로구 화동으로 이사한 후 한학을 익혔으며 재동 공립보통학교, 경기중학교 일본 鹿兒島 제7고등학교를 졸업했다. 이후 서울 문리대 영문과를 졸업하고 같은 학교 영문과 교수로 재직했으며 인문대학 학장을 거쳐 1980년 4월 15일 작고했다. 시집에 『誘惑』(1954), 『何如之鄕』(1961), 『月精歌』(1971), 『詩神의 住所』(1981 : 유작시집)가 있고, 한국문학을 다룬 책으로는 『詩學評傳』(1963), 『文學評傳』(1969), 『한용운 시집 "님의 침묵" 전편해설』(1974), 『文物의 打作』(1978)을 출간하였다. 이밖에 송욱의 전기적 사실에 대해서는 박종석의 『송욱 평전』(좋은날, 2000)을 참조할 것.
2) 시집 『何如之鄕』 서문에서 송욱은 "나는 韓國語의 無限한 可能性을 믿는다. 나의 母國語가 어떤 外國語에도 못지 않다고 생각한다. 이에 대한 根據는 별로 없다. 다만 韓國語는 나의 藝術의 唯一한 表現手段이기 때문에 그렇게 믿는 것이다. 자기의 樂器를 탓하는 演奏家가 있다면 그는 聽衆의 爆笑나 激憤을 살 것이다."라고 말해 우리 언어에 대한 애정을 표나게 드러내었다. 주장을 뒷받침할만한 객관적인 근거를 제시하고 있지는 않지만 우리 언어에 대한 그의 관심은 이후에도 크게 달라지지 않으며, 시론에서도 중요한 역할을 한다.
3) 그는 자신이 영문학을 선택한 이유로 우리 문학은 전통이 부재하고 역사의식이 결여되어 있기 때문에 문학의 이론적인 근거와 지적인 토양을 구하기 위해 외국문학을 선택하게 되었다고 말한다(송욱, 「외래문학 수용의 제문제점」, 『문물의 타작』, 문학과지성사, 1978 참조).

령의 선언으로 유명해진 '화전민 의식'[4]과도 맥을 같이 한다.

그러나 아이러니컬하게도 실제 송욱이 모더니스트로서의 정체성을 유지한 시기는 1960년대 초까지로 한정된다. 이 시기를 넘어선 송욱은 "동양사상과 자연을 풍부하게 담고 있는 자연"을 중심 소재로 한 시들을 쓰는데, 이 시기의 시편들에는 치열한 사회 비판의 의지 대신 피폐한 사회 현실에서 이탈하고자 하는 탈사회의 욕망이 강하게 드러난다. 그의 이후 시 정신은 자연스럽게 탈속의 자연 귀의 혹은 자연 탐미의 세계관으로 옮겨가는 것이다.[5] 모더니스트로서의 면모가 변화하는 것과 궤를 같이하여 그의 시가 가진 수사학적 특징도 점차 변화하게 된다. 역설, 풍자, 은유, 패사 등의 다양한 수사는 이후 시에서 점차 사라지고 만다. 한 문학인의 평가가 그의 전 생애를 중심으로 이루어지는 경우가 없지는 않지만 문학사에서의 평가는 어쩔 수 없이 그가 갖는 시대적 의미에 모아질 수밖에 없는데, 송욱의 경우도 여기에서 크게 벗어나지는 않는다고 할 수 있다.

2. 송욱의 모더니즘 시론

한국 근대문학 연구와 비평에서 모더니즘이라는 용이는 난일한 의

---

4) 지난 시기와의 단절을 주장하는 포즈는 어느 시대에나 있었다. 정도의 차이를 두고 말하자면, 우리 현대문학사의 경우 1960년을 전후한 시기에 전통단절론이 크게 유행했다고 할 수 있다. 이후 문단의 헤게모니와 관계된 것이기는 하지만 자신의 세대를 '화전민'이라고 주장한 이어령의 평론집 『抵抗의 文學』(지경사, 1960)은 전통단절론에서 상징적인 의미를 갖는다. 그러나 이 화전민 의식도 '창비'와 '문지' 세대에 의해 곧 새로운 '과거'가 되어 버렸다.
5) 박종석, 『송욱 문학 연구』, 좋은날, 2000, 93쪽.

미로 사용되지 않는다. 소설을 대상으로 할 경우와 시를 대상으로 할 경우, 시에서도 해방 이전과 해방 이후 시를 다룰 경우 모더니즘의 함의는 조금씩 달라진다. 물론 이는 우리나라에서만 볼 수 있는 현상은 아니다. 문학적 환경에 따라 같은 용어도 다른 의미로 사용되는 것이 오히려 자연스러운 일일 것이다. 중남미에서 사용되는 모데르니스모(Modernismo)의 경우가 대표적이라고 할 수 있다. 그러나 이러한 의미의 낙차를 인정한다 하더라도 그 차이의 구체적 내용을 살펴보는 일은 매우 중요하다. 그것은 모더니즘을 받아들이고 사용한 동시대인들의 생각을 살펴보는 일이 될 수 있기 때문이다.

해방 이전의 시를 대상으로 한 연구에서 모더니즘이라는 용어는 영미 계열의 이미지즘을 염두에 둔 개념으로 사용된다. 이때 모더니즘, 이미지즘, 주지주의는 혼용되어 쓰이는 경우가 많다. 기존의 평가를 참고하면 정지용과 김광균은 이미지스트, 김기림은 이미지스트의 일면도 있으나 주지주의적 성격의 시인으로 규정된다.6) 시에서 청각적 인상보다는 시각적 인상을 중시하여 언어의 회화성을 최대한 살리려 한 것이 이미지즘 경향이었다면, 주지주의는 감상을 최대한 배제하고 이성적이고 과학적인 언어로 세계를 이해·조망하는 것을 목적으로 하였다. 이런 기준으로 보면 이상의 시나 <三四文學>의 시들은 전통서정시나, 모더니즘 어디에도 속하지 않는 '별종'으로 취급받게 된다.

물론 이 시기 모더니즘의 성과를 가볍게 볼 수는 없다. 이들의 성과 역시 분명히 지적되어야 하는데, 김기림의 작업은 감상적 낭만주의에 대해서는 내용의 진부와 형식의 고루함을, 편(偏)내용주의에 대해서는 내용의 관념성과 말의 가치에 대한 소홀을 비판하였다. 또,

---

6) 문덕수, 『한국모더니즘시연구』, 시문학사, 1992, 330쪽.

인생의 태도와 말의 사용에서의 과학성을 강조하였다. 그가 말한 과학성은 현대적 정신을 객관적 언어로 형상화할 수 있는 지성을 말하는 것인데, 그것이 현대시의 발전에 중요한 내적 계기를 정초하고 있음도 물론이다.7) 그러나 이들의 모더니즘이 끝내 성공을 거두었다고 보기는 어렵다. 정지용의 지성은 극기와 절제에 의하여 현실과 차단된 청정무욕의 자연과의 동일성을 추구하고, 김기림의 주지주의는 과학주의로 귀착되어 마침내 모더니즘 자체의 파탄으로 귀결되고, 김광균의 이미지즘은 고향과 윤리 및 현대문명으로부터 소외된 자아의 비극적 방황으로 마무리된다는 평가를 받게 된다.8) 무엇보다도 이들이 추구한 절제나 지성, 과학은 철저히 논리적 체계 안에만 머물러 모든 역사적 실천의 문제나 도덕적 문제를 배제하는 결과를 낳고 말았다.

송욱은 식민지 모더니즘의 이러한 장점과 문제점을 간파하고 새로운 시론의 필요성을 주장하였다. 『詩學評傳』의 한 장이 이들에 대한 비판에 할애된 것으로도 그 인식의 비중을 짐작할 수 있다. 새로운 현대시를 정립하기 위해서는 잘못되었거나 부족한 과거가 비판되어야 하는데, 그 대상이 된 것이 김기림과 정지용이었던 셈이다.

> 外國名을 가진 꽃, 國際列車, 港口의 異國風, 氣象圖·世界地圖 혹은 芳名錄, 혹은 外國領事館의 건물 등으로 모더니즘을 표방한 때는 이미 지났다. 우리가 時代性에 민감하면 할수록 참다운 歷史意識과 깊은 內面性과 精神性을 가지고 時代性을 소화하고 비판하고 血肉化할 때에 비로소 참다운, 즉 예술다운 現代詩를 쓸 수 있으리라.9)

7) 황정산, 「새로운 시어의 운용과 비순수의 추구」, 『1950년대의 시인들』, 나남, 1994, 245-246쪽.
8) 문덕수, 앞의 책, 334쪽 참조.
9) 송욱, 『시학평전』, 일조각, 1963, 194쪽.

> 韓國의 모더니즘은 內面性의 표현에 아직 성공하지 못했다. 그래서
> 異國風이나 視覺的印象을 위주로 하는 皮相的 似而非모더니즘이 되었
> 다. 이는 보들레르에게서 비롯한 象徵主義와 같은 內面化의 훈련을 겪
> 지 못한 탓이다.10)

김기림은 「감상에의 반역」, 「우리 시의 방향」, 「오전의 시론」, 「속
오전의 시론」 등의 글을 통해 감상에 빠지지 않는 건강한 시의 창작을
주창한 바 있다. 낭만과 퇴폐라는 지배적 경향을 벗어 던지고 우리 시
가 건강성을 확보하기 위해 필요한 것이 과학적인 정신이라는 것이
그의 시론의 골자이다.11) 김기림은 자신의 시론을 바탕으로 「태양의
풍속」, 「기상도」 등의 시를 창작하기도 하였다. 그러나 최근 들어 그
의 시는 의미 있는 시론에 크게 못 미치는 것으로 평가되고 있다.

위의 예문은 김기림 시의 이국취미를 비판하고 있는 글이다. 아래
예문의 경우는 식민지 시대 모더니즘 일반에 대한 비판이다. 이국의
풍물이나 문화를 시 안에 도입하는 것으로 현대시의 조건을 삼을 수
없다는 내용이다. 송욱이 현대시를 위해 필요하다고 주장하는 것은
‘역사의식’, ‘내면성과 정신성’ 그리고 ‘시대성’이다. 역사의식과 시대
성을 별개의 문제로 볼 수 없으므로 시대의 문제를 내면화하는 시인
의 정신을 문제 삼고 있다고 할 수 있다. 더 나아가면 식민지 시대
모더니즘이 안고 있는 ‘탈현실’의 문제를 지적하고 있는 것이다. 또,
두 예문에서 공통적으로 강조하고 있는 것은 ‘內面化’이다. 김기림

---

10) 같은 책, 206쪽

11) 김기림은 「모더니즘의 역사적 위치」(『김기림 전집 2』, 심설당, 1988, 55쪽)에서
“우리 신시의 선구자들이 이윽고 받아들인 것은 ‘로맨티스즘’이었고 다음에는 이
른바 동양적 情調에 가장 잘 맞는 세기말 문학이었다. 그런데 이 두 문학은 한결
같이 진전하는 역사적 현실에 대하여 퇴각하는 자세를 보이는 문학이다”라고 새
로운 시학의 필요성을 주장하였는데, 구체적인 그의 시론 활동은 이러한 문제의
식의 결과라 할 수 있다.

시와 시론에 대한 이러한 비평은 송욱이 추구하고자 한 시론과 시의 방향을 말해준다.

내면화의 부족과 함께 송욱이 지적하고 있는 점은 음악성의 부재이다.

> 過去의 詩에는 리듬이 있었다. 그러니까 리듬이 없는 것이 새로운 詩다. 또한 過去의 詩는 音樂的이었다. 그러니까 새로운 詩는 音樂性을 否定하고 繪畫性만을 인정해야 한다…… 이러한 소박하고 단순한 생각에서 출발한 것이 이 나라의 모더니즘이었다.[12]

정지용 시의 성과로 꼽히는 회화성을 송욱은 단점으로 지적하고 있다. 굳이 회화성 자체의 문제보다는 과거 시의 특징인 음악성을 포기한 데 대한 지적에 큰 비중을 둔다. 말하자면 그 '소박함'에 대한 비판인 셈이다. 송욱의 관점에서 그 소박함은 표현의 문제에만 관계된 것이 아니다. 표현은 곧 주제와 밀접히 관계되기 때문이다. "芝溶은 새롭고 훌륭한 詩를 썼지만 그 主題가 매우 제한된 것이었기 때문에 그 表現形式도 現代詩의 主題를 휩싸기에는 매우 폭이 좁은 것이었다. 그래서 그가 詩의 修辭에 고심하면 할수록, 그리고 예술가로서 정진하면 할수록 現代詩의 世界로부터 완전히 물러가는 모순에 빠지고 말았다"[13]고 지적한다. 이렇게 보면 정지용의 시에 대해서도 '內面化'의 부족은 함께 이야기될 수 있는 단점이 된다.[14]

---

12) 같은 책, 194-195쪽.
13) 같은 책, 206쪽.
14) 물론 정지용 시의 비판을 전면적으로 수용하자는 것은 아니다. 다른 역사적 평가와 마찬가지로 시대적 조건이 시인들을 규정하는 것이다. 송욱이 과거 시 경향을 비판하고 있듯 정지용 역시 과거시와 구분되는 감각의 새로움을 통해 현대시를 성취하려 했던 것이고, 그 점은 여전히 높이 평가되어야 한다.

그렇다면 송욱이 우리 시에서 부족하다 말한 내면성이란 무엇인가? 앞서 살핀 바와 같이 내면성은 정신성과 짝을 이루며 역사의식 그리고 시대성과 함께 작용한다. 즉 시대나 역사의 문제를 정제된 언어로 표현한 시에서 내면성을 찾을 수 있는 것이다. 실제 그의 시에서 역사와 시대에 대한 관심은 역설과 풍자로 나타난다. 역설과 풍자가 녹아 있는 정신성은 무엇보다도 언어유희를 통한 간접화를 통해 실현된다고 할 수 있다.

물론 30년대 모더니즘에 대한 비판적 관점이 송욱 고유의 것은 아니다. 전후 문학에는 실존적 위기라는 세계 문학적 흐름을 한국적 상황으로 받아들여 내면화되지 못한 위기의식을 비판적으로 보는 일단의 흐름이 있었다. 그 대표적인 비평가가 고석규인데 고석규와 비교한다면 송욱은 그 위기의식을 노골적으로 드러내지 않은 편에 속한다.

모더니즘의 본질적 내용에 온전히 투기할 것을 거부한 저들의 '오프미스틱'한 안이성에는 미구에 돌아올 자신에의 위기가 더욱 더 누적되지 않을 수 없었다. 위기 의식의 실천에 비겁한 저들이 어찌하여 '현대적 상황'의 전부를 실천하였다 하겠는가. 지나치게 탁월한 결정론자들을 냉소해 마지않던 箱의 뼈저린 자학적 반항 속에서 우리는 보다 더 성실한 인간성의 뿌리를 포착할 수 있을런지도 모른다. 모더니스트로서의 실천을 애오라지 침묵으로만 수행한 인간 이상에게서 역설적인 '건강'과 역설적인 '새로움'을 발견하려는 나와 우리시대의 희망이란 차라리 모더니즘의 극복을 동시대적인 것으로 분담하려는 의지와도 일치될 것이다. 속성을 상실한 모더니즘의 보편화란 믿어볼 수가 없다.[15]

부산을 중심으로 활동한 고석규는 50년대의 상황과 서구 전후문학

---

15) 고석규, 「이상과 모더니즘」, 『여백의 존재성』, 지평, 1990, 179쪽.

을 모범으로 삼고 상황의 시론을 전개한 비평가이다. 그는 모더니즘을 '위기의식의 실천'으로 보고 김기림이나 <후반기>의 모더니즘이 지향하는 기교주의나 명랑성을 거부하였다. 그는 50년대 폐허의 지식인으로 폐허 위에 서 있는 지식인의 고민과 실천을 역설하고자 했고, 그것을 일관된 비평의 주제로 삼았다. 그가 '이상'에게서 자신의 역설을 발견한 것은 바로 그와 같은 고통을 모더니즘을 통해서 구해내고자 한 데서 비롯한 것이었다.[16]

그러나 이런 초현실주의적 발상은 실제 창작으로는 연결되지 못하였다. 조향 정도의 시인이 이러한 요구에 어느 정도 부응했을 뿐이었다. 이에 비해 송욱은 시론만큼이나 주목할만한 시를 창작한 시인이었다. 앞서 살펴본 대로, 김기림과 정지용의 시에서 부족하거나 생략된 것들(송욱이 모더니즘이라고 부른) 혹은 현실에 대한 관심을 '모더니즘'이라는 같은 이름으로 복원해내고자 한 것이 송욱의 시론과 시(대표작, 「何如之鄕」)였다고 할 수 있다.

3. 은유와 역설 – 말놀이의 수사

시집 『何如之鄕』은 모두 아홉 부분으로 나뉘어져 있다. 그 중 앞의 두 부분은 첫 시집 『誘惑』에 실린 시들의 재수록이다. 송욱의 대표작으로 이야기되는 「何如之鄕」 연작 12편은 7부에 실려 있다.

송욱의 초기 시는 강렬한 색채 이미지와 전통적인 비유가 자주 사용되어 이미지즘 시의 느낌을 준다.

---

16) 전기철, 『한국전후비평연구』, 도서출판 서울, 1994, 173쪽 참조.

薔薇밭이다.
붉은 꽃닢 바로 옆에
푸른 잎이 우거져
가시도 햇살 받고
서슬이 푸르렀다.

벌거숭이 그대로
춤을 추리라.
눈물에 씻기운
발을 뻗고서
붉은 해가 지도록
춤을 추리라.

薔薇밭이다.
핏방울 지면
꽃닢이 먹고
푸른 잎을 두르고
기진하며는
가시마다 살이 묻은
꽃이 피리라[17]

　　많은 평자들은 강렬한 색조의 대비를 통해 드러나는 감정의 치열
성을 지적하면서 이 작품의 주제를 성적인 것의 추구에 의한 생명의
긍정으로 해석하고 있다.[18] 굳이 성적인 것의 추구까지 말하지 않더
라도 시 전체에서 느껴지는 강렬한 이미지는 색채에서 비롯된다고
할 수 있다.[19]

---

17) 송욱, 「薔薇」, 『誘惑』, 사상계사, 1954.
18) 홍기창, 「송욱의 자연과 인간」, 『문학과지성』, 4권 2호 : 김춘수, 「형태의식과 생
　　명긍정 및 우주감각」, 『세계의 문학』, 3권 1호.

첫 연에서부터 색채의 분명한 대조가 눈에 띤다. '붉은 꽃잎'과 '푸른 잎'이 대조를 이루고 가시의 서슬도 '푸르렀다'고 표현된다. 푸른 잎은 우거져 있고 가시는 햇빛을 받아 날을 세우고 있다. 한 눈에 들어옴직한 대상을 색감에 따라 묘사함으로써 대상 전체에 대한 인상을 강하게 할 뿐 아니라 각각의 색채가 갖는 느낌도 강조하고 있다. 셋째 연은 첫째 연에서 본 같은 사물에 대한 좀더 역동적인 느낌을 전달해 준다. 꽃잎의 붉은 색은 핏방울이 묻은 것이고 그 꽃잎은 푸른 잎을 두르고 기진하여서 핀 것이라 한다. 첫째 연과 셋째 연이 유사한 형식을 띠고 있는 데 비해 둘째 연은 화자가 주체가 되어 좀더 능동적인 느낌을 준다. 서슬이 푸르게 선 붉은 장미밭 앞에서 화자는 "벌거숭이 그대로 / 춤을 추리라"고 한다. 이는 장미꽃 밭의 강렬함에 맞춘 강렬한 몸짓일 터인데, 그 강렬함이 시의 주제를 이룬다고 할 수 있다. 행을 나누는 방법이나 의미의 전개에서 기존 서정시의 흐름에서 벗어나는 부분이 느껴지지 않는다.

「薔薇」는 시의 완성도를 떠나 송욱의 초기 시가 갖는 특징을 확인할 수 있는 시라 할 수 있다. 그러나 몇 년의 차이를 두고 발표된 다음 시는 마치 다른 시인의 작품처럼 이질적이다.

歡迎 萬歲 니힐 니힐리야.
말하자면
말이
행동이 아니다.
뜻할듯 말듯
눈 코를 뜨는 사이,

19) 붉은 색의 활용이라는 점에서 이 시는 정지용의 시 「석류」를 연상하게 한다. 그런 만큼 시각적 인상을 중시하는 이미지즘 계열의 시에 가깝다고 할 수 있다.

星座에 앉아 당을 훔켜쥔다.

[……]

監察 監査 査察하는

하늘처럼 하늘대는

하얀 꽃이,

구유통에 태난 어린이가,

밥이 돌이고,

돌이 밥이라고.

생각도 느낌도 없는

부호가 숨쉬는데,

會社 같은 社會가

호랑이처럼

날뛰며 덤벼드는 꿈을 잃었다.[20]

우선 눈에 띠는 것이 한자어의 잦은 사용과 말장난에 가까운 언어 놀이이다. 유사하지만 대립되는 의미를 갖는 단어를 연속해서 사용한 다든지 유사한 소리로 들리는 다른 의미의 단어를 이어 사용한 점이 가장 눈에 띤다. 이는 괘사법에 속하는 수사이다.[21] 이러한 언어의 운용은 우리 시사 전체를 통해서도 쉽게 찾을 수 없는 과감한 실험 에 속한다. 이를 통해 얻을 수 있는 효과는 소리 연상에 의한 일상적 의미체계의 파기라고 할 수 있다. 일상을 비일상화하여 현실과 시의 청자를 이화(異化)시키고 그를 통해 새로운 상상력을 만들어내는 것이 이러한 시가 궁극적으로 지향하는 바이다. 이화의 수사는 모더니즘 시의 수사법에서 매우 중요한 의미를 갖는다고 할 수 있는 바, 일상

20) 송욱, 「何如之鄕·4」, 『何如之鄕』, 일조각, 1961. 이후 「何如之鄕」의 인용은 본문 에 시 제목만 표기한다. 「何如之鄕」 인용은 모두 부분 인용이다.
21) 괘사법(卦辭法)은 소리가 비슷하고 의미가 다른 말을 서로 연관지어 사용하는 수 사법을 말한다. 넓은 의미에서는 동음이의어법의 한 갈래로 볼 수 있다(김욱동, 『수 사학이란 무엇인가』, 민음사, 2002, 184쪽).

에 대한 새로운 시각과 인식의 제시라는 목적에 부합하는 방법이라고 할 수 있다.

'歡迎'과 '萬歲' 에 이어지는 '니힐 니힐리야'는 소리로만 보면 흥을 돋구는 피리 소리를 연상하게 한다. 그러나 실제로는 전혀 다른 의미를 포함하고 있다. '환영'과 '만세'라는 앞의 시어들이 '니힐'에 의해 부정된다고 볼 수 있기 때문이다(물론 '니힐 니힐이야'가 되면 의미는 더 분명해진다).22) 이를 뒷받침하듯이 다음 세 행에서는 말이 곧 행동이 아니라는, 언어와 실제의 어긋남에 대해 말한다. 이러한 어긋남도 자연스럽게 이루어지는 것이 아니어서 '말하자면'을 통해 또 한번의 변화가 일어난다. '말하자면'은 일반적으로 앞의 말을 자세히, 쉽게 풀어주지 위해 사용되는 단어이다. 하지만 뒤에 오는 행의 의미가 말과 행동이 다르다는 것임에 따라 '말하자면'의 신뢰성은 크게 떨어지게 된다. 이어지는 '뜻할 듯 말듯'이 이러한 전개를 마무리해준다. 일상적으로 '눈코 뜰 새 없다'는 말을 매우 바쁜 상태를 나타내는데 사용하는데, 그렇게 정신없이 보내다 잠시 여유를 갖게 되면 누군가 높은 곳에서 욕망을 이루고 있는 것이다. '星座'는 앞선 행 '환영'이나 '만세'를 받았던 주체가 앉아 있는 곳이다.

인용의 뒷부분은 두 개의 문장으로 이루어져 있다. 각 문장에서 '숨쉬다'와 '잃었다'가 서술어가 된다. 첫 행 '監察', '監査', '査察' 세 한자의 의미가 유사한 만큼 그들이 조합으로 만들어낸 단어의 의미 역시 크게 다르지는 않다. 그러므로 이 행은 유사한 의미를 반복하면서도 다른 소리를 들려주는 셈이다. 이어지는 두 행은 '-하' 음의 반복으로 리듬을 만들고 있다. 하늘처럼 하늘댄다는 말은 의미만을 받

---

22) 이런 의미에서 보면 「何如之鄉」의 시들은 온전한 의미의 의성법을 사용하고 있는 것은 아니다.

아들여 얻을 수 있는 게 많지 않다. 그러나 같은 소리의 반복이 주는 자연스러움은 의미의 불일치를 별 문제 아닌 것으로 만들기에 충분하다. 밥이 돌이고 돌이 밥이라는 말이 주는 음악적 효과 역시 동일한 수사법의 하나로 볼 수 있다. 밥과 돌은 먹을 수 있는 것과 먹을 수 없는 것을 대표한다. 그러면서도 그들은 섞여 있어 함께 '씹힐' 수 있는 것들이기도 한다. 다음으로 "會社 같은 社會"라는 말이 이어진다. 회사의 부정적 이미지가 사용되고 있음을 짐작할 수 있는데 그 부정적 이미지의 실체는 "생각도 느낌도 없는 부호"가 숨쉬는 곳이다. 사회와 회사가 같은 한자로 이루어져 있기에 이 둘이 유사점을 가지는 것도 전제된다. 그 사회가 '호랑이'에 비교되고 있음도 주목할 만하다.

이상과 같이 순서를 따라 시를 분석해 보면 이 시에서 가장 많이 사용되는 수사법을 은유라고 할 수 있다. 부분 부분 말장난 같은 수사법이 많이 사용되었지만 시 전반은 'A는 B이다' 식의 유사성에 의지하는 비유가 지배하고 있다. 은유는 드러내고자 하는 대상과 그 대상을 특징으로 포착된 또 다른 특징이 맺어지는 경우를 말한다. 그런데 위 시에서는 비유의 원관념에 해당하는 당시 현실 혹은 이야기의 대상은 가려져 있고 그것을 표현하는 보조관념들이 시행을 차지하고 있다. 따라서 '행동이 아니다', '星座에 앉아 당을 훔켜쥔다', '밥이 돌이고, / 돌이 밥이라고' 등은 단순한 말장난에 그치는 것이 아니라 부정되어야 하는 무엇이다.

시에 사용된 수사를 적극적으로 해석해 준다 해도 「何如之鄕·4」의 시행들은 통사적으로 의미가 완벽하게 갖추어져 있다고 보기 어렵다. 이 시를 잘 읽어내기 위해서는 통사적 의미 외에 각각의 단어들이 엮어내는 울림에 주목하여야 한다. 의미와 상관없이 언어의 울림 자체로 무엇을 만들어내기는 어렵겠지만 그것을 통해 전달하고자

하는 메시지를 효과적이고 개성 있게 만들 수는 있겠다. 소리 울림의
중심에 한자(漢字)가 놓여 있음도 중요하다. 한자의 의미 있는 사용에
대해서는 다른 시들을 통해서도 쉽게 확인할 수 있다.

　　　亡身과 亡命을 잃은 亡靈들
　　　원수가 아니면 이웃 사촌들이여!
　　　人生 生活苦를
　　　膏藥처럼 붙인 아름다움이
　　　살별 같은 꽃으로
　　　滿發하여 쉽싸 도는
　　　그대 앞에선,
　　　시시한 是是非非
　　　한숨으로 어물어물
　　　超人이나 下人이나
　　　切實하게 要節할 뿐.

―「何如之鄕·5」

앞에서 살펴본 시 「何如之鄕·4」에서도 이중적인 의미를 가지고
있거나 의미의 충돌을 일으켜 새로운 의미를 상상하게 하는 단어는
주로 한자로 표기되었다. 「何如之鄕·5」에서도 이는 크게 다르지 않
다. '亡身', '亡命', '亡靈'이 사람들을 비아냥거리는 말로 사용되었고,
'人生'에 꼬리를 무는 '生活苦' 역시 '인생＝생활고'라는 은유를 만든
다. '시시한'은 한글로 '是是非非'는 한자로 쓴 것도 시각적으로 신선
함을 준다. '膏藥'과 아름다움, 초인과 하인, 절실함과 요절은 반대되
는 의미를 가지고 서로를 비교 수식하고 있어 의미의 마찰을 일으킨
다. 의미의 마찰은 동시에 은유이기도 하다. 대상과 대상의 차이보다
는 그 유사성을 강조하기 위한 비유이기 때문이다. 이러한 수사는 일
상적인 유사 은유 이상을 보여줌으로서 각각의 의미 이상을 생각하

게 만드는 역할을 하게 된다.

송욱의 시가 보여주는 과감한 형식실험에 대해서는 이미 여러 논자들이 지적한 바 있다. 김종길은 "그의 實驗의 대부분이 우리말을 두고 펀(pun)이나 패러디(parody)를 시험해 보는 데 있"다고 말하고 "定型을 지향하는 급한 템포의 짧은 詩行이나 形而上學派 詩人들처럼 폭력적인 메타포나 논리적 비약을 꾀하는 점도 우리 詩에 있어서는 과격할 정도로 대담하다."[23]고 평가한 바 있다. 펀 혹은 패러디의 실험을 송욱의 언어가 가진 특징이라고 지적하고, 짧은 시행이 갖는 효과에 대해서도 지적한 것이다. 그렇다면 송욱은 그런 효과를 극대화하기 위해 한자의 특성을 중요하게 사용한 것이다. 『詩學評傳』에서 송욱은 정지용을 비판하면서 한자와 한글의 차이를 다음과 같이 말하고 있다.

> 漢文은 表意文字(물론 表音文字的要素도 있기는 하다), 즉 <意味의 그림>인 象形文字다. 그러나 우리 한글은 表音文字다. 象形을 지닌 漢字의 長點은 매우 간단한 漢文의 文章法을 보충할뿐더러 오히려 이러한 長點과 간단한 文章法은 아울러 漢詩의 餘韻과 神韻을 빚어 냈다. [……] 그런데 漢字는 한 글자 속에 여러 槪念을 응결시키고 있으며 이 凝結體인 漢字가 결합하면 매우 풍부한 뜻을 反響할 수 있으나 우리말은 같은 내용을(膠着語인 까닭도 있고 해서) 긴 문장과 복잡한 文章法을 통해서 표현할 수밖에 없다.[24]

중요하다고 생각하는 단어, 특히 개념과 관계된 단어를 한자로 쓰는 오래된 관습은 최근까지 남아 있었다. 그럼에도 불구하고 한자 사용을 자연스럽게 생각하고 한자 사용을 통해 시의 효과를 거두겠다는 생각은 독특한 면이 있다. 위 글이 우리말로 간결한 이미지, 즉

---

23) 김종길, 「實驗과 才能―우리 詩의 現況과 그 문제점」, 『시론』, 120쪽.
24) 『시학평전』, 204-205쪽.

한시와 같은 이미지를 만들어내려고 했던 정지용 시에 대한 비판이라는 점을 생각하면 더욱 그렇다. "漢字는 한 글자 속에 여러 槪念을 응결시키고 있으며 이 凝結體인 漢字가 결합하면 매우 풍부한 뜻을 反響할 수 있"다는 생각은 우리말로 무엇을 할 것인가를 상상했다기보다 효과적으로 의미를 전달하기 위해 어떤 방법이 적당한가를 고민한 결과라 할 수 있다. 우리말은 한자와 같은 효과를 내려면 긴 말과 문장이 되어야 한다고도 하는데, 이런 생각에서 보면 우리말은 압축과 리듬을 중시하는 시를 창작하기에 매우 불리한 언어가 된다. 이런 생각을 받아들인다면 압축과 리듬을 만들어내는 방법으로 송욱이 선택한 것이 한자의 사용이었다고 할 수 있다. 압축과 빠른 리듬의 유지는 자연스러운 행 구분을 위배하는 의도적인 행 설정으로도 이어진다.[25)

한자의 마찰이 만들어내는 것은 역설(逆說)이다. 같으면서도 다른 단어들의 연속을 통해 같아 보이는 것이 어떻게 다른지, 다르게 보이는 것이 어떻게 공존할 수 있는지를 보여주는 것이 역설의 중요한 역할이라면 「何如之鄕」은 이를 잘 활용하고 있는 경우라 할 수 있다. 물론 한자만이 그런 역할을 해내고 있는 것은 아니다. 「何如之鄕」이 한자의 이런 기능을 의식적으로 사용하고 있다는 점을 강조하자는 것 뿐이다. 「何如之鄕·4」의 경우 '말'이 한자가 아니므로 '행동' 역시 한자가 아닌 한글로 표기되었다.

효과적으로 사용되는 역설에는 반드시 표면상의 혼란 뒤에 진실로

---

25) 물론 리듬과 압축이 한자를 통해서만 이루어지는 것은 아니다. 우리 시는 대체적으로 행 말의 휴지를 위해 행이 구분되고, 행 구분은 말의 통사적 의미분절에 따라 이루어지는 것이 보통이다. 그런데 송욱은 이러한 자연스러운 의미의 분절을 파괴하는 의도적인 휴지설정을 통해 리듬과 의미의 변화를 노리는 특별한 어법을 자주 사용한다. 이에 대해서는 황정산의 앞의 글 257쪽 참조.

드러내고자 하는 무언가가 있게 마련이다. 그 이면의 주제가 작품의 성패를 좌우한다고 해도 지나친 말이 아닐 것이다. 「何如之鄕」의 시편들은 비록 지적 유희가 많은 듯하지만, "일상생활에서 도망하여 목전의 처참한 현실에 눈을 감고 영원과의 교섭을 누리는 자의 노래"는 결코 아니며, "일상생활의 의식이 추방된 어떤 황홀한 순간으로 망명하여 표백하는 황홀경의 표현도 아"니기 때문이다.26) 난해함에도 불구하고 「何如之鄕」은 사회적 현실에 밀착된 주제를 다루고 있다. 의미의 울림이란 단지 말의 재미에 의해서 얻어지는 것이 아니기 때문이기도 하다. 김현의 말대로 "의미의 울림이 예민하다는 것은, 말에 그 의미를 부여한 문화적 축적에 예민하다는 것을 의미한다. 말의 의미란 한 종족이 그 말에 부여한 의미의 총화"27)이기도 한 것이다.

　① 民主 / 注意(칠!) / [……] / 二律服從 / 一律背反하다가 / 용용 죽었다. (「何如之鄕·6」)
　② 떨어지는 꿈이 / 딱 이제 / 눈 감고 / 사는 사람, 죽는 사랑! / 그래도 春畵 파는 / 어린이 / 나라 / 라나. (「何如之鄕·7」)
　③ 구름처럼 물처럼 / <처럼>이 거울이라 / 비쳐보며 단장하고 / 痛哭과 <아멘>과 술잔 사이서, / 밥을 / 욕을 / 먹을 / 줄 / 아 — / 니, (「何如之鄕·8」)
　④ 科學이 學科인양하여 / 人間이 낙제하고, / 까마귀 떼처럼 / 왜놈들이 날라 간 뒤가 / 李朝末葉이 / 우수수 진다. (「何如之鄕·10」)

　위에서 예를 든 몇 편의 시에서도 단순한 말장난에 그치는 구절은 없다. 民主主義를 '注意'로 바꾸고 거기에 '칠주의'를 연상하게 만들어놓은 것, '二律背反'과 '一律服從'을 섞어 새로운 단어를 만들고는

---

26) 유종호, 「비순수의 선언」, 『비순수의 선언』, 민음사, 1995, 66쪽.
27) 김현, 「말과 우주—송욱의 상상적 세계」, 『문학과 유토피아』, 문학과지성사, 1992, 42쪽.

'용용죽겠지'라는 유아어를 변형시켜 놓은 점은 무언가에 대한 조롱으로까지 들린다. 구체적으로 지적하고 있지는 않지만 注意해야 할 주체와 용용 죽었을 주체는 같은 것이다. ②의 내용은 사랑의 죽음과 춘화를 팔며 살아가는 어린이에 대한 것이다. 이 역시 무언가를 조롱하고 있다는 느낌을 주는데, '나라'와 '라나'를 이어 쓴 데서 오는 효과가 가장 크다고 할 수 있다. 어린이가 춘화를 파는, 그들의 나라가 되는 것과, 남의 이야기를 관심 없이 듣고 전하는 듯한 어감이 이런 느낌을 만들어낸다. "밥을 / 욕을 / 먹을 / 줄"은 'ㄹ'의 연속을 통해 리듬감을 주면서도 빠른 행의 진행으로 리듬의 변화를 주어 시 전체의 느낌을 특별하게 만든다. '李朝末葉'은 마지막에 이른 왕조가 마지막 잎이 떨어지듯 힘없이 스러진다는 의미가 된다.

물론 이러한 평가를 통해 송욱의 시가 가진 내면성의 실체를 확인하기는 쉽지 않다. 내면화된 시정신의 한 축인 정신성은 한자의 사용과 이를 통한 역설에서 드러나긴 하는데, 또 다른 한 축을 이루어야 할 역사와 현실에 대한 구체적인 형상을 그려낼 수 없기 때문이다. 그의 시가 대상으로 하고 있는 말놀이 혹은 조롱의 구체적 대상이 무엇인지를 알아내는 일 역시 매우 어렵다. 부정의 정신을 볼 수 있지만 그 부정의 구체적 실체는 확인하기 어렵다는 말이다. 이를 송욱 시만의 한계로 볼 것이냐 현실 비판적 모더니즘 시 일반의 특성으로 볼 것이냐 역시 쉽지 않은 문제이다. 굳이 송욱만이 아니라 <후반기> 동인 등 해방 이후 우리 모더니즘 시인들의 경향을 두루 살펴야 하는 일이기 때문이다. 여기서는 단지 송욱의 시학이 지향하고 있는 긍정적 지점과 그의 시가 표현하고자 했던 정신의 합일점을 확인해 보는데 의미를 한정할 수밖에 없다.

4. 풍자 - 현실 비판의 수사

앞장에서 살핀 바와 같이 「何如之鄕」에서 말장난과 같은 시행은 무언가를 조롱하거나 공격하고 있다. 그 조롱과 공격은 현실에 대한 풍자로 발전하기도 한다. 사회나 인간에 대한 비판의 수단으로 풍자는 오래되었지만 여전히 효과적인 방법이다. 특히 당대 현실에 대한 비판으로서의 풍자는 독자에게 현실을 낯설게 하여 사고의 기회를 제공한다는 점에서 특별한 수사법으로 평가된다.[28] 대상에 대한 직접적인 비판이 1차원적인 것이라면 풍자는 대상에 대한 정확한 파악은 물론 겉으로 드러난 현상 이면의 내용을 보여주어야 가능한 것이다. 그런 의미에서 풍자는 일방적인 비판보다 높은 호소력을 가질 수 있다. 그러나 풍자는 복잡한 현실의 상황을 전달하기에 적당한 형식은 아니어서 자연주의적 탐구가 이루어지거나, 독자가 전혀 모르고 있던 사실에 대한 새로운 정보를 제공하기는 어렵다. 풍자는 시인과 독자 사이의 공감이 쉽게 이루어질 수 있는 내용을 특별히 가공하는 데서 큰 효과를 낼 수 있는 수사법이다.

「何如之鄕」에서 현실 문제가 비교적 뚜렷이 드러나는 시들을 살펴보자. 이 시들의 특징은 화자 또는 화자가 처한 상태가 비교적(앞서 살펴본 시들에 비해) 많이 드러난다는 점이다.

> 솜덩이 같은 몸뚱아리에
> 쇳덩이처럼 무거운 집을

---

28) 낯설게 하기라는 말을 사용하지만 이는 특별한 문학이론에 기대는 것은 아니다. 낯설게 하기는 단순히 "새로운 것을 창조하는 것이 아니라 존재하고 있는 것에서 질제 악을 폭로하는 것"(로날드 폴슨, 『풍자문학론』, 지평, 1992)이라는 특성을 살리기 위한 방법으로 이해할 수 있다.

달팽이처럼 지고,
먼동이 아니라 가까운 밤을
밤이 아니라 트는 싹을 기다리며,
아닌 것과 아닌 것 그 사이에서,
줄타기하듯 矛盾이 꿈틀대는
뱀을 밟고 섰다.
눈 앞에서 또렷한 아이가 웃고,
뒤통수가 온통 피 먹은 白丁이라,
아우성치는 자궁에서 씨가 웃으면
亡種이 펼쳐 가는 萬物相이여!

ㅡ「何如之鄕·1」

위 예문은 「何如之鄕」 첫 번째 시의 전반부이다. 이 시에서는 뒤에 이어지는 열 한 편의 시에 비해 형식의 난해함이 적고 화자의 직접적인 목소리를 쉽게 확인할 수 있는데, 화자는 세계와 그 세계에 서서 살아가야 하는 인간의 형편을 비교적 직접적으로 이야기하고 있다. 주어는 생략되어 있지만 화자나 화자를 포함하는 인물이 주어가 된다고 생각할 때 그(들)의 처지는 달팽이로 비유된다. 달팽이의 은유는 약한 몸으로 무거운 집을 지고 살아야 하는 '운명'을 가지고 있다는 의미로 읽을 수 있다. 무거운 짐을 지고 그(들)가 서 있는 자리는 모순에 싸여 위험하기 그지없는 뱀의 위(上)이다. 이런 곤란한 처지에서 살아가는 세상은 '亡種이 펼치는 萬物相'이다. 만물들이 내용이 자세히 설명되고 있지는 않지만 그것이 앞서 말한 '줄타기하듯 모순이 꿈틀대는' 현실임을 알 수 있다. 눈앞에는 '또렷한 아이' 뒤통수에는 '피먹은 白丁', '아우성치는 자궁'과 웃는 '씨'는 대립되는 자리에서 함께 공존하는 '亡種'의 예로 제시된 것이라 할 수 있다.29)

---

29) 이 시에서도 많은 명사들이 은유로 사용되고 있다. 솜덩이, 쇳덩이, 달팽이, 뱀,

세계에서 자신의 위치, 역사에서 현재의 위치를 확인하는 것이 현실인식이라고 보면 화자는 매우 비관적인 생각에 빠져 있다고 할 수 있다. 무거운 짐으로 자신을 버티기 어려운 개인과 올바른 방향 없이 극단과 모순 사이에서 줄다리기를 하고 있는 세계는 불안과 두려움을 주기도 한다. 이런 상태를 보여줌으로써 화자는 '何如之鄕'이라는 곳에 만연한 삶의 불안정성과 불균형성을 무겁게, 그리고 어둡게 표출하는 것이다.[30] 화자는 그 두려운 현실을 수용하고 자신의 위치를 고수하는 것이 아니라 스스로 방향을 찾아 나가려 한다. 「何如之鄕」에서 송욱은 그 길을 구체적으로 제시하지는 못하지만 현실의 모습을 신랄하게 공격하고 비웃어줌으로써 길을 찾아야 한다는 의지만은 강하게 보여준다. 이어지는 시행에서도 화자는 "이렇게 자꾸만 좁아들다간 / 내가 길이 아니면 길이 없겠고, / 안개 같은 地平線 뿐이리라"고 하여 위기의식과 극복의지를 동시에 드러낸다.

> 職業을 단벌 옷처럼 입고,
> 떨어진 良心을
> 양말처럼 신었지만,
> 언제나 원망을 들어가면서
> 언제나 민망하게 지내야겠다.
> 발이 디딘 곳은 같은 자린데
> 눈이 겁쟁이라 물러만 가면,
> 허위적거리는 팔을 꺾어라.
>
> ─「何如之鄕·2」

앞의 시에서 개인의 삶이 달팽이에 은유되었다면, 여기서는 직업

아이, 백정, 자궁 등은 모두 은유이다.
30) 최윤정, 「중심 부재의 詩와 중심 찾기의 시학」, 『송욱연구』, 역락, 2000, 107쪽.

이 단벌옷에, 양심이 양말에 은유되고 있다. 일상인들의 살아가는 방식을 야유하는 듯하지만 자조적인 느낌도 강하게 든다. 일상적인 소시민의 삶을 쉽게 상상할 수 있는 시의 내용이다. 외부에서 평가하면 부정적으로 볼 수 있지만 그 안에서 벗어난 다른 삶 역시 상상하기 어려운 것이 사람들의 일상이다. 비록 그런 삶에서 벗어나기는 어렵지만 그런 삶을 순순히 받아들이지 않으리라는 생각이 '원망'과 '민망'이라는 말로 표현되고 있다. 삶의 모습이 어떠하든 거기에 안주하지 않고 자신을 돌아보겠다는 생각이 '원망'이고 '민망'인 셈이다. 그런 한편 '지내야한다'는 당위가 성립되는 이유는 그가 처한 현실이 어쨌든 피할 수 없는 것이기 때문이다. 이어지는 발을 디딘 곳이 같은 자리라는 진술은 이를 말해준다. 피할 수 없으면 부딪쳐야 하지만 개인들은 겁쟁이처럼 피하려고만 든다. 여기까지 평범하게 진행되어 오던 시행은 갑자기 명령형의 문장으로 바뀌면서 새로운 분위기를 만들어 낸다. "허위적거리는 팔을 꺾어라"는 시행은 버텨오던 자신의 의지가 꺾일 경우 감당해야 할 보상을 말한 것이다. 여기에 이르면 현실에 대한 비판은 일방적인 비판이 아니라 공격성을 지닌 풍자로 이어진다고 할 수 있다.

> 골목처럼 그림자진
> 거리에 피는
> 孤獨이 梅毒처럼
> 꼬여 박힌 8字면,
> 淸溪川邊 酌婦들
> 한 아름 안아보듯
> 痴情 같은 政治가
> 常識이 病인양하여
> 抱主나 아내나

빛과 살붙이와,
現金이 實現하는 現實 앞에서
다달은 낭떠러지!

-「何如之鄕・5」

　　위 시에서 화자는 음가와 의미가 다른 한자를 사용하여 그 사이에
서 새로운 느낌을 만들어내는데 그것이 모두 현실의 문제를 암시하
고 있다. 그 암시는 단순히 사실에 대한 보고나 설명에 그치지 않고
조롱이나 비웃음을 수반한다. 그것은 때로 웃음을 만들어내기도 한
다.「何如之鄕・1」의 순서대로 살펴보면 개인은 "孤獨처럼 梅毒처럼 /
꼬여 박힌 8자"이다. 고독과 매독은 같은 음 '독'으로 유사한 음성인
상을 줄 뿐 아니라 질병의 성격을 띤다는 점에서도 유사하다. 팔자는
흔히 '八字'로 쓰는데 위에서는 굳이 '8'을 사용하여 팔자가 '꼬여 있
음'을 강조하고 있다. 이어 현실에 대한 판단으로 짐작되는 시어 '痴
情 같은 政治'는 발음의 선후를 바꾸면서도 '같은'을 통해 둘의 유사
성을 강조한다. '現金이 實現하는 現實'은 '現'을 세 차례나 사용하여
'드러냄'의 의미를 강조한다. 물론 그 드러냄이 '金'과 관계있다는 인
상을 준다. 느닷없이 사용된 '常識이 病인양하여'는 예전 문체의 사
용이 주는 우스꽝스러움과 함께 그 상식으로 인해 다다를 수밖에 없
는 현실의 절망('다달은 낭떠러지')을 이야기한다. 다시 복잡한 은유를
일상의 서사문으로 풀어보면 "그림자진 거리에 피는 고독이 꼬여있
다. 현실은 치정 같은 정치 아래 상식이 병이 되는 낭떠러지 같은 삶
이다"라는 문장이 된다. 고독이나 그림자 같은 말들은 모두 '치정 같
은 정치' 아래 수렴되고 마는 것이다.

　　「何如之鄕」 9와 12는 과감한 행갈이를 시도한 시편들이다. 서술적
의미에서는 짧은 시행으로 정리될 수 있는 내용을 빠른 전개를 통해

낯설게 하고 단어의 의미를 확장하는 효과를 거두고 있다. 이럴 경우 각 행에는 의미의 무게를 감당할 수 있는 단어들이 선택된다.

> 뭘
> 어떻게
> 하려는지
> 삼백 예순 다섯 날이
> 하루 같이 奇蹟이고,
> 이런
> 法이
> 法이
> 없다.
>
> ―「何如之鄕·8」

　주로 한 단어 많게는 세 단어가 한 행을 이루고 있는 위 시 역시 삶의 불규칙성, 불안정성을 이야기한다. 첫 두 행은 비록 짧지만 무엇을(what)과 어떻게(how)라는 도발적이면서도 중요한 문제를 제기한다. 그 '무엇'과 '어떻게'가 일정하게 유지되기 않기에 매일 매일의 삶은 '奇蹟'과도 같이 유지된다고 말할 수 있다. 이처럼 불안정하게 유지되는 삶의 이유로 화자는 '法'의 부재를 말한다.「何如之鄕·5」에서 '정치'를 이야기했던 것과 같은 맥락의 유사한 수법이다. 여기서도 특유의 언어유희가 사용되는데, '이런 법이 없다'라는 평범한 진술에 '法이'를 한 번 반복함으로써 우리 사회에 질서가 없음을 강조함과 동시에 일반적으로 지켜야 하는 규범과 강제로서의 법 역시 부재함을 은연중에 비판하고 있는 것이다.

　위 시의 수사적 특성은「何如之鄕·12」에까지 이어진다. 전편은 "날 / 소매 / 치기 패기 / 깡그리 깡패면 / 自由가 決心인데 /「選擇이여

安寧」하고 / 保身하여 危險하다. / 아아 푸른 하늘 푸른 하늘 / 너는 너는 未來여!"로 짧지만 행 나누기를 하면 모두 9행이 된다. 이 시에서도 말장난이 우선 두드러진다. 소매치기의 치기를 '稚氣'로 읽고 이것을 다시 '覇氣'로 연결한다. 이렇듯 잘못된 사회에서는 '自由가 決心'이 되는 이상한 상황과 '保身하여 危險'해지는 모순도 발생한다. 그래도 마지막까지 푸른 하늘이 주는 미래에 대한 희망은 포기하지 않는다.

이렇게 볼 때 현대 한국의 세태풍속의 풍자왜곡이 가미된 사회축도[31]라는 「何如之鄉」에 대한 지적은 여전히 유효하다고 할 수 있다. 세태풍속이라는 막연한 말을 사용해야 할 만큼 비판대상의 구체성에서는 의문을 제기할 수 있지만 「何如之鄉」 5, 8, 12에서 확인했듯이 세태의 내용은 때때로 일상적인 삶을 규정하는 정치·사회적 문제에까지 이르기도 한다. 그것을 직접적 목소리로 표현하지 않고 언어 놀이에 가까운 기교로 표현함으로써 사회성과 함께 시 고유의 내면성을 확보하고자 했던 것이 「何如之鄉」의 시인이 추구했던 바가 아니었나 생각한다.

5. 결 론

시인이자 비평가로서 송욱의 지속적인 고민은 한국의 현대시가 이전과는 달라져야 한다는 근본적인 문제에 닿아 있었다. 또, 이는 달라져야 하는 현대시의 모습이 어떠해야 하는가의 문제와도 무관하지

---

31) 유종호, 앞의 글, 66쪽.

않았다. 시는 매우 오래된 양식이지만 그것이 현대에 어떤 의미를 갖는가를 따지는 일은 근대시의 개막과 함께 시작된 고민이었다. 송욱의 경우는 이러한 질문에 대해 적극적으로 대응한 비평가이자 시인이었던 것이다. 그가 주장한 우리 시의 필요 요소들은 '역사의식', '내면성과 정신성' 그리고 '시대정신'이었다.

특히 그가 시에서 보여준 실험정신은 긍정적으로 평가되어야 한다. 단순히 실험이 중요한 것이 아니라 그 실험을 통해 추구하려고 했던 궁극적 목적이 '현대시'의 구현에 있다고 보면 성과의 미흡함만을 굳이 강조할 필요는 없다고 생각한다. 송욱이 정지용과 김기림의 시를 비판했지만 그들의 시가 가진 가치가 무시될 수 없듯이, 우리가 현재의 관점으로 송욱 시와 시론의 미숙함을 공격하더라도 문제제기와 시도는 의미 있게 생각해야 할 것이다. 지금도 우리 나름의 '현대시'를 분명히 정의할 수 없는 상황임을 생각하면 더욱 그렇다.[32]

「何如之鄕」의 실험성 혹은 새로움은 크게 음악성을 살린 말놀이와 현실 비판으로 정리할 수 있다. 송욱은 이를 이루기 위한 수사적 장치들로 은유, 역설, 풍자, 도치, 괘사 등의 수사법을 일관되게 사용하였다. 반대로 시에 사용된 다양한 수사는 현실에 대한 직접적 발언을 간접화하는 방법이었다. 한자어의 잦은 사용도 특징적이다. 유사하지만 대립되는 의미를 갖는 단어를 연속해서 사용한다든지 유사한 소리로 들리는 다른 의미의 단어를 이어 사용한 경우도 자주 볼 수 있

---

32) 물론 그의 모더니즘에 대한 관심이 일관되게 유지되지 못했다는 점은 문제로 지적되기도 한다. 「何如之鄕」에서 보이던 비판 정신을 그의 이후 시에서 거의 찾아볼 수 없다는 점이 논거로 사용된다. 형식의 실험이라는 것이 내용과 무관할 수 없다는 면에서 타당한 지적이기도 하다. 이에 대해 김수영은 "송욱도 실험을 위한 실험을 亂行하다가 지쳐 떨어진 수많은 소위 모더니스트들과 정도의 차이는 있지만 똑같은 실수를 범하고 있는 것 같다"(김수영, 「<현대성>에의 도피」, 『김수영 전집』2, 민음사, 1988, 359쪽)고 지적한 바 있다.

었다. 이러한 수사를 통해 얻을 수 있는 이화의 효과는 곧 현실 비판의 수사와 이어진다. 일상을 비일상화 시켜 현실과 시와 청자의 동화를 깨뜨리는 효과를 거두려는 것이 그의 시가 가진 의도였다고 할 수 있다.

송욱 개인이 이러한 실험적인 시를 끝까지 밀고 나가지 못한 점은 큰 아쉬움으로 남는다. 이는 한 사람의 시인에 국한된 문제가 아니라 우리 현대시사 전체로도 불행한 일이었다고 생각한다. 여전히 전통서정, 신서정 등의 단어가 현대시의 '스타일 부재'를 반증하고 있는 현실에 비추어 보면 '현대시'에 대한 고민과 '실천'은 이후 시인, 비평가들에게 시사하는 바가 매우 크다고 할 수 있다.

현대시의 수사학 2

— 정지용과 서정주의 시

1.

詩人은 자기만의 목소리를 가진다. 그들이 詩史에서 뚜렷한 자리를 차지하고 있는 경우에는 더욱 그러하다. 우리는 주위에서 자신의 목소리를 찾으려고 노력하는 습작기의 시인들을 드물지 않게 볼 수 있다. 시를 쓰는 행위가 기본적으로 말을 운용하는 것이며 시인은 말을 운용하는 기술자라는 생각에 동의한다면, 개성 있는 목소리의 중요성이 강조되는 것은 어찌 보면 당연한 일이라 할 수 있다. 일상 언어를 일상적인 억양으로 서술해 일상적인 느낌만을 만들어낸다면 우리는 그것을 훌륭한 시라고 말하지 않기 때문이다.

시인이 자기만의 목소리를 가지고 있다는 것은 시인마다 말하는 방법에 차이가 있다는 뜻이다. 이는 단지 형식적인 데 머무는 것이 아니라 시인이 전달하고자하는 정보, 즉 내용과도 깊은 연관을 가진다. 형식과 내용이 직관적으로 쉽게 구분되는 것이 아니고 보면 내용에서 접근하려는 노력과 형식에서 접근하려는 노력은 궁극적으로 같은 것이라 할 수 있다. 시라는 알 수 없는 언어의 '덩어리'는 어느 쪽에서 접근하든 짜맞추어져서 실제로 존재하는 문제 '덩어리' 전체를 하나로 보고 이해할 수밖에 없는 것이기 때문이다. 이 글은 얼핏 형식적인 측면에서 접근하고 있는 것으로 보일 수 있다. 그러나 이는 내용을 더 잘 이해하기 위한 방법의 하나이며 각 시인들의 특성을 알아보기 위한 수단으로 선택된 것이다.

정지용, 서정주 시에서 공통된 목소리를 찾아내기는 그리 쉬운 일이 아니다. 어쩌면 각자가 공통점보다는 이질적인 면을 많이 가지고 있기 때문에 함께 논의할 가치가 있는 지도 모른다. 이 글에서는 두 시인의 시에 특징적으로 드러나는 동사의 활용방식을 살펴보려 한다. 동사는 다른 문장 성분(품사)과는 달리 다양한 語尾變化가 가능하며 문장 전체의 의미를 결정하는 데도 중요하게 작용한다. 동사는 정상적인 문장을 마무리하는 기능을 하며 문장의 주어와 직접 호응되는 것이기 때문에 시인, 혹은 화자의 정서가 청자에게 직접 드러날 수 있는 근거가 되기도 한다. 이 글은 시인의 발전이나 변모 과정을 살피려는 것이 아니라 두 시인의 시에 주로 사용되었거나, 다른 시인과 비교하여 특징적이라고 생각되는 동사 사용 방법을 알아봄으로써 두 시인의 시적 특질을 살펴보고자 하는 의도에서 쓰여진다. 이는 정지용·서정주 시의 특징을 살피는 작업인 동시에 그것을 통해서 대부분의 현대시인들이 선택하고 있는 '말하는 방법'에 대해 성찰하는 일이 될 것이다.

2.

정지용은 다른 시인들과 비교하여 일상적인 어법에 충실한 시인이
다. 정지용 시의 詩語는 우리말 어법의 기본단위라고 할 수 있는 주
어+술어의 관계나 순서가 덜 깨어진 상태로 쓰인다. 주어를 문장의
앞에, 술어를 문장의 끝에 두는 일상적인 어법이다.

나지익 한 하늘은 白金빛으로 빛나고
물결은 유리판 처럼 부서지며 끓어오른다.
동글동글 굴러오는 짠바람에 뺨마다 고흔피가 고이고
배는 華麗한 김승처럼 짓으며 달려나간다.
문득 앞을 가리는 검은 海賊같은 외딴섬이
흩어져 날으는 갈메기떼 날개 뒤로 문짓 문짓 물러나가고,
어디로 돌아다보든지 하이한 큰 팔구비에 안기여
地球덩이가 동그랐타는것이 길겁구나.
넥타이는 시언스럽게 날리고 서로 기대슨 어깨에 六月볕이 시며들고
한없이 나가는 눈ㅅ길은 水平線 저쪽까지 旗폭처럼 퍼덕인다.

바다 바람이 그대 머리에 아른대는구료,
그대 머리는 슬픈듯 하늘거리고.

바다 바람이 그대 치마폭에 니치 대느구료,
그대 치마는 부끄러운듯 나붓기고.

그대는 바람 보고 꾸짖느구료.

별안간 뛰여들삼어도 설마 죽을라구요
빠나나 껍질로 바다를 놀려대노니,

젊은 마음 꼬이는 구비도는 물구비
두리 함끠 굽어보며 가비얍게 웃노리.

－「甲板 우」 전문

각 행의 끝에 동사를 두고, 그 행 안에 동사의 주어를 두는 형식이
전체 열 아홉 행 중 열 네행에나 쓰였다. ‘하늘이－빛나다’, ‘물결이
－끓어오른다’, ‘배는－달려나간다’ 등의 표현이다. 그리고 각 행의
끝에는 연결어미 ‘고’와 종결어미 ‘다’가 반복하여 쓰인다. 행의 끝에
쉼표와 마침표를 교체해가며 사용한 것도 이 시가 가진 형식적 특성
이다.

위 시에 있어서 마침표나 쉼표로 끊어지는 각 행은 최소의 문장을
형성하고 하나의 이미지 단위로 기능한다. 첫 연에서 보듯이 주어인
사물이 끓어오르고, 고이고, 퍼덕이는 동작을 보여줌으로서 생동감
있는 이미지를 전달한다. ‘고－다’ 어미의 교체는 속도감과 통일성을
확보해 준다. 동사를 행의 끝에 두어 속도감을 주지만 그 속도는 그
리 빠른 것이 아니다. 행의 마지막엔 쉼표나 마침표를 두어 다음 행
으로 넘어가려는 독자의 의도를 일단 정지시킨다. 그리고 영상을 한
번 떠올리게 한다. 행이 진행될수록 시의 속도는 감소한다. 4행까지
한 행 단위로 이어지던 동사가 5행에서는 두 행으로 늘고, 11행부터
는 동사의 쓰임이 행이 아닌 연으로 바뀐다. 한 연으로 속도감 있게
진행되어 오던 흐름이 늘어지는 것이다. 비록 분연을 하여 변화를 주
었지만 한 행에 하나의 동사를 두는 방법은 계속 유지하고 있다. ‘나
붓기다’, ‘꾸짖다’, ‘웃노라’의 동사가 행의 끝에 위치하여 시를 균형
있게 만든다.

첫 연의 6, 7, 8행에는 5행까지 이어오던 ‘주어－동사’의 명확한
표시가 보이지 않는다. 이 세 행의 술어는 ‘길겁구나’인데 사물의 상

태를 보여주는 앞 행의 동사와 달리 話者의 정서가 그대로 드러난다.
첫 연이 행으로 이미지 단위가 나뉘며 주어가 '사물'에서 '화자'로
이동되어 갔다면, 2연 이후는 연이 하나의 단위가 된다. 2, 3연은 '사
물'이 주어로 풍경을 묘사한 것이라면, 5, 6연에서는 '주어—동사'의
명확한 표시가 숨고 다시 화자의 감정이 드러난다. '놀려대노니', '웃
노니'의 영탄적인 술어를 사용한 것도 주어가 '사물'에서 '화자'로 옮
겨갔음을 표시한다. 정지용이 절제된 시어를 사용한 시인이라는 평가
가 가능한 이유는 상황의 묘사와 감정의 노출이 그의 시에 적절히
섞여있기 때문이다. 그리고 시선의 변화를 통한 장면들의 자연스러운
이동은 그의 시를 선명하게 만드는 것이다.

石壁에는
朱沙가 찍혀 있오.
이슬같은 물이 흐르오.
나래 붉은 새가
위태한데 앉어 따먹으로.
山葡萄순이 지나갔오.
香그런 꽃뱀이
高原꿈에 옴치고 있오.
巨大한 죽엄 같은 莊嚴한 이마,
氣候鳥가 첫번 돌아오는 곳,
上弦달이 살어지는 곳,
쌍무지개 다리 드디는 곳,
아래서 볼때 오리옹 星座와 키가 나란하오.
나는 이제 上上峰에 섰오.
별만한 흰꽃이 하늘대오.
밈들레 같은 두다리 간조롱 해지오.
해솟아 오르는 東海 …
바람에 향하는 먼 旗폭 처럼

뺨에 나붓기오.

―「絶頂」 전문

琉璃에 차고 슬픈 것이 어린거린다.
열없이 붙어서서 입김을 흐리우니
길들은양 언날개를 파다거린다.
지우고 보고 지우고 보아도
새까만 밤이 밀려나가고 밀려와 부디치고,
물먹은 별이, 반짝, 寶石처럼 백힌다.
밤에 홀로 琉璃를 닥는것은
외로운 황홀한 심사이어니,
고혼 肺血管이 찢어진 채로
아아, 늬는 산ㅅ새처럼 날러 갔구나!

―「琉璃窓 1」 전문

「絶頂」에서도 「甲板 우」에서 보이던 시적 특질이 나타난다. '朱沙가―찍혀 있소', '이슬같은 물이―흐르오'등 한 행에서 주어와 동사가 호응하는 속도 있는 始作을 보인다. 그러나 14행에 주어인 '나'가 등장하면서 변화를 보인다.

1-6행까지 동사의 종결어미는 모두 '오'이다. 이러한 종결어미의 사용은 주어와 호응을 이루어 재미있는 영상을 만든다. 주어인 '朱沙', '이슬같은 물', '山葡萄순', '좁그런 꽃뱀'이 모두 둥근 모양을 연상시키는 사물이다. 둥근 것을 연상시키는 주어와 입 모양을 둥글게 하여 발음해야 하고 모양도 둥근 종결어미 '오'의 사용, 그리고 둥근 모양의 마침표로 처리하는 매우 뛰어난 기교를 보여준다. 이러한 종결어미의 연속은 다음 행에서 '곳'이라는 단어와 쉼표를 사용함으로써 계속된다. 둥근 것으로 계속되어오던 연속이 날카로운 것으로 변화하는 것이다. 종결어미, 마침표, 쉼표의 장치를 통해 진행과 변화를

계속하던 시는 14행의 '나'가 개입되면서 분위기가 달라진다. 전행까지의 묘사와 '나'가 개입된 이후의 서술은 크게 달라진 것이 없어 보이지만 14행 이후에 쓰인 종결어미 '오'는 주어와 어울려 둥근 모양을 연상하게 하던 전행의 쓰임이 사라지고 화자의 감정이 드러나는 장치로 바뀌는 것이다. '처럼'이라는 직유의 사용과 '東海' 뒤에 여운을 주어 같은 효과를 만들어 낸다. 그런데 이러한 장치의 사용에도 불구하고 정지용의 시는 기교만으로 이루어졌다는 느낌을 주지 않는다. 그 근거는 시를 의미 있는 단문의 연속으로 구성하여 각 문장마다 나름의 의미를 주고, 섬세한 언어장치를 통해 변화를 주었기 때문이다. 따라서 기교는 의미에 대해 보조적인 것처럼 보이는 것이다.

「琉璃窓 1」도 앞의 시와 같이 마침표를 두 행에 하나씩 배치라고 한 행이 하나의 다른 이미지를 만들어 낸다. 전 10행중 6행이 2행 3쌍의 반복인 것이다. '거린다', '가린다', '백힌다'의 생동감 있는 표현으로 행을 마무리하고 있는데 '-ㄴ다'의 표현이 생동감을 만드는데 기여하고 있다. '어른거린다-파다거린다-백힌다'는 동사의 반복은 불확실하고 정적인 것에서 확실하고 동적인 것으로의 발전이기도 하다. 6행까지의 생동감 있는 표현은 8행의 '심사이어니'에 와서 변화가 일어난다. '-이어니'는 '-이다'의 변형으로 영탄의 성격을 띠고 있어서 감정의 폭발을 예견하게 한다. 앞의 시에서 보이던 속도 있는 진행이 멈추는 곳에 감정이 개입하는 형식과 같다. 마지막 행의 '갔구나!'에 와서는 모아졌던 감정이 힘 있게 터지고 만다. 이 시는 6행까지에서 보이는 단순한 이미지의 나열에서가 아니라 7연 이후에 보이는 화자의 정서적 반응 때문에 좋은 시가 된다고 할 수 있다.

이상에서 확인했듯이 정지용이 문장 안에서 동사를 운용하는 대표적인 방법은 'A는 B이다'라는 비유이다. 그의 시에서 명확한 이미지를 얻을 수 있는 이유가 여기에 있다. 「甲板 우」, 「絶頂」에서 이러한 양상이 두드러진다. 이에 비해 「琉璃窓 1」은 주어가 생략된 문장이 나열되어 감정의 개입이 앞의 시보다 강하게 느껴진다. 'A는 B이다' 의 어법은 그의 시에 두 행으로 한 연을 만드는 간결한 형식이 많은 것과 무관하지 않다(이런 현상은 특히 『카톨릭 靑年』에 실린 시들에서 두 드러진다). 'A는 B이다'의 어법은 그의 후기 시에도 여전히 이어진다. 『백록담』에 실린 줄글 형식의 시들이 당혹스럽게 읽히기보다는 명확 하게 읽히는 이유도 이러한 어법을 유지하고 있기 때문이다. 문장부 호로서 끊어 읽기를 표시해주지 않아도 주어와 동사의 관계가 비교 적 정확하게 유지하고 있기 때문에 독자는 명확한 의미를 읽어낼 수 있는 것이다.

정지용 시에 쓰인 동사의 특성 중 하나는 'ㄴ다'의 어미와 동사의 기본형을 자주 사용했다는 점에서도 찾을 수 있다. 「琉璃窓 1」에도 'ㄴ다'의 표현이 중요하게 사용되고 있음은 앞에서 보았다. 시제에 관계없이 동사의 기본형을 사용하여 얻는 효과는 그 문장 안에서 동 사의 중요성이 강조되고 느낌이 명확해지며 현재성이 강조되어 역동 적 이미지를 만들어낸다. 이에 해당하는 어미는 다음과 같다.

나비가 되여 날아간다.	「슬픈 汽車」
밤이면 먼데 달을 보며 잔다.	「말 1」
산에서 온 새가 울음 운다.	「산에서 온 새」
바다 우로 / 밤이 / 걸어온다.	「바다 3」
갈메기떼 끼루룩 끼루룩 비를 부르며 날어간다.	「바다 4」
유리에 부빈다, 차디찬 입마춤을 마신다.	「琉璃窓 2」
汽車는 간다고 / 악물며 악물며 달린다.	「汽車」
흰 발톱 갈갈이 / 앙징스레도 할퀸다.	「瀑布」
산간에 폭포수는 암만해도 무서워서 / 긔염 긔염 긔며 나린다.	「瀑布」
無時로 忍冬 삼긴물이 나린다.	「忍冬茶」

달이 이제 밀물처럼 밀려오다.	「달」
부르는이 없이 불려 나가다.	「달」
엷은 안개와 꿈이 오다.	「蘭草」
별빛에 눈떴다 돌아 눕다.	「蘭草」
적은 바람이 오다.	「蘭草」
올빼미처럼 일어나 큰 눈을 뜨다.	「촉불과 손」
슬프지도 않은 자루가 나붓기다.	「太極扇」
돌 틈에 트인 물을 따내다.	「붉은 손」
돌 틈에 이상하기 하눌 같은 샘물을 기웃거리다.	「붉은 손」
서러운 새 되어 / 흰 밥알을 쫏다.	「朝餐」
진달래 꽃사태를 만나 나는 萬身을 붉히고 서다.	「진달래」

동사의 효과를 내기 위한 가장 간편한 방법은 '-이다'나 '-하다'를 다른 품사 뒤에 붙이는 것이다. 그러나 정지용의 시에는 본래부터 동사 기본형을 가진 용언들이 많이 사용된다. 상태보다는 동작 자체를 강조하는 효과를 중요시한 것이다. 어미에서 얻을 수 있는 효과와 함께 시의 생동감에 기여한다.

그러나 생동감을 줄 수 있는 시어의 나열로는 정지용의 시를 완전히 설명할 수 없다. 오히려 거기에 따르는 시인의 정서적 반응이 더욱 그의 시를 빛나게 해주는 요소라고 할 수 있다. 숨어 있던 화자가 시 중간에 등장한다거나, 묘사의 어미를 사용하다 영탄의 어미를 집어넣어 감정을 폭발시키는 방법이 그의 시를 시답게 하는 중요한 요소가 된다고 할 수 있다.

3.

　앞장에서는 정지용의 시가 정직한 문법의 사용으로 명징한 이미지를 만들어내고 화자를 비교적 잘 숨겨서 감정의 절제를 보여주었다고 하였다. 이에 비해 서정주의 동사 운용은 변칙적이라 할 만큼 그 변화를 짐작하기 어렵다. 정지용이 같은 어미를 반복하여 효과를 거두었다면 서정주에게는 같은 단어라도 변화를 주지 않으면 못 견디는 천성이 보인다. 우리가 정지용에게서 그림을, 서정주에게서 음악을 느끼는 것도 이 때문이다. 서정주의 시에서 특징적인 반복이 보이는 시로 우선 「秋日微吟」과 「因緣說話調」를 읽어보자.

> 울타릿가 감들은 떫은 물이 들었고
> 맨드라미 蜀葵는 붉은 물이 들었다만
> 나는 이 가을날 무슨 물이 들었는고.
>
> 안해 박은 뜰 안에 큰 주먹처럼 놓이고
> 타래 박은 뜰 밖에 작은 주먹처럼 놓였다만
> 내 주먹은 어디다가 놓았으면 좋을꼬.

―「秋日微吟」 전문

> 그래 이 마당에
> 現生의 모란꽃이 제일 좋게 핀 날,
> 처녀와 모란꽃은 또 한 번 마주 보고 있다만,
> 허나 벌써 처녀는 모란꽃 속에 있고
> 前날의 모란꽃이 내가 되어 보고 있는 것이다.

―「因緣說話調」 부분

　서정주 시에서 단순히 같은 단어를 반복하는 경우가 없지는 않다. 그러나 서정주는 단순한 반복보다는 약간의 변화로도 시를 시답게 만드는데 능하다.

　「秋日微吟」은 '들다'와 '놓다'라는 동사를 각각 1, 2연에 배치하여 의미 없는 듯한 시에 생명을 넣는다. 감과 해바라기에 물이 든 것을 보고 자신의 가을을 돌아보는 첫 연이나 덩그러니 놓인 박을 보고 자신의 처지를 돌아보는 둘째 연 모두 가을에 느낄 수 있는 감상을 막연하게 읊조리는 것에 불과하다. 그러나 행의 끝에 변화하는 동사를 놓음으로 시인의 감상을 절실한 것으로 느끼게 한다. 「因緣說話調」 역시 '있다'라는 동사를 어미변화를 통해 각각 다른 느낌으로 쓰고 있다. 둘째 행만이 존재의 의미를 가진 동사이고 1, 3행은 동작의 지속과 유지의 효과를 살리기 위해 '보다'를 변형시킨 경우이다.

　행의 끝에 동사를 반복하는 경우보다 행 안에서 동사를 반복하여 사용하는 경우에 서정주의 시적 성취는 더욱 빛난다.

> 香丹아 그넷줄을 밀어라
> 머언 바다로
> 배를 내어 밀듯이,
> 香丹아
>
> 이 다수굿이 흔들리는 수양버들 나무와
> 벼갯모에 뇌이듯한 풀꽃뎀이로부터,
> 자잘한 나비새끼 꾀꼬리들로부터
> 아조 내어밀듯이, 香丹아
>
> 珊瑚도 섬도 없는 저 하눌로
> 나를 밀어 올려다오.
> 彩色한 구름같이 나를 밀어 올려다오

이 울렁이는 가슴을 밀어 올려다오!

西으로 가는 달 같이는
나는 아무래도 갈수가 없다.

바람이 波濤를 밀어 올리듯이
그렇게 나를 밀어 올려다오
香丹아.

―「추천사」 전문

백일홍꽃 망울만한 백일홍 꽃빛 구름이
하늘에 가 열려 있는 것을 본 일이 있는가.

一·四後退 때 나는 晉州 가서 보았다.

암수의 느티나무가 五百年을 誼 안 傷 하고
사는 것을 보았는가.

一·四後退 때 나는 晉州 가서 보았다.

妓生이 淸江의 神이 되어 정말로 살고 계시는 것을
보았는가.

一·四後退 때 나는 晉州 가서 보았다.

그의 가진 것에다 살을 비비면 病이 낫는다고,
아직도 귀때기가 새파란 새댁이 論介의 江물에다 두 손을 적시고
있는 것을
詩人 薛昌洙가 손가락으로 가리켜 주어서 보았다.

―「晉州 가서」 전문

「추천사」는 동사 '밀다'의 변화로 시 전체가 구성되고 있는 시이다. '밀다'에서 '내어밀다' 그리고 '밀어올리다'로 운동방향이 상승되고 운동의 폭이 커지는 것이다. 1연에서는 미는 동작이 반복되고 2연에서는 내어 밀고, 셋째와 넷째 연에서는 미는 동작과 올라가는 동작이 합해진 '밀어 올리다'로 상승한다. 특히 3연의 동사 사용이 재미있는데 '밀어 올려다오'라는 같은 말을 쓰고 있으면서도 반복을 거부하고 있다. 둘째 행은 마침표를 넷째 행은 느낌표를 찍어 부호가 붙지 않은 셋째 행과 차이를 두고 있는 것이다.

1, 2, 3, 5연은 동사 '밀다'가 사용되고 있는데 유독 4연에는 동사 '가다'가 사용되고 있는 것에도 주의해야 한다. '—듯이 —해다오'의 어미를 사용한 나머지 연과는 달리 '—같이 —없다'를 사용하여 강경해서 거부하기 어려운, 운명에 대한 비관적 태도를 보여준다. '서로 가는 달같이' 갈 수 없는 운명이다. '밀다'라는 동사의 활용으로 주술적인 효과를 성취하고 정작 주제는 '가다' 동사가 있는 제 4연에 둔 것이다.

「추천사」가 동사 '밀다'의 활용을 중심으로 하였다면 「晋州 가서」는 '보다'의 활용인 '보았는가', '보았다'를 전체적인 축으로 한 시이다. '一·四後退 때 나는 晋州 가서 보았다'를 반복하고, '본 일이 있는가', '보았는가', '보았는가'로 질문하는 형식이다('보았는가'가 두 번 반복되지만 행갈이를 해서 다른 느낌을 준다). '보았다'와 '보았다' 사이에 제시된 '새파란 새댁이 論介의 강물에 두 손을 적시고 있는' 슬픈 풍경이 이 시의 주제문이라 할 수 있다.

앞장에서 정지용의 시에서는 'A는 B이다'의 표현이 자주 사용되었다고 하였다. 하지만 서정주는 이러한 평범한 표현을 거부한다. 같은 내용이라도 서정주는 'B인 A'로 표현한다. 동사를 숨기는 것이다. 동사를 숨겨서 간결한 느낌과 여운을 만들어 낸 시에 「映山紅」이 있다.

영산홍 꽃 잎에는
山이 어리고

山자락에 낮잠 든
슬픈 小室宅

소실댁 뒷마루에
놓인 놋요강

山 넘어 바다는
보름 살이 때

소금 발이 쓰려서
우는 갈매기

-「映山紅」 전문

  '슬픈 小室宅', '놓인 놋요강', '우는 갈매기'는 모두 일반적인 어법
인 주어+술어를 간단히 바꾸어 본 것에 불과하다. 그러나 그 효과는
만족할 만큼 크게 거두고 있다. 첫 연의 '산이 어리고'와 같은 표현
으로 바꾼다면 '小室宅이 슬프다', '뒷마루에 요강이 놓였다', '발이
쓰려서 갈매기가 운다'가 된다. 이러한 평범한 표현을 어법을 바꿈으
로 해서 평범하지 않은 시를 만든 것이다.
  이러한 어법은 「歸蜀道」에서도 사용된다.

눈물 아롱 아롱
피리 불고 가신님의 밟으신 길은
진달래 꽃비 오는 西域 三萬里.
흰옷깃 염여 염여 가옵신 님의
다시오진 못하는 巴蜀 三萬里.

> 신이나 삼아줄ㅅ걸 슲은 사연의
> 올올이 아로색인 육날 메투리.
> 은장도 푸른날로 이냥 베혀서
> 부즐없는 이머리털 엮어 드릴ㅅ걸.
>
> 초롱에 불빛, 지친 밤 하늘
> 구비 구비 은하ㅅ물 목이 젖은 새,
> 참아 아니 숫는가락 눈이 감겨서
> 제피에 취한새가 귀촉도 운다.
> 그대 하늘 끝 호올로 가신 님아

—「歸蜀道」 전문

일반적으로 행의 끝을 명사나 부사로 맺으면 여운이 남고 동사로 맺으면 읽는 이에게 생동감을 준다. 이 시에는 종결어미를 가진 동사가 3연 '운다' 하나뿐이다. 하지만 다른 어떤 시보다도 생동감을 느낄 수 있는 시이다. 그 이유는 시 안에 본래 동사로 쓰이던, 그래서 동사의 느낌을 주는 단어들이 많이 포함되어 있기 때문이다. '-이다'나 '-하다'의 도움을 받지 않고 동사가 될 수 있는 단어들을 여러 가지 형태로 변화시켜 사용함으로써 동사를 사용하지 않고도 동사를 사용한 효과를 충분히 거두고 있는 것이다. '오다', '가다'에서 활용된 '오는', '가옵신'을 비롯하여 17개의 단어가 동사에서 활용된 단어들이다. 서정주의 시가 가지고 있는 중요한 특성으로 지적되어야 할 점이다.

「映山紅」과 같이 이 시에도 'B인 A'의 어법이 자주 사용된다. '숫는 가락', '취한 새', '젖은 새'등을 사용하여 '새가 젖는다', '새가 취한다'와는 전혀 다른 효과를 만들어 낸다. 동사를 다양하게 활용한 결과이다.

3.

 지금까지 우리는 정지용, 서정주의 시를 그들의 문장 구성 방법과, 시적 효과를 중심으로 살펴보았다. 정지용은 각각의 문장이 가지는 단일한 효과에 주력하였는데, 짧고 단순한 문장을 통해 시인 고유의 이미지를 만들어내는 데 성공하였다. 따라서 그는 정직한 어법으로 동사를 사용하여 동사 고유의 생동감을 잘 살렸다 할 수 있다. 이에 반해 서정주는 문장 하나로 의미를 전달하려 하지 않고 문장의 연속을 통해 시의 효과를 배가하려 하였다. 호흡과 정지의 반복을 되풀이하면서 고유의 시적 감동을 만들어낸 것이다. 그는 사소한 어미까지도 소홀히 하지 않고 변화를 주는 섬세함을 보인다. 동사에 주목하여 정지용, 서정주의 시를 다시 읽으면서, 이들의 시가 보여주는 특징은 한국현대시의 대표적인 문장구성방법에 해당함을 확인할 수 있었다. 시가 기본적으로 음악이나 그림의 순수한 상태를 지향한다고 할 때 이들 시의 성과는 대립되는 양 지점의 높은 자리에 놓인다고 할 것이다.

서정시의 운명

II.

서정시로 말하는 세 가지 방법

1. Style을 찾아서

이제 고전이라 불러도 좋을 『서양미술사』에서 E.H.곰브리치는 초기 미술의 역사를 간단히 세 단계로 정리한다. 이집트 벽화를 그리던 사람들은 사물(특히 사람)을 아는 대로 그리려 노력했고, 이후의 미술가들은 보이는 대로 그리려고 노력했으며, 근대 이후의 예술가들은 보이는 것보다는 느껴진 것 자체를 그리려고 노력했다는 것이다. 이에 대해 역사적 사실의 타당성을 따지는 일은 나의 능력 밖이고, 또 여기서 그리 중요한 일도 아니다. 다만 이 세 가지가 예술가가 세계와 만나는 방식에 대한 일반적 분류는 아닐까 하는 생각을 해본다. 복잡한 현대 예술은 이 세 가지를 모두 포함하고 있는 경우가 많다. 그러면서도 구체적인 작품에서는 어느 한 경향이 지배적으로 작용하게 된다.

2003년 하반기 출간 시집을 읽으며 시인은 세계를 무엇으로 만나 어떻게 표현하는가를 생각했다. 밖을 만나는 방법과 안을 표현하는 방법이 다를 수 없다고 보면 결국 둘은 같은 것일 터이고 내가 떠올린 생각의 내용은 아마도 시인의 '스타일'이 될 것이다. 세상을 보는 시인의 고유한 능력 그리고 그것을 표현하는 시인의 특별한 개성이 '스타일'의 정의일 터이니 말이다. 시인은 이 스타일에 따라 자신만의 말을 갖게 된다. 물론 자신이 선택한 말들에 의해 스타일이 정해지는 수가 없지는 않겠지만 짧은 독서 경험에 의하면 뒤의 경우는 매우 보기 어려운 특별한 쪽에 속한다. 자신의 말을 만들어내는데 성공한 시인보다는 기왕의 스타일을 답습하더라도 하고 싶은 말(생각이든 감상이든)을 전달하고자 하는 시인이 많은 것 같다.

대부분의 시인들은 보고 듣고 기억해낸 것에 대해 말한다. 본 것을 말하는 시는 비교적 직접적인 표현을, 이야기를 전하는 시는 간접 경험의 형식을, 기억을 들추어내는 시는 중층적 의미를 생산하려고 노력한다. 물론 이런 도식적인 분류는 맞는 경우만큼이나 어긋나는 경우가 많을 것이라 예상되지만 이번에 읽은 세 권의 시집을 비교하는 데는 비교적 유용한 잣대가 되어줄 수 있다고 생각한다.

최승호의 시집 『아무것도 아니면서 모든 것인 나』에는 '보다' 동사가 유난히 많이 사용되고 있다. 최영철의 시집 『그림자 호수』를 읽으면 어디선가 들어보았던 '이야기'를 다시 떠올릴 수 있다. 이야기에는 사건과 인물이 있게 마련인데 최영철의 시에서 우리는 그것들을 만나게 된다. 김행숙의 시집 『사춘기』의 시들에는 '무의식', '지하 1F', '귀신', '기억'과 같은 현재의 내 사고를 넘어서는 다른 정신들이 자주 나타난다. 하나의 시 안에 여러 명의 화자가 등장하는 경우도 흔하다. 이렇게 다른 세 권의 시집을 현재 우리 시의 세 가지 '스타일'을 확인하면서 읽어보았다.

2. 보이는 것과 보는 것

대부분의 현대 서정시는 음악성보다는 비유나 시각적 효과에 의지한다. 그런 면에서 '본다'는 행위는 시인에게나 화자에게나 심지어 청자에게나 모두 중요한 의미를 갖는다고 할 수 있다. 시인이 '본' 것을 생생히 전달하여 청자가 '본 듯' 느끼게 만드는 문법은 현대시에서 널리 쓰인다. 물론 단순히 본 것만을 전달하는 시는 많지 않으며 화자는 '보고 느낀' 감정을 청자의 정서를 환기시킬 만큼 풍성한 언어로 표현하려 노력한다.

최승호의 시집 『아무것도 아니면서 모든 것인 나』에서 '본다'는 대상에 대한 관찰과 자기 자신에 대한 성찰의 두 가지 의미를 만들기 위해 사용되고 있다. 화자의 눈에 의해 보는 것이 전제된 경우가 있는가 하면 보는 행위 자체가 강조되는 경우가 있다.

먼저 '보다'의 의미를 갖는 동사가 표면에 사용된 경우를 살펴보자.

뭉쳐졌다 흩어지는 업의 덩치와 무게를 알지 못한 채 / 나는 뭉게구름을 보며 걸어간다

— 「뭉게구름」

물 아래 너펄거리는 / 희미한 그림자 본다

— 「그림자」

눈은 눈부신 여울을 보고 있었고

— 「여울이 歌王」

검은여길, 그 길 끝에서 바라보면

— 「물허벅」

내가 나를 들여다보는 듯한 기묘한 느낌!

─「아지랑이」

당신은 뭐요? 라고 묻는 듯 나를 쳐다본다

─「아지랑이」

벽 틈에 웅크린 하늘거지들처럼 볕을 쬐면서 / 아무 뜻도 없이 배설물로 그려나간 희멀건 벽화를 / 봄날의 절벽 같은 베란다에서 / 나는 바라본다

─「비둘기의 벽화」

본다는 단순한 의미 외에 바라본다, '들여다본다', '쳐다본다' 등이 시의 표면에 그대로 드러나 있다. 이 시들에서는 화자가 보는 대상을 표현하는 것을 넘어 화자의 보는 행위 자체가 시적인 의미를 갖게 된다. 이 때 본다는 것은 단순히 대상에 대한 집중을 의미하기도 하지만 그보다는 대상을 보고 있는 화자에 대한 어느 정도의 평가를 동반하고 있다는 점에서 의미가 있다. 다시 말해 화자는 보이는 대상을 청자에게 전달해 주는 것이 아니라 대상을 보고 있는 화자 또는 그가 속한 배경을 보여주고자 하는 것이다.

이럴 경우 시는 반성적인 성격을 갖게 된다.「그림자」에서 '희미한 그림자 본다'는 구절은 그림자에 집중하는 것이 아니다. 그림자를 보고 있는 나의 현재를 상상하게 하는데 의미가 있다고 할 수 있다. 그림자가 자신의 다른 모습이기에 여기서 보는 행위는 반성, 성찰, 회환 등의 의미로 무리 없이 이동할 수 있게 되는 셈이다. '내가 나를 들여다본다'거나 '묻는 듯 나를 쳐다'보는 것 역시 보는 대상보다는 본다는 행위 또는 주체에 큰 비중을 두게 한다는 점에서 공통점을 가지고 있다.

그러나 이번 시집에서 눈에 띠는 작품들은 「공터」 등의 이전 시처럼 시인의 범상하지 않은 눈이 시적 효과를 최대화 시켜주는 것들이다. 위에서 예를 든 시들 중 「비둘기의 벽화」의 경우가 여기에 해당한다 할 것이다. 바라보이는 대상인 '배설물로 그려나간 희멀건 벽화'와 보고 있는 곳 '봄날의 절벽 같은 베란다'가 대조를 이루고 있다. 벽화를 바라보는 화자가 강조되지만 그에 못지않게 비둘기, 벽화 등이 상징하는 도시의 얼룩이 전면에 부각되고 있다. 이런 최승호 시의 미덕은 다음 시에서도 여실히 드러난다.

오징어잡이 배들이
밧줄을 늘어뜨린 채 정박해 있다
즐비한 집어등들은 밤에 휘황했으나
낮이면 권태로운 사창가—쉬파리골목을 연상시킨다

금으로 만들지 않으면 닻이든 쥐덫이든
고철로 변하게 마련,
녹슨 닻들이 나뒹구는 콘크리트 부두에
파리들은 三三五五 앉아 뒤통수나 긁고 있고
오징어 내장들을 두엄더미처럼 쌓아놓은 것도 아닌데
묵은 지린내 같은 비린내가 코를 찌르는 오후

닻 없는 마음의 돛인 양
흰 구름 한 조각 수평선 너머로 흘러간다

－「부두의 오후」

독자들도 값싼 회를 먹기 위해서 혹은 부두의 색다른 풍경을 감상하기 위해서 동해안의 작은 항구를 찾아 본 경험이 있을 것이다. 내륙 도시 사람들에게는 배도 바다색도 비린내도 낯설기 마련이다. 「부두의 오후」는 그 낯선 풍경을 낯선 것 이상으로 만들어낸 시이다. 집어등 불로 휘황하게 빛나는 저녁의 오징어잡이 배와 나른하게 정박해 있는 오후의 배가 대조를 이루고, 밤의 휘황함에 비해 어이없을 만큼 초라한 배들의 풍경은 '권태로운 사창가'와 비교된다. 권태롭고 불결한 그곳은 쉬파리들이 차지하고 있다. 그리 관찰력이 뛰어나지 않은 사람이라도 불쾌하게 느꼈음직한 '녹슨 닻', '오징어 내장', '묵은 지린내 같은 비린내'가 역시 부두의 오후 인상을 지배한다.

그런데 여기서 부두의 풍경이 표면적인 권태로움 이상인 이유는 이것들이 저녁이 되면 모두 집어등 빛에 의해 가려지기 때문이다. 그리고 동해안을 기억하는 많은 사람들은 오후의 부두가 아닌 한밤중의 바다에 떠있는 휘황한 불빛을 기억할 것이기 때문이다. 낮과 밤의 대조 역시 일과 휴식의 대조 이상을 말한다. "금으로 만들지 않으면 닻이든 쥐덫이든 / 고철로 변하게 마련"이라는 말 속에서 자연스럽게 자연의 쇠락이나 사회의 변화 등 시간의 변화를 읽을 수 있기 때문이다. 그렇다면 부두의 초라함은 낮이기 때문에 찾아온 것이 아니게 된다. 오히려 밤의 찬란함이 현재를 형편을 속이고 있는 것이다. 시인의 뛰어난 관찰력은 그것까지를 보여준다.

> 죽뻘에서 죽는다는 것은
> 썰물과 밀물, 그 반복되는 바다의 애무 밑에서
> 이불 없이 잠자는 것이다
> 죽뻘에는 비석이 없다 그러나 나는 게를 위해 묘비명을 쓴다
> ─한 평생 옆으로 걸었노라!
>
> 구멍으로 나와서 구멍으로 들어가는
> 게의 흔적은 뭉개지고 지워진다
> 죽뻘에서 죽는다는 것은

죽은 것도 아니고 산 것도 아닌
혼돈의 반죽 같은 상태로
바다의 부드러운 애무를 받는 것이다 베개도 없이

— 「죽뻘」

「오후의 부두」가 동해안 풍경이었다면 「죽뻘」은 서해안 갯벌의 모습쯤을 연상하게 한다. 화자는 밀려오고 가는 파도에 따라 움직이는 껍질만 남은 게의 흔적을 보고 있는 듯 하다. 거기서 화자가 본 것은 영영 사라져 버리는 죽음이 아니라 여전히 파도에 씻기고 흔들리는 하나의 자연이다. 살아 있는 게가 뻘에 흔적을 남기지 않듯 죽은 게 역시 흔적을 남기지 않고 그저 잠들어있다고 말한다. 뻘이 반죽처럼 혼돈이듯이 살아 있는 생물도 그 안에서는 엉겨 있을 뿐이며 죽어 있는 생물 역시 뻘과 함께 할 수 있는 것이다. 「죽뻘」은 "죽은 것도 아니고 산 것도 아닌 / 혼돈의 반죽"의 모습을 게의 죽음을 통해 보여 주고 있는 시라고 할 수 있다.

3. 짧은 시에 담긴 긴 이야기

최영철의 『그림자 호수』에서 우선 눈에 띄는 것은 일상의 에피소드를 떠올릴 수 있는 시들이 많다는 점이다.

먹이 찾아 날개 떨구며 날아든 비둘기 옆에 / 머리 조아려 밥을 받아든 사람들 / 살 에는 바람에도 아랑곳없이 / 한점 남김없이 말끔하게 닦아치운 식판 / 그렁그렁 눈물이 맺힌다

— 「노숙공원」

　　오늘도 새들은 비행기 엔진 속으로 돌진한다 / 자기보다 빨리 나는
쇳조각 날개가 못마땅해

— 「저격수 김상사」

　　검은머리 노모는 아들이 죽은 줄 모르고 / 며칠 동안이나 죽을 떠
먹였다 / 너 한 모금 나 한 모금 / 너 한 발짝 나 한 발짝 / 어서 먹고 일
어나 저 동구밖 마실 가야지

— 「임종」

　　에피소드들에 관심을 가지고 읽으면 『그림자 호수』의 많은 시들은
무엇에 관한 '이야기'로 읽힌다. 주변에서 볼 수 있는 일상적인 이야
기에서부터 신문기사로 한번쯤 접해본 듯한 이야기들까지 그 종류는
다양하다. 「노숙공원」을 읽으면서 우리는 공원에서 노숙하는 이들이
무료 점심을 '말끔하게' 먹어치우고 잠시 슬픔에 젖는 광경을 떠올릴
수 있다. 그 슬픔은 노숙자의 것이며 동시에 화자의 것이다. 「저격수
김상사」을 읽고 'Bird Strike'를 떠올리기는 그리 어렵지 않다. 「임종」
이 전하는 이야기도 신문지상에서 누군가의 시선을 끌었음직한 이야
기이다. 죽은 아들을 간병하며 며칠을 함께 지낸 '검은 머리 노모'의
가슴 아픈 이야기이기 때문이다. 죽음을 알지 못했는지 죽음을 받아
들일 수 없었는지는 확인하기 어렵지만 아들을 보낼 수 없었던 어머
니의 애절한 슬픔이 잘 전달된다.

　　다음 시에서는 이런 종류의 이야기가 매우 구체화되어 있다.

　　인형 다 뽑으면 시름 다 가고 꿈 같은 새날 온다며
　　아이들 깰까봐 살금살금 문 잠그고 가셨대요
　　꿈결 아이들 구름 타고 다니며
　　하얀 쌀 수제비 받아 붕어빵 빚고 산새로 날리고
　　불살라 언 손발 쬐며 다 녹여버리고

엄마 아빠 오시면 야단맞을까봐
그 불길 따라 하늘로 하늘로 올라갔었대요

— 「성탄전야」

　「노숙공원」과 「임종」의 경우도 그렇지만 「성탄전야」는 우리 사회의 어두운 곳에서 벌어지고 있는 가슴 아픈 사건들을 주요 내용으로 하고 있다. 성탄이라는 성스럽고 따뜻한 이미지에 어울리지 않게 성탄 전야에도 어느 누군가는 슬픔에 빠져 있고 또 어떤 사람들은 죽음을 맞이한다. 「성탄전야」는 김종길의 「성탄제」의 따뜻한 이미지보다는 박태원 소설 「성탄제」의 어려운 현실에 더 가깝다고 할 수 있다. 봉제 일을 하는 부모는 아이들이 위험한 밖으로 나오지 못하게 문을 잠그고 출근했고, 아이들은 불을 다루다 그만 화재를 내고 만다. 밖으로 나가려 해도 문은 잠겨 있고 성탄 전야의 흥청거림 속에 이 불행한 아이들을 돌보아줄 사람은 아무도 없었다. 그리 어렵지 않게 짐작할 수 있는 이런 상황을 화자는 자신의 언어로 감상을 얹어 들려주고 있다. 특히 아이들의 행위를 묘사한 몇 행은 슬픔을 넘어 환상적인 영상을 보는 듯한 느낌마저 준다. '구름', '쌀 수제비', '붕어빵', '산새', '언 손발' 등의 명사들이 나열되고 그것들과 함께 아이들은 불길 안에서 승천하고 마는 부분이 그러한데, 그 승천이 성탄의 의미와 어떻게든 관계되리라는 짐작 역시 가능하다.

　시인이 이렇게 가련한 이야기들을 선택하여 들려주는 이유는 분명한 듯 하다. 시인은 단순히 세상 이야기에 흥미를 느끼는 것이 아니라 그 안에서 살아가는 인간에 대한 연민을 표현하고 있기 때문이다. 시인에게 그러한 연민은 세상을 살아가는 힘이며 동시에 의미라고 할 수 있다. 그런 시인의 관심은 자연스럽게 자신으로 향하게 된다.

집을 가지면서부터 나는 이 세상의 많은 집들을 잃어버렸다
하늘은 그 집 창으로 보이는 보자기만한 허공
빗소리는 그 집 지붕을 두드리는 젓가락만한 콧노래
집으로 가면서부터 나는 집으로 가지 않는 모든 길들을 잃어버렸다
헛디디지 않고 걷는 일은 헛디디고 걷는 일보다 쉬웠다
[……]
거미줄을 타면서 거미줄 밖으로부터 완전히 버림받으면서
거미줄 위에서 소리없이 죽어가면서
거미가 되어가는 내가 거기 있다

― 「거미」

결국 화자는 이런 세상 속에서 '나'는 어떻게 살고 있는가를 묻고 있다. 「거미」는 거미가 자신의 집을 떠나서 살지 않듯 자기 집을 지으면서 집 밖에 대해서는 잊어 가는 스스로에 대한 반성을 담고 있다. 집에 안주하면서 세상을 바라보는 '보자기만한' 창으로 허공을 보고, 차가운 비를 피하면서 결국 밖으로부터 버림받는 운명의 거미가 되어 가는 것이다. 그런 안전한 길에 거주하기를 거부하는, 최소한 부끄러워하는 시인의 모습을 전제하고 우리는 시집을 읽어야 할 것이다.

4. 흐르고 멈추고 돌아가는 삶

보이고 느껴지는 그대로가 진실은 아니다. 무엇을 알 수 있고 느낄 수 있다는 생각에 대해 의문을 제기하는 일은 이제 별로 낯설지 않은 현대의 조류이다. 특별히 새로운 대안이 있는 것은 아니지만 우

리는 주체 혹은 주체의 감각과 오성을 신뢰할 만큼 순진하지는 않다.

　김행숙의 시집 『사춘기』의 시들에서는 순행적인 시간, 의문의 여지없는 사고들이 거부된다. 자주 사용되는 방법은 현재에 현재 아닌 시간을 겹쳐놓거나 나의 이야기에 나 아닌 다른 화자를 끌어들이는 방법이다. 다음 시들에서 우리는 과거 혹은 기억에 대해 말하는 화자를 만날 수 있다.

　나는 오래간만에 눈을 뜨니까 매일 어리둥절해. 그리고 눈곱처럼 떼어놓아야 할 게 있다고 느끼지.

─「기억은 몰래 쌓인다」

　기억하는 힘을 줄이기 위한 나의 노력은 미덕에 속한다. 나 역시 먹구름같이 모였다가 파래지거나 노래진다고 할 수도 있다. 있다니! 나는 보이는 것에 대해서만 믿음을 보이는 사람인데, 나는 여기 서늘해지는 목덜미.

─「사소한 기록」

　오늘밤에도 소년들 소녀들 전화를 한다. 오늘밤에도 하늘은 푸르름하고 해는 떠오르지 않는다. 소년들 소녀들 오늘밤에도 총총하다.

─「오늘밤에도」

'매일 어리둥절해' 할 '오랜만'이나 과거의 지속에 대한 과민한 반응, 오늘밤에 평면적으로 모인 소년과 소녀들, 이들 모두는 현재의 공간에 현실적으로 존재하는 것들로 보기 어렵다. 그러나 이것들은 현재와 무관하지 않은 어쩌면 현재를 이해하기 위해 더 중요한 '현재'라고 할 수 있다. 그것들의 축적에 대해 말하며 시인은 믿을 수 없는 의식(시인은 무의식까지 믿을 수 없다고 생각한다)을 확인하려 한다.

나는 엄마, 라고 말했다.

애야, 너는 잠시 옛날 생각을 하고 있을 뿐이란다. 그리고 세상은 많이 변했단다. 여자가 유모차를 밀던 손을 놓았다.

구른 건 바퀴뿐이었을까?…… 내 차가 들이받은 나무는 허리를 꺾었다. 나뭇잎 나뭇잎이 자지러지게 웃는 소리를 나는 들은 것 같다. 아아아, 내가 처박힌 여기는 어딜까?

당신, 왜 그래? 헝클어진 당신이 묻는다. 나는 핸들에 머리를 박고 있다. 내가 어디로 가고 있었나요? 멈출 수가 없었어요. 나는 천천히 당신을 올려다본다.

당신도 어딘가를 올려다본다. 답을 구하는 태도는 누구나 유아적이군요. 그런데, 구른 건 정말 바퀴뿐이었을까요?

나는 엄마, 생각을 했다. 나는 방향을 틀기 위해 잠시 후진을 해야 한다. 천천히 핸들에 손을 얹고 뒤를 돌아다보았다.

— 「삼십세」 전문

「삼십세」를 읽으면서 우리는 화자에 대해 내내 고민하게 된다. '나는 엄마'라고 말한 것은 화자인가 화자의 아이인가. 유모차를 모는 여인은 엄마인가 엄마의 엄마인가. 여러 번 쓰인 '당신'은 누구를 말하는 것인가. 이런 의문을 착실히 풀어내더라도 시 이해의 어려움은 남는다. 그들의 이야기는 어떤 공통점으로 이어질 수 있는가? 유모차와 자동차는 어떻게 이어지는가? 이런 구체적 질문에 일일이 대답하는 일은 쉽지 않다. 따로따로인 듯한 시행에 일관성을 부여해줄 하나의 상징이 필요한데, 전진 또는 후진하고 있는 자동차가 그것이다. 전진과 후진은 삼십 세에 이른 화자의 전진과 후진이 될 수 있고, 그 운행 안에 걸려든 많은 기억들이 혼재되어 표현되고 있는 것이기 때문이다. 「삼십세」에서는 자동차를 따라 시간도 기억도 또 그 밖의 것들도 나오고 들어가고 돌아가고 있다.

이 밖에도 많은 시들이 「삼십세」와 유사한 프로세스를 가지고 있다. 「초콜릿 분쇄기」는 뒤샹의 말 "나는 늘 회전이 필요하다는 것을 인생을 통해서 알았다. 기계는 원을 그리며 회전하면서 놀랍게도 초콜릿을 생산해낸다"에서 발상을 얻은 시인데, 회전 운동을 주로 하고 결국 제 자리로 돌아오고 마는 기계가 어떻게 초콜릿을 생산해내는가 하는 생각에서 출발하여 흘러가고 멈추고 또 다시 돌아가기도 하는 우리 삶의 모습을 그려낸다. 앞서 말한 대로 『사춘기』는 현재의 내 사고를 넘어서는 다른 정신들에 대한 중층적 사고가 흥미진진하게 진행되는 시집이라 할 수 있다.

현대시의 '정신'을 말하다

1. 시 전문 잡지의 현주소를 읽다

『시와 정신』 겨울호를 읽었다. 오랜만에 잡지 한 권을 통독하면서 가장 먼저 든 생각은 이 책이 과연 어떤 독자들을 대상으로 삼고 있는가 하는 점이었다. 문인이 되고자 하는 습작기의 시인들을 대상으로 한 잡지인지, 대학에서 문학을 전공하는 초보학자들을 대상으로 하는지 아니면 이미 문단에 나와 시를 쓰고 있는 기성 문인들을 독자로 상정하고 있는 잡지인지 갈피를 잡기 어려웠다. 원로 시인 유안진의 젊은 시절을 추억하는 글이 실렸는가 하면 신석정을 추적하는 산문도 실려 있었다. 고은의 신작시가 실려 있는가 하면 산문이란 이름의 수필도 여러 편 읽을 수 있었다.

시를 창작하거나 시 읽기를 좋아하는 모든 이들이 『시와 정신』의 가상 독자인 것을 모르는 바 아니다. 시 전반을 다루는 '종합' 계간지 성격을 띠고 있으므로 다양한 독자의 요구를 만족시켜 주는 것이 잡지의 의무라고 할 수도 있다. 하지만 이런 생각에 동의한다 해도 잡지의 구성에 아쉬움이 남는 것은 어쩔 수 없었다. 서울에서 발행되고 있는 시 월간지나 계간지, 대도시마다 '詩'라는 제호를 달고 출간되고 있는 여타 계간지와의 차이를 발견하기 어려웠기 때문이다. 지역적 특성이 두드러지지 않는다는 점도 아쉬움의 한 원인이었다.

물론 그렇다고 『시와 정신』이 추구하는 편집 방향이나 지향이 없다고 주장하려는 것은 아니다. 굳이 다른 잡지들과 비교하지 않아도 잡지의 특징은 쉽게 발견할 수 있다. 詩와 그를 둘러싼 情神에 대한 지속적인 천착을 목표로 삼고 있다는 점을 몇 호만 읽어도 알 수 있기 때문이다. 다양한 경향의 시들이 실렸음에도 불구하고 시와 시인에 대한 많은 에세이가 실린 것을 그 구체적인 예로 지적할 수 있겠다. 사실 시는 하나하나의 작품으로 충분히 중요하지만 그에 못지않게 그를 둘러싼 담론들이 갖는 중요성도 무시할 수 없다. 시에 대한 그런 담론들이 우리 시대의 문학 정신을 만들어나가는 것이고, 문학의 현 주소를 일깨워 주는 것이기 때문이다.

시의 정신을 말하는 것은 시가 좋다 나쁘다는 판단 또는 감동을 준다거나 그렇지 못하다는 감상 이상을 말하는 것이다. 문화의 일부로서의 시, 인문학의 한 분야로서의 시를 염두에 둔 것이다. 시가 동시대인들의 감상과 고민을 담아내는 그릇이라면 시를 읽는 것은 언어와 함께 그것을 통해 중개된 감상과 고민을 읽는 것이다. 그 속에 '정신'이라고 말할 수 있는 무엇이 존재하는 셈이다. 시의 형식과 내용을 읽는다는 것은 시가 어떻게 짜여졌는가를 묻는 것인 동시에 그렇게 짜여지게 된 멀고 가까운 이유를 추적하는 작업이다. 『시와 정신』이 시를 통해 읽어내고자 하는 바가 이것이 아닐까 짐작해 본다.

2. 시의 정신을 의심하다

겨울호에 실린 글들 중 몇 편의 산문이 인상적이었다. 시 잡지임에도 불구하고 겨울호의 경우 시보다 산문에서 독서의 즐거움을 느낄 수 있었다. 고정난인 '특별기고'와 '우리시대의 시정신', '새로운 시인을 찾아서'에 실린 산문 몇 편은 늘 시를 접하면서도 잊고 지나치기 쉬웠던 문제들에 대해 다시 생각할 수 있는 기회를 주었다.

도한호의 「문학 공화국에서 살아남기」는 우리 문학과 문단의 현주소를 솔직하게 진단하고 있다는 점에서 자기 반성적인 느낌을 주는 글이었다. 혼자의 힘으로 감당하고 고쳐나가기는 어렵다 해도 부정적인 현상을 바르게 진단하는 일은 매우 중요하다. 이 글에서 문제 삼고 있는 문단의 문제는 크게 등단의 문제, 평론의 문제, 문학상의 문제, 지방 분권의 문제 등이다. 각각 다른 문제 같지만 결국은 문단권력에 대한 이야기라고 할 수 있다. 문단의 말석을 차지하고 어떤 종류든 글을 쓰고 사는 이들에게는 민감하면서도 관심을 갖지 않을 수 없는 문제들이다.

필자가 가장 큰 미중을 들여 진단하고 있는 것은 잡지의 추천제이다. 추천을 통해 도제식으로 신인이 길러지고 그러한 메커니즘을 통해 추천자의 문단 내 권위가 유지된다는 것이 글의 핵심적인 비판 내용이다. 문단 내의 계보와 파벌 문제 등도 이와 무관하지 않다고 말한다. 더불어 한 잡지가 일년에 10명 이상의 문인을 추천할 수 있는 현재의 추천제도가 문학적 수준을 떨어뜨리지는 않는가 하는 의구심도 토로하고 있다. 또 이러한 추천 제도가 문학인들을 권력자들로 만드는 중요한 수단으로 쓰였다고 지적한다. "시인이면 시를 쓰면 되고, 평론가는 평론을 하면 되는 것이지 글을 쓴다고 해서, 일찍 데

뷔했다고 해서 동분서주 권위를 내세우며 다니는 이들"이 있어 민망
스럽다는 말도 덧붙인다. 사실 문인이건 아니건 누구나 글을 쓸 수
있는 것이고 어떤 식으로든 글에 대한 평가가 이루어진다면 그 평가
에 의해 그 작가가 평가되는 것이지 어떻게 데뷔했는가는 그리 중요
한 문제가 아니다. 필자가 주장하는 등단과 데뷔에 대한 새로운 개념
이 보편화되어야 할 때라고 생각한다.

필자는 잡지의 추천제를 집중적으로 분석했지만, 이런 사정은 신
춘문예도 크게 다르지 않은 것 같다. 금년 신춘문예에서는 평론으로
당선된 K씨가 단연 화제였던 것으로 기억한다. 그는 두 신문에 평론
이 당선되고 한 신문에 영화평이 가작으로 뽑혀 한 해에 세 편의 글
이 신춘문예에 당선되는 기염을 토했다. 어려운 경쟁을 뚫고 등단한
이에게는 축하의 박수와 격려를 보내야 하는 것이 당연하고 진심으
로 그러고 싶은 마음이다. 그러나 그러면서도 한 가지 드는 의문은
문학이 대학 입시와 같이 경쟁이 가능한 분야인가 하는 점이다. 특정
한 글이 당선되고 다른 글들이 탈락하는 데 어떤 기준이 적용되었을
까 매우 궁금하다. 비교적 잘 된 글과 그렇지 못한 글을 나누는 기준
이 없지는 않겠지만 한 작품을 굳이 집어내는 기준은 과연 무엇일까
라는 의문도 든다. 신춘문예 당선이 심사위원의 취향과 무관할 수 없
다는 결론은 여기서 매우 자연스러운 것이다. 잡지 추천과는 다르겠
지만 결국 신춘문예의 경우도 선정자와 당선자의 관계가 일회적으로
끝나는 것 같지는 않다. 실제로 지난 해 C일보의 신춘문예 본심을
담당했던 어떤 문학인은 당선된 이에게 자신이 강력하게 주장하여
당선작을 뽑았다고 생색을 내고 다녔다 한다. 도한호가 지적한 문제
는 추천제가 갖는 문제일 뿐 아니라 '登壇'이라는 제도 전반이 갖는
문제일 수도 있겠다는 생각이다.

고시를 보아 시험에 통과하면 한 번에 출세를 할 수 있었던 시절

이 있었다(물론 지금도 본질적으로 달라진 것은 없다지만). 가난한 집에서 태어난 많은 고학생들이 세상에 대해 비굴해지지 않고 당당하게 자기를 세우고 살기 위해서 출세로 가는 지름길인 고시를 선택하곤 하였다. 지난 시기 우리 사회의 모습을 축약적으로 보여주는 현상이었기 때문에 그것에 대해 좋거나 나쁘다는 평가를 내세울 일은 아니다. 그러나 문학은 시험을 통해 완성되는 것이 아니다. 한번에 성취할 수 있는 영역이 아니라 오랜 시간의 활동을 통해 커지고 깊어지는 영역이다. 문인이 시험으로 당락을 결정할만한 직업인가, 문학이 시험으로 등수를 매길 수 있는 일인가에 대해 근원적인 질문을 해보아야 할 때이다. 신인 추천이나 신춘문예는 문학마저 경쟁으로 삼는 우리 사회의 병폐를 보여주는 또 다른 예가 아닌가 생각한다.

문학상에 대한 지적은 오래 전부터 있어 왔다. "돌려가며 받는 문학상, 나도 상 한 번 받아보자고 떼를 써서 받는 문학상, 학연과 지연 등으로 받는 문학상"에 대한 필자의 지적은 문학상에 대한 새삼스러운 느낌을 불러낸다. 일반적으로 수상은 애쓴 이들에 대한 격려와 축하를 겸하는 형식으로 발전한 것이지만 인정 등에 의해 상이 왜곡되는 경우를 우리는 어렵지 않게 보아왔다. 50년대 최고 권위를 자랑했던 <동인 문학상>의 수상자들의 면면을 살피면 문학상이 외부적 요인에 의해 얼마나 쉽게 흔들릴 수 있는 지를 확인할 수 있다. 최근 들어 가장 대표적인 외부적 요인은 상업적 기대일 것이다. 필자는 "오늘날과 같은 부패에 가까운 무질서를 방치하면 문단이 존재 이유를 상실하게 될 것이"라고 경고하고 있는 바, 이미 문학상은 문단 전체의 행사가 아니라 일부 관계자들의 잔치로 전락하고 말았는지 모른다.

도한호의 글을 읽으며 사람이 모이는 곳에 어찌 정치가 없겠는가 하는 생각이 들기도 했다. 시인들과 평론가들도 사람이고 보면 호오

가 있게 마련이고 그에 따라 가깝고 먼 사람을 구분하는 일은 자연
스러운 일일 수도 있다. 그러나 그것 역시 문학적인 요인들에 의해
이루어지는 것이어야 한다. 문학 외적인 것에 의해 침범되어서는 안
되는 영역이 있다면 그것을 나름대로 지켜주어야 할 것이다. 전반적
으로 도한호의 글은 "우리 문학과 우리 문단을 위한 한 문인의 솔직
한 의견 진술"이라는 자신의 고백에 합당한 내용을 담고 있다고 할
수 있다.

　도한호의 글이 우리 문단이나 제도에 대한 반성이었다면 우대식의
글「우리 시의 한 반성」은 최근 우리 시 경향에 대한 비판이다. 그의
진단은 다음의 결론 부분에 집약되어 있다.

　　90년대 시가 모방하거나 지향해야 할 대상을 찾지 못하고 진지하
지 못한 유희나 죽음에의 경사로 치우쳤을 때 인간주체를 무화시키는
소비사회의 논리에 너무 쉽게 타협했다는 비판이 가능할 것이다. 허무
와 죽음에 대한 인식은 인간의 실존적 자각에서 비롯되는 것이기에
시에 드러난 허무나 죽음에 대한 인식은 당대 사회와 인간을 읽어내
는 중요한 모티브가 될 수 있다. 90년대 시에는 세속화된 사회 속에서
세속화된 욕망의 좌절로부터 허무와 죽음에로의 지향이 드러난다는
점에서 열린 세계의 꿈으로서가 아니라 닫힌 세계의 좌절로 시적 형
상화에 몰입했다고 할 수 있다. 이 비극적인 태도가 21세기 시문학이
나아갈 바와 일정 관련이 있다면 그것은 낭만주의적 경향일 것이다.
그러나 신과 인간이 죽은 사회라는 인식 속에서 낭만주의는 더욱 아
이러니하고 역설적인 방법으로 흐를 것이라는 추측이 가능하다. 그러
나 이러한 비극적 포오즈가 지나친 아이러니나 역설의 방법을 취했을
때 서정시라는 문학 갈래는 독자의 고급화를 부추기며 따라서 훈련받
은 독자 이외의 대중들과는 또 다른 거리를 가지게 될 것이다.

　현대시가 아름다운 세상에 대한 향수나 미래에 대한 기대만을 이

야기할 수는 없다. 향수가 불가능하고 기대가 좌절되는 곳에서 詩感이 발생하는 것이 현대시의 특징일지 모른다. 그렇다면 인간의 행복한 삶을 가로막는 상대가 강하면 강할수록 그에 대결하는 의지 또한 강해져야 하는 것이 현대시의 숙명이라 말할 수 있다. 현대시의 단골 주제인 죽음이나 허무는 시인의 치열한 대결 의식의 소산인 경우가 많다. 현대시의 비조로 불리는 보들레르의 시나, 이상의 시들이 이런 현대시의 정신을 표현한 것임은 잘 알려진 사실이다.

그러나 허무와 죽음으로 가득했던 90년대 우리 시가 과연 무언가에 대한 비판과 거부 그리고 그에 이어지는 절망을 구체적으로 표현했는가에 대해서는 회의적이다. 우대식의 글 역시 이런 생각에 바탕하고 있는 듯 하다. "세속화된 사회 속에서 세속화된 욕망의 좌절로부터 허무와 죽음에로의 지향"을 굳이 드러내지 않는 시들이라 해도 '닫힌 세계의 좌절'을 보여주는데 그치고 있다는 지적에 충분히 동의할 수 있다. 개인의 절망 속에는 타인이 수긍할 수 있는 '그럴듯함'이 배어 있어야 한다. 90년대 시에 부족한 것이 이 그럴듯함이라는 것이 나의 생각이다. 최근의 우리 시가 '지나친 아이러니나 역설'을 통해 '독자의 고급화'를 부추기게 될 것이라는 필자의 예상과 근거를 같이 한다. 비록 전통적 서정시에 대한 견해에는 이견이 있지만 필자가 취하고 있는 반성적 관점은 참고할 만하다.

시처럼 오래된 양식을 대할 때면 그것이 지닌 본래의 의미에 대해 잊는 수가 있는데 촉망받는 젊은 시인 손택수의 시작법 노트 「현대시와 구술성」은 평범하지만 잊고 있던 시의 본질에 대해 다시 생각하게 해 주는 글이었다. 지금의 시를 예전 시가(詩歌)와 비교할 수야 없는 일이지만 시가 언어로 이루어진 이상 일상 언어의 특성을 완전히 무시할 수 없는 것도 사실이다. 독자는 청자일 수도 있다는 생각으로 시를 쓸 때 시 언어가 가진 구술성은 살아날 수 있고, 구술성은 시의 소통에 큰 도움을 줄 것이다. 손택수는 "말을 담아내는 형식인 소리의 질서를 중시하는 구술성의 이 같은 특장은 현대시의 전개 가운데 다양한 모습으로 변주되어 나타난다"고 하고 "구술성에 대한 민감한 촉수를 움직여 현대시의 기대지평을 넓혀 놓"은 시인들을 높이 평가한다. 구체적으로 김소월, 백석, 김지하, 신경림 등의 시인을 예로 든다. 글을 읽으면서 최근 젊은 시인들의 시중 유독 손택수의 시를 잘 읽었던 원인이 어디에 있었는가를 생각하게 되었다.

3. 서정시의 문법을 확인하다

「문학 공화국에서 살아남기」에서 지적한 내용이 무색하게 『시와 정신』의 신작시들은 등단 순으로 게재되어 있다. 고은에서 박정식에 이르기까지 28명의 시인이 쓴 56편의 신작시를 만날 수 있었다. 등단 10년 이내의 시인이 3분의 2 이상을 차지하고 있었다. 신작시들 전체를 관통할만한 공통된 특징을 뽑아내기란 쉽지 않았다. "내 봄 내 여름으로는 / 내 일생으로는 // 네가 될 수 없구나"(고은, 「낙엽」 전문)라는 짧은 시에서 세 쪽에 이르는 「카메라」(이승하)와 같은 긴 시도 있었다.

통계를 낼 수는 없지만 시들이 전반적으로 전통적인 서정시의 문법을 많이 따르고 있다는 생각을 했다. 눈으로 볼 수 있는 대상을 관찰하고 그 관찰에서 발상을 얻은 삶에 대한 의미 있는 사고를 보여주는 시의 문법을 따르는 시들이다. 이런 문법에 충실하다고 생각한 몇 편의 시를 살펴보자.

쓸쓸하겠거니 생각하지 마라
바람을 불러 흔들리면서
관심을 모으거니 생각하지 마라
살아 있는 한
여전히 우리는 흔들려야 하지 않은가

갈기 꺾였다고
뭐 그리 눈물날 일인가
모두의 의식 속에서 버려질수록
자유로워지는

이 작은 버팀이
편안함에 기댄 저항의 몸짓인 것을
너들이 알까마는

— 김일태, 「바람꽃」 전문

시인은 바람에 흔들리는 꽃을 보며 우리의 삶에 대해 생각한다. 첫 연에서 화자는 두 가지를 금한다. 쓸쓸하다는 생각과 흔들림으로 관심을 모으겠거니 하는 생각이다. 이 둘은 반대의 의미를 띠고 있으면서도 동시에 일어나는 감정이다. 그러나 화자에게 쓸쓸함과 바람에 흔들리며 관심을 모으는 일 모두는 부질없어 보인다. 그저 사는 것이 바람에 흔들리는 것이고 그 흔들림은 때론 쓸쓸하고 때론 다른 이들의 눈에 띠기도 하는 일이기 때문이다. 둘째 연에시 화자는 바람에 고개가 꺾였다고 해서 그리 슬퍼할 일은 아니라고 한다. 앞 연에서 본 바람에 흔들리며 관심을 모으는 행위와 그 바람에 갈기가 꺾이는 것은 대립되는 행위이다. 그러나 이 역시 앞서 말한 흔들림의 일종임에 그리 대단한 의미를 부여할 일도 아니다. 오히려 화자는 의식 속에서 지워지는 것이 자유로워지는 것이라고까지 말한다. 셋째 연에서 화자는 바람에 자신을 맡기고 때로는 꺾이기도 하며 버텨내는 일을 저항의 몸짓이라고 말한다. 대상에 대해 거센 항의의 목소리를 내는 것은 아니지만, 바람에 의지해 편안해 보이기도 하지만 실제는 그렇게 부드럽게 버텨내는 일이 자신을 이기고 세상을 이기는 자세라는 점을 강조하는 셈이다.

이 시의 묘미는 흔들리는 바람꽃이 화자로 설정되어 있다는 데 있다. 시의 내용은 시인이 바람꽃을 보고 거기에서 느낀 감상을 노래하는 경우와 크게 다르지 않다. 하지만 우리는 바람꽃의 목소리를 듣기 때문에 시인의 상투적인 깨달음을 간접화하여 들을 수 있는 것이다. '너들이 알까마는'이라는 마지막 행에서 시인과 독자는 모두 이야기를 듣는 청자가 되고, 그로 인해 시에 대한 신뢰는 倍加된다.

> 파장 무렵, 이쯤해서는 / 좌판의 과일에도 사람냄새가 묻어난다 / 흙먼지 속 이리저리 구르다가 / 손때만 탄 채 물색 없이 눌러앉아 있는 / 참외 복숭아 토마토 ─ / 해거름에 한물간 군상들을 보면 / 퇴박맞고 쫓겨온 누이 같고 / 고향집 지키는 사촌녀석들 같다 / 술 취한 사내가 모서리를 치고 지난다 / 툭-떨어지는 수밀도 한 알 / 주워 담을 새도 없이 밟히고 으깨져 / 몸 비집고 나오는 무른 속살 / 난장 바닥에 비명을 지르는 붉은 씨앗 / 꼭 꼭 숨겼다 깨진 내 꿈 같고 / 늑골 어디쯤 혼자 커가는 옹이 같다 / 떨이로 나앉은 퇴물 한 봉지 사들고 / 재래시장 골목을 빠져 나온다 / 거푸집 겨우 잡고 있는 물렁한 과육, / 비닐봉지에 담긴 누이의 눈물이 만져진다 / 땡볕에 똥장군 나르던 쉰내가 난다 / 가로수 매미 울음소리가, 왈칵 / 소금꽃으로 쏟아지는 파장 무렵이다.
>
> ─ 이영식, 「소금꽃 피는 저녁」 전문

파장 무렵 재래시장 과일 좌판에서 한 봉지의 과일을 들고 퇴근하는 무거운 어깨의 가장을 떠올리게 하는 시이다. 과일을 사 든 이가 화자라면 화자는 자신의 현재와 파장 무렵에서 어쩌지 못할 유사함을 읽고 있다. 해가 지는 시간적 배경도 그렇지만 팔려나가지 않아 떨이로 손님을 기다리고 있는 과일들의 처지가 더 화자를 닮았는지 모른다.

시는 크게 세 부분으로 나뉜다. 좌판을 향해 다가서며 과일에 대한 감상을 토로하는 첫째 부분과 술 취한 사내에 의해 바닥으로 떨어진 과일을 보고 느낀 감상을 이야기하는 둘째 부분, 과일 봉지를 사들고 시장을 나오는 셋째 부분이다.

이 시를 읽는 재미는 과일에서 연상된 화자의 상상을 따라가는 데 있다. 파장 무렵 좌판의 과일에서 사람 냄새가 묻어난다는 말로 시작하는 시는 그리 예쁘게 생기지 않은 '참외 복숭아 토마토'를 보면서 상상을 연다. 참외 복숭아 토마토는 해거름의 한물간 군상으로 은유되고 이어 쫓겨 온 누이, 고향집 지키는 사촌들을 떠올리게 한다. 화자 역시 거기서 그리 멀리 있지 않으리란 짐작을 할 수 있다. 이어지는 시행에서 이런 짐작은 확실한 것이 된다. 둘째 부분은 땅에 떨어진 복숭아에서 상상력이 출발한다. 으깨진 복숭아는 곧 '숨겼다 깨진 내 꿈'으로 다시 '혼자 커가는 옹이'로 은유된다. 이는 화자의 상태이다. 과일 한 봉지 사들고 골목 밖으로 나오면서 시작하는 셋째 부분 역시 유사하게 전개된다. 과일은 '떨이로 나앉은 퇴물'이고, 과일의 물컹한 과육은 '누이의 눈물' 사촌들의 '쉰내'이다. 이러저런 생각에 감정이 격해져 자신도 모르게 쏟아지는 눈물을 시인은 '소금꽃'으로 표현한다.

> 계곡으로 물고기 잡으러 따라 나섰다가
> 깨진 얼음장 속에 꽁꽁 얼어 있는 물고기를 보았다
> 물이 서서히 얼어오자 막다른 길목에서
> 물고기는 제 피와 살을 버리고

투명한 얼음 속에 화석처럼 박혔다
귀기울여도 심장 뛰는 기척이 없다
조식을 하는지 숨소리도 들리지 않는다
사랑하면 사랑에 목숨을 묻기도 하듯이
물 속에 살기 위해선
얼음이 되는 것을 두려워 말아야 한다
이글루 짓고 들어앉은 에스키모처럼
은빛 지느러미 접고 아가미 닫고
사방 얼음벽 둘러친 無門의 집에서
물고기는 다시올 봄을 아예 잊었다
얼음장이 그대로 고요한 대적광전이 되었다

– 주용일, 「얼음 대적광전」

이 시 역시 대상을 관찰한 후 인생에 대해 새삼스런 깨달음을 얻게 되는 과정을 따라가는 시이다. 화자는 한 겨울 계곡으로 물고기를 잡으러 갔다가 얼음장 속에서 얼어 죽은 물고기를 보게 된다. 물은 물고기가 사는 집인데 그 안에서 죽은 물고기를 보고 화자는 죽음에 나름대로 깊은 의미를 부여하고 싶어 한다. 하나의 생명이 세상을 놓았다는 것은 결코 작은 의미가 아닐 것이기에 이런 상상은 우리 삶에 대한 깨달음과 반성을 불러내기에 충분하다.

「얼음 대적광전」에서 죽음은 다분히 불교적인 의미를 띤다. 죽음에 대한 표현을 보아도 화자가 죽음을 대하는 태도가 남다름을 알 수 있다. 화자의 표현을 따르면 물고기는 추워서 얼어 죽은 것이 아니라 "제 피와 살을 버리고 / 투명한 얼음 속에 화석"이 되어 있는 것이다. "은빛 지느러미 접고 아가미 닫고 / 사방 얼음벽 둘러친 無門의 집"에 들었다고도 표현된다. 세상을 버리는 것이 아니라 스스로가 세상이 되어 버린 것과 같다. 이를 보고 화자는 "사랑하면 사랑에 목숨을 묻기도 하듯이 / 물 속에 살기 위해선 / 얼음이 되는 것을 두려워

말아야 한다"는 깨달음을 전하고 싶어 한다. 세상과 하나 되었기에 물고기는 목숨을 잃은 것이 아니라 시간마저 잊은 것이다. 자아와 세계 그리고 시간까지 묶어두는 서정시의 전형적인 상상력이다.

허물어진 일상과 마음의 폐허

1.

　여류 문인이라는 말이 다분히 스캔들로 들리던 시대가 있었다. 1920-30년대 우리 문학의 풍경을 살펴보면 문학 작품 활동을 하지 않더라도 신문에 기사를 쓰거나 예술 활동에 종사하는 여성들을 모두 여성 문사로 취급하고 있음을 확인할 수 있다. 심지어 전혀 글을 쓰지 않았던 허영숙이나 여전 출신으로 사교계에 알려진 인물들은 '무난히' 여성 문사 대접을 받기도 했다. 그만큼 여성이라는 것 자체가 세인의 관심을 끌 수 있었던 시대였다. 해방 이후에도 이런 사정은 크게 달라지지 않아 여성 문인들은 당연히 문단에서 특별한 대접을 받았다. 그러고 보면 여성 문인들이 이런 특별한 대접을 받지 않고 나름대로 작가나 시인으로 정당한 대접을 받기 시작한 지는 생각보다 그리 오래 되지 않은 듯하다.

　그러나 최근 우리 시의 경향을 보면 여성 시인들의 활약이 남성 시인들의 그것을 압도하고 있다는 생각이 든다. 이는 우선 양적으로 증명이 되는데 신춘문예나 잡지 신인상을 통해 등단하는 시인의 수에서 여성은 남성에 결코 뒤지지 않는다. 주요 출판사에서 출간되는 시집의 양을 보아도 마찬가지이다. 전문 시 잡지 등 시인들의 활동 무대에서도 주역은 여성이다. 이런 현상을 감안할 때 앞으로도 시에서 여성의 강세는 한참동안 유지될 것으로 보인다.

금년 상반기 주요 출판사에서 출간된 시집들을 일별해도 여성 시인들의 성과가 단연 두드러진다. 30년 이상 창작을 해온 원로시인에서부터 30세 미만의 '초보' 시인에 이르기까지 연령의 폭도 넓은 편이다. 많은 시집 중 문정희의 『양귀비꽃 머리에 꽂고』와 문혜진의 『질 나쁜 연애』 그리고 이규리의 시집 『앤디 워홀의 생각』을 읽었다.

세 시집을 함께 읽으면서 가장 먼저 든 생각은 세 시인들 모두 "허물어진 일상과 마음의 폐허"를 드러내고 있다는 점이었다. 나이나 연륜(年輪)에 상관없이 세 시인 모두 매우 일상적인 곳에서 소재를 찾고 있으며, 일상 속에서 발견할 수 있는 쇠락과 퇴폐의 징후들을 마음속의 폐허를 드러내기 위해 활용하고 있다는 생각이 들었다. 최근 우리 시를 지배하는 있는 절망과 혼돈, 망각과 전복의 이미지들이 위 시집들에서도 중요한 정서로 자리하고 있음을 확인한 셈이다. 구체적으로 무엇이 그들을 그러한 정서로 빠지게 만들었는지, 내면의 감정을 어떤 식으로 표현하고 있는지 호기심을 가지고 따라가 보았다.

2.

이규리의 시는 허물어져 가는 것들을 슬픈 감정만으로 바라보지는 않는다. 오히려 거기서 아름다움을 찾는다. 사라져 가는 것에는 찬란함이 있기 때문이며 역설적으로 사라짐은 자신의 살아 있음을 증명하기 때문이다.

> 왜 미안하다고 말했을까. 네가 맥문동과 나란하다. 달빛 아래서 맥
> 문동을 보면 결핵 빛깔이다. 세계를 투정하고 세상을 밀어 내던 내가
> 꽃보다 오래 산다는 건 미안하다. 맥문동은 흔들리면서 생을 완성한
> 다. 너는 외대에 닿는 흰 바람조차 붙들고 싶었던가. 일획 단정한 잎
> 들이 단명과 유사하다면 맥문동은 네 기침이 피우는 꽃, 비오는 날은
> 더욱 자지러진다. 생이 기우뚱 풍경들을 놓칠 때 왜 보랏빛일까. 너무
> 큰 신발을 신고 숨차 오르던 여름 내내 돌아보면 굽이마다 맥문동 보
> 였다. 보랏빛 네 단명 앞에 탕진하듯 내 살아 있음이 미안했던 걸까.
>
> ─「보랏빛이라는 것」 전문

녹색 잎과 자줏빛 꽃잎을 가진 맥문동은 백합과의 식물이다. 맥문
동과 비교되고 있는 어떤 이의 삶이 꽃에 가려 보일 듯 말 듯한 시
이다. 달빛 아래 보는 맥문동 꽃잎의 빛과 결핵이 토해내는 기침의
빛은 보랏빛으로 같고, "생이 기우뚱 풍경들을 놓칠 때" 스치는 빛도
역시 보랏빛이다. 더 나아가 맥문동은 "네 기침이 피우는 꽃"으로 표
현된다. 어느 것 하나 보랏빛은 아니지만 조금은 침울하고 조금은 안
타까운 순간에 시인은 보라를 본다. 작은 것들을 붙들고 싶었던 그의
심정을 시인은 기억하고 있다. "보랏빛 네 단명"에서 확인할 수 있듯
이 보랏빛은 죽음의 색이기도 하다.

시인이 보랏빛 속에서 발견하는 죽음이 꼭 우울한 것만은 아니다.
달빛 아래에서 본 맥문동은 아름다웠으며, 맥문동의 흔들림이 생의
완성이듯이 죽음이 꼭 사라짐을 의미하는 것은 아니기 때문이다. 그
도 그럴 것이 시인은 초여름 맥문동을 볼 때마다 그를 생각할 것이
다. 그의 단명으로 시인은 자신의 탕진하듯 살아가는 삶을 돌아보기
도 한다. 첫째 문장과 마지막 문장에 반복되는 미안함의 원인이 여기

에 있다. 굳이 퇴폐적인 생각을 가지지 않더라도 생을 마치는 순간에 스치는 빛만큼 아름다운 것은 흔하지 않다. 위 시가 보랏빛을 통해 발견한 것도 바로 그것이다.

이 밖에도 폐허나 추억에 대해 시인은 많은 애정을 보인다. 그것들을 통해 폐허 이전과 추억 이전을 생각하기 때문이다.

> 허물어진 마음도 저리 아름다울 수 있다면 / 나도 너의 폐허가 되고 싶다 / 살아가면서 누구에겐가 한때 / 폐허였다는 것, 또는 / 폐허가 날 먹여 살렸다는 것.
>
> — 「폐허라는 것」

> 추억도 나날이 소비되는 것 / 신제품에 밀려 구석진 곳에서 먼지를 쓰고 있는 / 저 느렸던 날들의 행복에 대해선 / 이제 말하지 말자 / 나는 나를 믿을 수 없다
>
> — 「앤디 워홀에 대한 생각」

위 두 편의 시에서 '폐허'와 '추억'은 모두 지났지만 가치 있는 과거를 담고 있다. 「폐허라는 것」에서 폐허는 누군가에게 온전히 허물어질 수 있는 마음 정도의 의미를 갖는다. 누군가의 폐허가 화자를 지탱해 주었고 이제는 자신도 누군가에게 아름다운 무엇이 되고 싶다는 마음을 표현한다. 「앤디 워홀에 대한 생각」에서 추억은 가치 있지만 현재에 의해 소외된 무엇을 말한다. 무엇이든 소비되는 사회에서 과거에 대한 추억 역시 소비되어 사라지는 일은 흔하다. 누구의 잘못이 아니라 새로운 것들로 쉴 새 없이 채워지는 것이 현재의 삶이기 때문에 "저 느렸던 날들의 행복"을 이야기하기가 쉽지 않다. 지난 시간을 살리는 마음의 변화는 쉽게 일어나는 것이 아니어서 그런 생각을 하고 있는 자신조차 "믿을 수가 없다"고 말한다. 이 시는 현

재의 소비를 위해 추억조차 소환되는 현실을 비꼬고는 있지만 과거의 기억이 가진 가치까지 부정하지는 않는다.

앞서 이규리의 시가 과거에 대해 일말의 긍정적인 시각을 가지고 있다고 말했는데, 이는 어디까지나 다른 두 시인에 비해 상대적으로 그렇다는 의미이다. 많은 시에서 과거의 흔적들은 시인을 억압했던 기억으로 남아 있다.

<blockquote>

식구들은 어느새 아버지를 멀리하기 시작한다
아버지 방의 제라늄이 물기 없이 견디는 건
아직도 자를 대고 한 치 삐뚤지 않게 밑줄을 긋는
아버지의 독서법 때문이다
밑줄 친 문장 속에서 옴짝달싹할 수 없는
활자의 식구들,
활자의 피들,
아버지의 방은 흘러간 유행가처럼
고가의 시간들만 거울에 반사되어
아버지가 읽는 현재란 언제나 과거이다

</blockquote>

― 「아버지의 방」

위 시의 아버지는 추억이나 폐허보다 골동품에 가까운 인물이다. 앞의 시들과는 달리 아버지에 대한 화자의 생각은 아름다움과는 거리가 멀다. 식구들이 가까이 하지 않는 인물인 아버지는 매우 건조하게, 매우 고색창연(古色蒼然)하게 살아간다. 그런 아버지는 화자의 삶에 일종의 장애이기도 했다. 이를 화자는 "내 삶의 곳곳에 밑줄을 그었던 아버지"로 표현한다. 아버지의 독서법은 한 치의 기움도 용납하지 않았고, 그런 독서법은 가족들에게 그대로 적용되었다. 그 때문에 식구들은 활자처럼 밑줄 안에 갇혀 지내야 했다는 것이다.

아버지의 억압에 대한 표현으로 위 시는 매우 여성적이라는 느낌을 준다. 대결의 대상으로서의 아버지가 아니라 억압자로서의 아버지 이미지가 주를 이룬다는 점이 그렇고, 억압을 견디어 낸 후의 사후담 형식이라는 점도 그렇다. 투쟁과 반항을 표현한 것이 아니라 답답함 자체가 시의 주조를 이룬다는 점도 여성적이라는 느낌을 준다. 아버지를 자연인이자 가장으로 직접 표현하지 않고 '아버지의 방'이라는 상징 안에 가두어 표현한 점도 인상적이다.

> 앞자리에 앉은 키 큰 사람의 머리통이
> 화면을 다 가려 버렸다
> 내 세상을 가렸던 그의 머리통도 저만했을까
> 솔깃한 베드신도 그의 머리통에서 지워지고
> 미묘한 장면도
> 잘려 나갔다
> 중요한 대목을 놓쳤던 내 삶의 방식처럼
> 주인공과 나 사이를 머리통이 꽉 막고 있었다
> 마지막 총성이 울리기 전 앞자리의
> 머리통을 베어 옆으로 옮겨 놓았다
> 그 자리 잔상처럼 둥글게 뚫린
> 어둠,
> 겹친다
>
> ― 「월식」

「월식」은 「아버지의 방」과 유사한 느낌을 주는 시이다. 자신의 시야를 가렸던 커다란 장애물에 대한 상상으로 이루어져 있다. "방음장치 안 된 삶이 버거워 지는 때 / 70밀리의 세상 속에 마음을 / 떠맡기고 간" 한가한 개봉관에 들었으나 앞자리에는 키 큰 사람이 앉아 있다. 마음을 가라앉히려 간 한가한 곳에서 만난 장애이기에 더 인상적이다. 화면을 가린 앞사람의 머리는 곧 자신의 인생을 가린 그를 떠올리게 한다. 솔깃한 장면과 미묘한 장면이 앞사람의 머리에 가린 것처럼 내 삶의 중요한 자리에도 그의 '머리'가 자리했던가 하는 생각이다. 앞선 시에서 밑줄에 해당하는 것이 여기서는 앞사람의 머리라 할 수 있는데 시인은 이를 삶의 월식으로 표현하는 뛰어난 감각을 발휘한다. 화면의 어둠과 자신의 삶에 드리워진 어두운 한 자리를 비교하여 그것이 보편적인 우리의 삶일 수 있겠다는 독자의 감상을 이끌어낸다.

3.

문혜진의 첫 시집 『질 나쁜 연애』에는 진부한 일상에 대한 거부감이 강하게 배어 있다. 여러 시편을 통해 시인은 늘 반복되는 것, 당연히 그러하다고 생각하는 현상에서 벗어나려는 노력을 보여준다. 지루한 일상에서의 탈출은 일탈 혹은 일탈에 대한 욕망으로 나타난다.

가슴에 피어싱이라도 주렁주렁 달고 막살아 보고 싶은 날, 믹서에 감기약이라도 갈아서 밀가루 반죽에 넣어 마구 휘젓고 싶은 날, 곱게 갈린 가루를 파우더 통에 넣고 볕 좋은 곳에 앉아 화장을 하다 화장하다 심심하면 마당의 개나 붕붕 타지 뭐 개를 타다가 싸이가 생각났다 내가 좋아하는 싸이는 남대문 뒷골목에서 S정과 러미라를 사다가 구속 수감된 가수야 암스테르담엔 널린 게 약이라던데 [······] 오늘도 9시 뉴스에선 남대문 뒷골목의 초라한 약장수와 더러운 오리털 파카를 뒤집어쓴 불안한 중독자의 손이 오버랩된다 나를 뜯어먹을 기세로 미친 듯 손을 떤다 피해망상은 닳고 닳은 누군가의 누더기 껌! 씹고 있

는 당신의 껌도 이미 히스테리로 너덜너덜해져. 이런 날은 누구나 뒤
통수 조심해라!

— 「뒤통수 조심해라」

'막살아 보고 싶은 날'이 특별히 있는 것으로 보아 화자의 일상적
삶은 정상적인 것에 얽매어 있을 가능성이 크다. 피어싱, 감기약 반
죽, 파우더, 개 타기 등은 화자가 상상할 수 있는 막사는 방법에 해
당될 것이다. 이어지는 시의 내용도 모두 무언가를 도발하고 싶은 화
자가 상상할 수 있는 일들의 나열이다. 약물 유혹, 히스테리, 피해망
상 역시 마찬가지이다.

도발하고자 하는 의지는 다른 시에서도 쉽게 발견할 수 있다.

회오리바람 속으로 / 비틀거리며 오토바이를 몰아가는 / 불량한 남자
가 좋아 / 머리 아픈 책을 / 지루한 음악을 알아야 한다고 / 지껄이지도
않지 / 오토바이를 태워줘 / 바다가 펄럭이는 / 바람 부는 길로 / 태풍이
이곳을 버리기 전에 / 검은 구름을 몰고 / 나와 함께 이곳을 떠나지 않
겠어?

— 「질 나쁜 연애」

가끔씩 난 / 똑같은 노래를 반복해서 부르곤 해. / 같은 노래를 부르
고 또 부르고 / 그러면 어떤지 알아? / 하드보일드하게 지루하지 뭐. / 전
인권의 「행진」을 탕진으로 바꿔 부르는데 / 그것도 지루하면 펭귄으로
불러. / 그럼 정말 썰렁해지지.

— 「탕진」

'막살아 보고 싶은 날'과 비교될 수 있는 말이 '불량한 남자'이다.
불량한 남자와의 만남 역시 지루한 일상에서의 일탈을 의미한다. 화
자가 함께 가기를 원하는 불량한 남자는 비틀거리며 오토바이를 몰

고 바람 부는 길로 이곳을 벗어나게 해 줄 사람이다. '머리 아픈 책'이나 '지루한 음악'은 당연히 불량함과 거리가 멀다. 「탕진」의 주제 역시 지루한 일상에 대한 재치 있는 부정이다. '행진'이라는 가사를 끝없이 반복하는 전인권의 노래에 '탕진'을 붙여보고 '펭귄'을 붙여보는 놀이로서 도피를 시도해 보는 것이다.

일상적인 것에 대한 히스테리에 가까운 시인의 거부는 읽는 재미를 주는 한 편 반복적이어서 설득력이 떨어진다는 문제를 안고 있다. 우리는 그의 시를 읽는 것만으로는 왜 일상이 거부되어야 하는지 그런 거부가 무엇을 지향하는지를 알 수 없다(그런 것은 애초에 없는지도 모른다). 이런 느낌이 드는 이유는 외부로 향한 시인의 외침은 많은 반면 시인의 고민을 들려줄 내면의 고백은 적기 때문이다. 지루함은 '어떤' 지루함의 지위를 차지하지 못하고 막연한 상태에 머물고 있다.

다음은 고민하는 화자의 내면이 비교적 잘 드러난 시이다.

지금은 새벽
난 당신 몰래 깨어 있고
금 간 벽이 눈을 뜬다
당신은 매번 숨을 죽이고
나는 혼자 벽을 보고 부끄럼도 없이 빈말만 해댄다
어쩔 텐가
내 몸은 멍든 골조로 앙상하게 남아
한번도 영혼의 시멘트를 가져본 적이 없다
당신의 뼈와 부딪치는 동안
난 멍들어 금이 가
반복 운동이란 얼마나 탈(脫) 육체적인가
내달리는 몸이 이탈되는 순간에도
맨홀 같은 나의 내부를
제대로 본 사람은 아무도 없다

> 당신과 나 사이
> 멍들어 금 간 벽
> 어쩔 텐가
>
> —「분홍 벽」

  자신의 육체를 '멍든 골조'에 비유하고 있는 시이다. 틈이 벌어진 벽에 흉한 몰골을 드러내고 있는 뼈대에는 한 번도 시멘트와 같은 살이 붙어본 적이 없다고 한다. 이런 모양으로 인해 항상 상처에 시달리고 있음에도 아무도 그 상처를 알아주지 않는다. 개인의 상처가 곧 당신과 나 사이에 '금 간 벽'을 만들어 놓는다. 상처에 대해 전혀 이해하지는 못하는 당신과 '혼자 벽을 보고' 누워 있는 나 사이의 벽이다.

  그렇다면 화자는 무엇 때문에 흉한 몰골이 되었는가? 앞선 시들에게 확인한 지루하고 반복되는 일상이 그 답이다. '탈 육체적'인 '반복 운동'은 육체의 살들을 모두 비우고 화자의 내부를 '맨홀'처럼 비워 버린 것이다. 이런 이탈의 과정을 당신은 물론 아무도 '제대로' 보아주지 않기 때문에 화자의 정신은 황폐해지고 있었던 것이다. 여러 번 확인했던 일상적인 것에 대한 히스테리컬한 거부가 이런 화자의 내면에 비롯된 것이리라 짐작할 수 있다. 여전히 애매하기는 하지만.

4.

  앞의 두 시인들의 시에 비해 문정희의 시집『양귀비꽃 머리에 꽂고』의 시편들은 인생과 세상에 대해 관조하는 듯한 태도를 보여준다. 화자는 대상과 일정한 거리를 두고 감정의 지나친 몰입은 피한다. 시의 주제는 어지러운 세상과 비루한 일상에 대한 조소와 비난이다.

> 겨울 안개 길고 긴 터널
> 모든 것이 무사해서 미친 중년의 오후
> 전조등 하나 없는 회색 속을 걸어간다
> 가방에는 몇 개의 열쇠가 들어 있지만
> 진실로 갖고 싶은 열쇠는 없다
> 기적이란 신의 소유만은 아니었구나
> 지나온 하루하루가 모두 기적이었다
> 돌아보니 텅빈 무대 아래
> 반수면 상태로 끝없이 삐걱이는 의자들
> 저기가 진정 내가 지나온 봄의 정원이었던가

— 「우울증」

화자의 우울증은 지나온 생을 돌아보는 데서 비롯된다. '모든 것이 무사하다'는 것은 아무 것도 만족스럽지 않다는 말도 된다. 모든 것을 가지고 있는 듯하지만 '진실로 가지고 싶은 열쇠'는 없는 삶이 중년의 오후에 돌아보는 자신의 삶이다. 화자에게 지나온 젊은 시절의 삶은 '겨울 안개 길고 긴 터널'이면서 동시에 '봄의 정원'이기도 하다. 그 시간을 살아온 것은 기적이었고 지난 후 바라보면 시간은 '텅빈 무대'처럼 느껴진다. 앞의 두 시인들의 시와는 다른 의미에서 쇠락에 대한 반응으로 읽을 수 있다.

> 나 어디든 갈 수 있네 / 나 성공하고 말았네 / 이제 시(詩)만 폐업하면 불행 끝 / 시 대신 진주 목걸이 / 하나만 사서 걸면 오케이 / 내 가슴에 피었다 지는 노을과 신록 / 아침 햇살과 맑은 눈물 / 도둑고양이처럼 기어오르던 고독 다 귀찮다

— 「성공시대」

> 거짓말과 거품만 자욱한 도시 / 시인들조차도 아무 말이나 끌어다
> 쓰고 / 이리저리 골목대장 따라 몰려다닌다 / 취기를 상징적 장신구로
> 달고 다니지만 / 그것은 작은 양심이요, 알리바이일 뿐 / 심지어 관객들
> 도 모두 무대로 올라와 / 맹목적 출세주의에 발을 구르며 / 오직 뜨려고
> 발광을 한다 / 많은 사람들이 유명해졌고 상도 받았지만 / 손바닥이 얼
> 얼한 박수를 쳐본 적은 드물다 / 멈추면 폭발하는 고장 난 버스처럼 /
> 지금 서울을 그렇게 굴러가고 있다
>
> — 「서울에서 온 전화」

쇠락의 의미를 일상적인 삶에서 찾고 있다는 점에서 공통점을 발견할 수 있는 시들이다. 특기할 점은 일상의 속된 삶을 시와 대비하고 있다는 사실이다. 「성공시대」에서 세속적인 성공과 대척점에 놓이는 것은 불행, 곧 시 쓰기이다. 맛있는 음식과 아름다운 옷과 아늑한 집과 편안한 자동차를 인생의 목표로 행복의 척도로 보는 것이 보통 사람들의 생각이라면 공연히 불행한 생각을 이끌어내는 시는 폐기되어야 마땅한 것이 된다. 그런 의미에서 시는 퇴물이거나 폐품일 수 있다. 그러나 시를 잃을 경우 "가슴에 피었다 지는 노을과 신록 / 아침 햇살과 맑은 눈물"이라는 더 본질적인 행복을 함께 잃게 된다고 시인은 말하고 있다.

「서울에서 온 전화」에서 시를 잃은 세상에 대한 시인의 생각을 다시 읽을 수 있다. '맹목적 출세주의'에 찌들어 '고장난 버스'처럼 굴러가고 있는 서울의 모습은 시를 잃어버린 보습에 다름 아니다. 그곳에서는 시조차 '상징적 장신구'에 지나지 않는다. 시인들은 골목대장따라 이리저리 몰려다니고 마음속의 시를 가꾸기보다는 인기를 얻기위해 무엇이든 하려 한다. 이를 '거짓말'과 '거품'이라는 단어로 표현한 시인은 '손바닥이 얼얼한 박수'로 상징되는 마음 깊은 곳으로부터의 동의를 그리워한다. 이는 쇠락해버린 시에 대한 비난이면서 동시

에 시를 그리워하는 간절한 심정의 표현이기도 하다.

> 일찍이 어머니가 나를 바다에 데려간 것은
> 소금기 많은 푸른 물을 보여주기 위해서가 아니었다
> 바다가 뿌리 뽑혀 밀려 나간 후
> 꿈틀거리는 검은 뻘 밭 때문이었다
> 뻘 밭에 위험을 무릅쓰고 퍼덕거리는 것들
> 숨 쉬고 사는 것들의 힘을 보여주고 싶었던 것이다
> 먹이를 건지기 위해서는
> 사람들은 왜 무릎을 꺾는 것일까
> 깊게 허리를 굽혀야만 할까
> 생명이 사는 곳은 왜 저토록 쓸쓸한 맨살일까
> 일찍이 어머니가 나를 바다에 데려간 것은
> 저 무위(無爲)한 해조음을 들려주기 위해서가 아니었나
> 물 위에 집을 짓는 새들과
> 각혈하듯 노을을 내뿜는 포구를 배경으로
> 성자처럼 뻘 밭에 고개를 숙이고
> 먹이를 건지는
> 슬프고 경건한 손을 보여주기 위해서였다
>
> — 「율포의 기억」

화자는 갖가지 욕망이 넘쳐나는 도시에서도 삶은 여전히 경건하고 겸손한 것이라고 말한다. '꿈틀거리는 검은 뻘 밭'에서 '위험을 무릅쓰고 퍼득거리는' 생명에 삶의 진실이 있고, 먹이를 건지기 위해 경건하게 무릎을 꿇어야 하는 사람들의 태도에 삶의 진실이 담겨 있다고 말하고 싶어 한다. 앞서 예를 든 시들에서 비난하던 현재의 모습과 비교할 때 생명의 이런 풍경은 '저토록 쓸쓸한 풍경'일 수 있다. 그러나 '슬프고 경건한 손'으로 '성자처럼 뻘 밭에 고개를 숙이는' 사람의 모습은 지나간 것, 쇠락한 것으로 보일지 몰라도 여전히 가장

가치 있는 것일지 모른다. 시인은 현실의 우울과 절망을 토로하는 데서 그치지 않고 새로운 가치에 대한 믿음을 확인하면서 '불행한' 시를 여전히 지키고 있는 셈이다.

사라져 가는 것들에 대하여

1.

사라져 버린 사물에 대한 추억만큼 우리의 감상을 자극하는 것도 드물다. 굳이 그것이 귀하고 값진 것이어서가 아니라 거기에 담겨진 특별한 기억이 현재의 부족을 일깨우곤 하기 때문이다. 기억이라는 것이 보통 그렇지만 망각과 기억의 과정을 통해 달라진 현재의 내 기억은 사실 과거의 감정(혹은 사실) 그대로가 아니다. 어느 순간에 만들어지기도 하고 작은 것이 커져서 살아나기도 하는 것이 기억이다. 사라진 것에 대해 말하지만 그것이 과거에 대한 이야기가 되기보다 현재의 감정을 드러내는 데 기여한다고 볼 수 있는 이유가 여기에 있다.

시에서 현재의 결핍을 표현하기 위해 동원되는 과거는 아름답게 마련이다. 가난했던 어린 시절마저 시에서는 어둡고 암울한 이미지로 남지는 않는다. 그래도 그때는 인정이 있어 좋았다든지, 가족들과의 애뜻한 교감이 있었다든지 하는 생각으로 실제의 고난 등은 잊혀지는 것이 보통이다. 마치 텔레비전 드라마처럼 흑백으로 처리된 과거는 돌아갈 수 없고, 따라갈 수 없다는 점에서 현재에 해로울 필요가 없는 시간이다. 현재에 대한 막연한 불안과 불만을 과거를 통해 풀어 보려는 것은 아주 오래된 인간의 욕망이기도 하다. 반대로 해결하기 어려울 정도로 엉망이 되어버린 현재에서 과거의 완전한 한 때를 그리는 시는 드물다. 이런 의미에서 과거를 회상하는 시가 대부분 낭만 취향이라고 말해도 크게 잘못 된 말은 아닐 것이다.

2.

권대웅의 시 「장독대가 있던 집」과 양선희의 시 「샘」은 과거에 대한 추억으로 시작한다.

> 햇빛이 강아지처럼 뒹굴다 가곤 했다
> 구름이 항아리 속을 기웃거리다 가곤 했다
> 죽어서도 할머니를 사랑했던 할아버지
> 지붕 위에 쑥부쟁이로 피어 피어
> 적막한 정오의 마당을 내려다보곤 했다
>
> — 「장독대가 있던 집」(『문학동네』 겨울)

> 거기 샘이 있었네.
> 땡볕에서 들일 밭일 할 때 새참으로
> 한 주전자씩 길어 들면
> 더위 먹지 않던.
> 걸식하던 문둥이
> 쇠갈고리 외팔로 동냥 다니던 상이용사
> 체 사라 상 고치라 멸치 있다

닳도록 남의 사립 나들던 이들
오체투지하듯 엎드려 입 적시면
천불 나는 속이 가라앉던.

— 「샘」(『문예중앙』 겨울)

'햇빛이 강아지처럼 뒹'군다든지 '구름이 항아리 속을 기웃거'린다는 표현은 선명하고 아름답다. 호기심이 가득한 아이가 대낮을 즐기듯 귀엽기도 하다. 두 행만으로도 어린 시절의 기억을 되살리고 있음이 분명하다. 할아버지를 닮았던 지붕 위의 쑥부쟁이도 남처럼 혼자서 피어 있는 것이 아니라 적막한 '할머니'의 마당을 지켜주기 위해 '피어 피어'나곤 했던 모양이다. 비록 적막하기는 하지만 구름 흐르는 한낮의 풍경이라는 점에서 밝은 기운이 느껴진다.

두 번째 시 역시 샘에 대한 기억에서 시작한다. '거기 샘이 있었네'라는 첫째 연에 걸치는 두 개의 의미 단락이 이어진다. 그것은 여느 시골 농촌의 샘처럼 들이나 산에서 일하다 잠시 쉴 동안 더위와 피로를 함께 씻어주던 샘이었다. 동네 사람들 뿐 아니라 지나던 사람들도 역시 샘의 물을 마시고 '천불 나는 속'을 가라앉히곤 했다고 한다. '걸식하던 문둥이', '쇠갈고리 외팔로 동냥 다니던 상이용사', 체장사, 상장사, 멸치 장사 등 자주 마을을 드나들던 사람들도 샘을 찾는다. 주전자에 물을 길러 둘러앉아 마시기보다 '엎드려 물 적시던' 이들이다.

두 시 모두 지금은 사라졌거나 흔적만 남은 사물에 대해 말한다. 앞서 말했듯이 그들이 기억에서 가난의 어려움이나 주변 사람들의 '恨'은 이야기의 중심이 아니다. 현재의 결핍과 비교해서 괜찮았던 어떤 과거를 이야기하게 된다.

모두 거두어가버린 어스름 저녁
그 집은 어디로 갔을까
지붕은, 굴뚝은, 다락방에 모여 쑥덕거리던 별들과
어머니의 슬픔이 묻은 부엌은
흘러 어느 하늘을 어루만지고 있을까
뒷짐을 지고 할머니가 걸어간 달 속에도
장독대가 있었다
달빛에 그리움들이 발효되어 내려올 때마다
장맛 모두 퍼가고 남은 빈 장독처럼
웅웅 내 몸의 적막이 울었다

돌담을 블록으로
다시 돌과 시멘트 섞어 기와 올린 담으로
고여 쌓으며 새마을운동 하던
신작로에 자갈 까는 비행장 닦는 송충이 잡는
부역 다니던 세월에도
장리곡으로 연명하는 마을의 젖줄이던.

두 시 모두 현재의 아쉬움인 직접 표현되는 것이 아니라 예전의 그림을 제시함으로써 상대적으로 부족한 현재의 무엇인가를 표현하는 방법을 쓰고 있다. 「장독대가 있던 집」의 저녁 풍경은 달빛으로 가득하고 달빛만큼의 그리움으로 넘친다. 위 구절에서 화자는 집에 대한 기억을 구체적으로 떠올린다. 지붕이며 굴뚝이며 다락방들에는 밤하늘을 보며 별들과 쑥덕거리며 꿈을 키우던 어린 시절이 부엌에는 어머니에 대한 슬픈 기억, 장독대에는 할머니에 대한 기억이 담겨 있다. 기억을 담고 있는 사물들이 사라지고 없기에 기억의 순도는 더해지고 과거에 대한 아련함은 더욱 커지는지 모른다. '달빛에 그리움들이 발효'된다는 말은 기억 속으로 빠지는 화자의 상태를 말할 터이고, 그보다 더 울림이 큰 말들 '장맛 모두 퍼가고 남은 빈 장독'에 남은 적막은 그리움의 순도를 짐작하게 한다. 장독에서 퍼간 것이 왜 장이 아니라 장맛인지 그리움이 발효되면서 왜 화자의 몸은 적막으로 울게 되는지는 과거를 애달프게 회상해본 사람만이 경험할 수 있는 감정내용이다. 화자를 포함한 모든 풍경을 지배하고 있는 것이 달빛이라는 점도 효과를 높이는데 적절히 기여하고 있다.

이에 비해 두 번째 시 「샘」은 '거기 샘이 있었네'라는 시행에서의 느낌을 마지막까지 놓지 않는다. 시간의 변화를 보여주고 샘이 얼마나 오랫동안 사람들과 함께 했는가를 짐작하게 하고 샘 근처에서 살아가던 사람들의 삶의 모습도 비추어 준다. 새마을 운동, 부역, 가난 등이 샘을 끼고 사람들이 지나온 세월의 모습이다.

마들상가 뒤쪽을 몇 바퀴 돌았다
빌딩 숲에서 길 잃은 말처럼 돌아나오며
나는 잠시 두리번거린다
들판은 어느 쪽일까 방향을 몰라
주택공사 앞 계단 아래 말뚝처럼 서서
말 울음소리 들리는 듯 귀를 세운다 비 오는 저물녘
헐한 저녁이 내 허공을 꽉 채운다

천양희의 시 「마들은 없다」도 사라진 것들에 대해 말한다. 말(馬)들이 뛰놀아 이름 붙여졌을 마들에 서서 화자는 들판을 찾는다. 마들 '상가' 앞에서 출발한 들판 찾기가 성공할 리는 없다. 화자 혼자 스스로 말이 되어 '말처럼 돌아나오며', '말뚝처럼 서서' 빗소리를 말 울음 소리로 느끼며 헐한 저녁을 지날 뿐이다. '주택공사' 앞에서 들판을 찾는 아이러니는 이 시의 진행을 짐작하게 해준다. 이렇게 기다려 보아야 "차들에 밀려 마들은 한쪽으로 기울고 / 말발굽 소리 언제

내 가슴 들이받고 사라져버렸다." 마들에 대한 이런 생각들은 과거에 대한 구체적인 기억으로 향하는 것이 아니라 마들이 사라져 버린 지금에 대해 생각하게 만든다.

> 나는 말이 뛰놀던 들에 대해 생각해보았다
> 지나간 것은 지나가버려 아득하고
> 먼 것은 멀어서 하루가 짧다
> 옛 들판 옛 바람 돌이킬 수 없어
> 말보다 들이 무섭다며 사람들이 마들을 빠져나갔다
> 있다가도 없는 게 생(生)이다, 마들이여
> 나는 너에게 줄 야마(野馬)도 없는데
> 내 생각은 말의 안장처럼 세월 위에 얹힌다
> 누가 나에게 사는 일 깨닫게 하려고 나쁜 일도 주는 걸까
> 어딘가 들판 그리운 사람 있을 듯
> 헐렁한 내 신발은 아직 집 밖에 있다
> 여기서 마들 찾을 길 없고 이 길 한쪽에서
> 생각나는 것은 우리의 생(生)이 그렇듯
> 마들이 말의 들인 줄 모르고 모르므로
> 이제 마들은 없다

화자는 구체적인 기억에 대해 말하기보다 들판이 지나온 세월에 대해 말한다. 이 시는 말이 뛰어 놀던 들판에 아파트와 상가가 들어서고 그 안에 사람들이 살면서 사실은 사람들은 들에서 밀려나 버린 상황을 전제한다. 사람들이 들에서 밀려난 것이 아니라 사람들 마음이 들을 만들지 않아 들을 없앤다고 할 수도 있다. '어딘가 들판 그리운 사람'은 매우 귀한 경우이고, 사람들은 들을 무섭다고 한다. '이제 마들은 없다'고 할 때 마들은 사람들이 마들이 말의 들인줄 모르기 때문에 마들이 아닌 것이다. 기억에 대해 말하기보다 세월에 대해

말하는 화자는 구체적인 기억을 내세우고 있지 않기에 굳이 마들에 대해 우리가 잃어버린 어떤 것에 대해 말하려 한다.

우리는 사라져 버린 것들에 대해 말하던 좋은 시인들을 알고 있다. 그들이 말하려 한 것은 순전히 개인적인 기억은 아니었다. 세계에 대한 관심과 사람들에 대한 관심이 넘치는 시였다. 물론 그들이 자기 밖의 무언가를 의식적으로 표현하려 했다고 보기는 어렵다. 개인의 기억 속에 남아 있는 공동의 경험이 그런 시들을 만들어 낸 것이다. 이런 점에서 천양희의 이 시는 사라진 것들에 대해 말한 좋은 시로 기억될 것이다.

보이는 것과 말하려는 것

1.

현대시는 보이는 것에 대해 말한다. 음악이 시에 절대적인 영향을 미치던 시기가 있었다고 하지만 최근 시에서 음악과 시의 직접적 영향을 발견하기는 쉽지 않다. 대부분의 시인들은 관찰한 세계를 독자들에게 보여주는 데 주력한다. 독서 과정 역시 시각에 의지한다는 점에서는 크게 다르지 않다. 문자의 시각적 인상에 대상의 이미지, 거기에 언어적 '의미'가 더해져서 다양한 시적 울림이 파생되는 것이 현대시이다.

물론 대상들의 모습을 감상 그대로 전달하는 시들이라도 대상들의 모습 사이사이에 시의 깊이와 넓이를 마련해줄 시인의 독특한 깨달음이 감추어져 있기 마련이다. 감추어진 그것이 시의 성패를 좌우한다고 말할 수도 있다. 시인의 목소리가 지나치게 평범하거나 대상이 만들어내는 파장이 미미할 경우에는 좋은 시가 되기 어렵다. 대상에 빠져 시인의 목소리를 잃는다거나 대상과는 무관한 외침만이 남는 시들도 그리 오래 기억되지는 않는다.

최근 시들을 일별해 보면 유난히 시인들이 무엇을 보고 있는지에 주목하게 된다. 이 말은 시인이 독자에게 전하는 정서 자체보다는 시인의 정서를 자극한 사물에 더 큰 관심을 갖게 된다는 의미가 될 것이다. 촌철살인(寸鐵殺人)의 시구를 찾기보다 시인의 감정을 이끌어 낸 대상 자체의 매력이 시 감상에 더 중요하다는 말이기도 하다.

유승도는 첫 시집 『작은 침묵들을 위하여』를 통해 강원도 산골에서의 삶을 매우 진솔한 목소리로 우리에게 들려 준 바 있다. 그의 신작 시 「이천 일년 유월 십 오일」에서 우리는 촌사람이 된 시인이 발견하는 도시의 모습을 볼 수 있다.

> 알고 지내던 형이 부친상을 당하였다는 연락이 그의 친구로부터 왔다
> 서울에 진입하는 기차의 차창 밖으로 먼저 내 눈에 들어온 것은 철로 옆의 빈 병과 비닐 봉지와 휴지조각들이었다 다음으로 건물을 짓는 공사 현장, 그 다음에 아기를 업은 여인이 아기의 엉덩이를 손으로 받치고 있는 모습, 그 다음에 골목길에서 뛰어노는 아이들. 청량리역으로 들어서자 서둘러 기차에서 내리는 사람들 사이에서 콧구멍을 후비는, 정장 차림의 아주머니가 그 다음으로 눈에 띄었다
> 그리고 말끔하게 지어놓은 장례식장의 화장실 소변기 위 공간에 놓여 있는 어항 두 개가 또 눈길을 멈추게 했다 어항 속의 물에서 활발히 움직이고 있었다 한 마리도 아니고 세 마리도 아닌 두 마리의 고기들
> 그리고 고인의 사진 앞에서 절을 하며 검은 양복을 입은 상주와 만났다. 왠지 웃음이 나왔다
>
> — 「이천 일년 유월 십 오일」 전문(『문예중앙』 겨울호)

서울로 '진입'하는 화자의 눈에 띤 도시의 모습들은 삽화의 연속처럼 점점이 이어진다. 하나의 전체적 인상을 만들어내지는 못하지만 작은 조각들처럼 흩어져 있는 서울의 모습이다. 기차를 타고 화자가 청량리역까지 이르는 동안에 '철로 옆의 빈 병과 비닐 봉지와 휴지조

각들'이 우선 발견되고 '건물을 짓는 공사 현장'과 '여인이 아기의 엉덩이를 손으로 받치고 있는 모습' 그리고 '골목길에서 뛰어노는 아이들'의 어수선한 모습이 차례로 눈에 들어온다. 어디서나 만날 수 있는 이런 모습이야 예전에나 지금에나 크게 새로울 것도 달라질 것도 없는 그것일 터이지만 이후에 보이는 풍경은 남다른 생각을 불러낸다. 시인은 철도 주변의 이런 어수선함 이후 '서둘러 기차에서 내리는 사람들 사이에서' 충분히 우스꽝스러울 '콧구멍을 후비는, 정장 차림의 아주머니'를 발견한다. 여기서 정장 차림과 '콧구멍을 후비는' 모습의 대조는 심상한 것처럼 느껴질 수도 있다. 그러나 '화장실 소변기 위 공간에 놓여 있는 어항 두 개'를 발견하고 화자는 세상의 우스꽝스러움을 절감한다. 물고기 수도 꼭 짝을 맞춘 두 마리로 그들은 용무를 보는 남자의 눈을 바라보고 있는 것이다. 어수선한 도시의 풍경과 깔끔하게 지어 놓은 장례식장 소변기 위 어항의 아이러니가 '고인의 사진 앞에서 절을 하며 검은 양복을 입은 상주'를 보면서 또 다른 아이러니를 스스로 생산해내는 지경에 이르게 된다.

　누구나 알고 있는 풍경을 시인은 이해를 배제한 상태에서 관찰한다. 스스로 도시인이 아니라고 자부하고 있는 화자이기에 이런 관찰의 방법이 설득력을 가질 수 있다. 어찌 보면 화자에게 이런 도시의 풍경은 남의 것일지도 모른다. 우연하거나 낯선 시선에 의해 발견되는 이런 새로움은 독자들에게 신선함을 준다. 재미있는 그림이고 깨달음의 기쁨을 주는 삽화이다. 이런 종류의 시에 그런 풍경 속에서 살아가는 사람들을 위한 자기반성의 깊은 통찰을 제공해 달라고 요구하는 것은 초점을 잃은 과도한 요구일 수 있다. 시인은 자기 목소리를 내기보다 자기가 본 세계를 보여주려고 하기 때문이다.

2.

　도시를 떠나 자연으로 발길을 돌린 시인들의 시를 보면 보이는 것에 경도되는 경향이 더욱 두드러진다. 많은 시인들이 시심의 회복과 운문성의 복원을 자연에서의 자기 발견에서 찾으려는 것이 아닌가 싶다. 몇 년 사이 자주 이야기되는 현대시의 신서정이란 결국 자연을 찾아 나선 시인들의 이러한 시도와 관계되는 듯하다. 시인들이 찾아 나선 곳은 대도시의 포도(鋪道)가 아니라 산 사이로 좁다랗게 난 정겨운 오솔길이다.

　『문예중앙』 겨울호에 실린 최하림의 「미묘한 색깔로」의 첫 구절 "미묘한 색깔로 낙조가 달리는 들녘에서 / 나는 유사(流砂)처럼 허물어져간다"나 정규화의 시 「들국화」의 첫 구절 "산이나 들에 살면 / 저렇게 홀가분한 꽃망울 / 터뜨릴 수 있나 보다"는 보이는 것에서 느낀 깨달음이라는 점에서 공통된다. 농촌의 삶이 자신의 오래된 시 주제이기는 하지만 "우리 마을의 제일 오래된 어른 쓰러지셨다 / 고집스럽게 생가를 지켜주던 이 입적하였다"로 시작해서 "잘 늙는 일이 결국 비우는 일이라는 것을 / 내부의 텅 빈 몸으로 보여주시던 당신"을 기억하는 이재무의 「팽나무가 쓰러지셨다」(『현대시학』 12월) 역시 같은 느낌으로 읽을 수 있다.

　이런 경향으로 두드러지는 것은 역시 고재종의 「오솔길의 몽상」 연작 시편들이다.

> 웬 마음이 지펴서 묵은 길을 여는가.
> 능구렁이 한 마리가 느릿느릿
> 앞을 트고 난 뒤의 오솔길에는
> 칡과 싸리, 갈참들이 짓어 으슥하지만

무엇보다도 솔바람 소리가 나를 이끈다.
엊그제 유골을 이장해간 무덤자리에
오늘은 웬 할머니가 배추모종을 옮기는
그 삶의 아찔함을 지나쳐
나는 장닭꿩 한 마리가 꿩꿩,
산을 뒤흔든 뒤 낳은 고요에 놓인다.
[……]
그리하여 나도 들국 점점에 맺히는 길의
그 몇몇 螢光쯤은 잠시 밝혀보고 싶고
내 세간의 서러움 지핀 마음 파장도
솔바람에 좀 씻어볼까 하는데, 아뿔사!
웬 밀렵꾼이 올가미에 치인 고라니를
올가미째 메고 오는 참혹함에 놓이고,
오솔길 밖 저 두멧집에서는
오늘도 저녁밥 짓는 시간이 피어오른다.

─「오솔길의 몽상 1」 부분(『작가세계』 겨울호)

연작의 첫 편인 위의 시에는 오솔길의 으슥함과 고요를 느끼는 화자와 그 속까지 쳐들어온 인간들의 속된 손길이 대조를 이루고 있다. 그곳에는 '칡과 싸리, 갈참'이 만들어내는 으슥함과 함께 엊그제 이장해간 무덤 터에 배추를 옮기는 할머니의 욕심이 함께 있다. 세간의 서러움을 씻어줄 솔바람이 있지만 올가미째 사냥한 고라니를 메고 오는 참혹한 풍경도 있다. 시인은 그 오솔길에서 자신의 삶과 세상의 일들과 그리고 자연의 법칙에 대해 '부질없이' 상상하는 시들을 만들고 싶어 한다.

한 계절에 11편이나 발표된 그의 「오솔길」 연작은 모두 위와 유사한 상상력으로 전개된다. 속된 삶과 고요한 자연의 대조, 이어지는 속된 감정의 정화가 일관된 주제를 형성한다. 첫 편의 주제는 오솔길

자체이지만 이후 시들은 그 길에서 발견하는 동물과 식물들 그리고
다른 자연물 등 길가에서 보이는 것들에 의존하고 있다. 이들 시에서
화자가 오솔길을 찾는 이유는 "이고 들고 업고 안은 아낙네만 같아
서／무얼 좀 놓아버리고 싶은 때가 있"어서 이다. 또, 화자는 "무얼
좀 잡은 적도 좀체는 없는데／무얼 다 놓지 않으면 목숨에 닿을 것
같은／그 정각의 마음으로"(「오솔길의 몽상 2」)오솔길을 찾기도 한다.
궁극적으로는 시인은 '부질없음' 속에서 어떤 자유를 얻으려 하는지
모른다.

> 고요도 익으면
> 도토리 몇 톨은 떨구는가
> 쓸쓸함도 사무치면
> 붉나무 잎새쯤은 물들이는가
> 오롯하다는 것
> 풀덤불 헤치면 거기
> 새새끼 다 날아가버린 뒤의
> 텅빈 둥지 같은 것
> 어미새가 우짖고 나면
> 더욱 고요하다
> 풀줄기가 스적이고 나면
> 더욱더 쓸쓸하리
> 오롯하다는 것
> 푸른 항변에 지친 억새밭은
> 이젠 잔광에 반짝이거나
> 소슬바람에 쏠리는 것

— 「오솔길의 몽상 3」 전문(『작가세계』 겨울호)

이 시에서는 '고요함', '쓸쓸함', '오롯함'의 시어들이 순서대로 반

복되고 있다. 시의 전반부에서는 고요하고 쓸쓸하고 오롯한 느낌이 자연에 옮겨지고 후반부에서는 자연의 느낌이 오히려 고요하고 쓸쓸하고 오롯한 화자의 감상을 깊게 만든다. 우선 고요가 '도토리 몇 톨'을 떨구고 쓸쓸함은 '붉나무 잎새쯤'은 물들인다. 특별한 느낌으로 자연에 다가가는 화자의 감정을 느낄 수 있다. 이어 어미새가 울고 나서는 숲이 '더욱 고요하다'. 풀줄기가 스적이고 난 후에는 '더더욱' 쓸쓸한 분위기가 만들어진다. 세 번째 느낌인 오롯함은 순서를 넘어서는 것 같기도 하다. 화자는 '오롯함'이 새새끼가 날아가 버린 텅 빈 둥지와 같다고 말한다. 그에게는 '잔광'에 반짝이거나 '소슬바람에 쓸리는' 풍경도 오롯하다. 사람이 자연에게 하는 것보다 자연은 인간의 감정을 더욱 깊게 만든다. 이 시의 주제는 고요와 쓸쓸함 뒤에 남는 시인의 오롯한 감정 자체일 것이다.

자연 속에 있으면서도 시인 자신의 느낌이 표면에 크게 드러나는 시는 연작 열 번째 편이다.

팽나무 너럭바위에 누은 게
이른 아침나절이었는데
휘파람새 울음소리의
그 청량한 파문에 들렸던 것인데
깨어보니 말짱한 해거름이다
[……]
앞으로는 잠을 많이 자야겠다
독한 담배 연기도 안 내뱉고
그 웬수 같은 밥도 덜 축내고
갖은 가시를 뱉던 말도 좀 닫고선
가끔 바람에 들어 푹 자야겠다
늘 속도전이던 시간마저 끄고
자는 그 순간만큼은

善行조차 좇지 않으니 더 좋으리
아, 이른 별들이 소소소 인다
내려가서 술이나 한잔해야겠다

— 「오솔길의 몽상10」 부분(『현대시학』 12월호)

　나무 그늘 너럭바위에 누워 자신도 모르게 길고 편안한 잠을 깨고 난 느낌을 적인 시이다. 자연의 바람에 젖어 편안하고 깔끔한 잠을 자고 난 후 화자는 자신의 삶이 갖고 있는 온갖 독소들을 줄이겠다고 생각한다. 잠은 많이 자야 하겠고 담배나 밥이나 말수는 줄여야 하겠다는 결심이다. 숲 속에서 잠자는 동안에는 시간을 다투는 속도전도 잊고 선행마저도 좇지 않아 좋다고 말한다. 자연에서 배우는 것은 무엇을 이루어야 하겠다는 의지가 아니다. 줄일 수 있는 일은 줄이고 베풀 수 있는 일은 베푸는 것이 자연의 가르침이다. 누워 자고 있는 동안 개미가 다리를 물고 가고 새가 팔뚝에 오물을 떨어뜨려도 화자는 화내지 않는다. 화자의 직접적인 목소리가 두드러지는 듯 하지만 '팽나무 너럭바위'나 '휘파람새 울음소리', '이른 별들'이 주는 자극의 역할을 빼놓을 수 없는 시이다. 역시 보이는 것에서 출발한다.

3.

　최근 시들의 전반적인 경향이라 말하기는 어렵지만 많은 시들이 보이는 대상을 충실히(?) 전달하려고 노력한다. 시인이 보는 대상은 일상에 있을 수도 있고 낯선 곳에 있을 수도 있다. 이번 겨울에 발표된 시들에는 유난히 일상을 벗어난 곳에서의 관찰과 보고가 많은 양을 차지하고 있다. 이런 시들은 일상에서 벗어나 잠시나마 얻을 수 있는 깨달음이 주제를 이루는 경우가 많다. 그 깨달음 자체가 독자들에게는 자극이나 휴식이 될 수 있음을 부정하기 어렵다.

한 가지 아쉬운 점은 이런 관찰자들의 시들도 현실적 삶과의 연관을 가졌으면 하는 점이다. 시의 지향이 시적 언어가 환기하는 어떤 정서라면 그 정서의 방향은 잠시의 만족과 해소 이상이 되어야 한다. 관찰로 인해 얻어져 일상 속에서 유지될 수 없는 잠시의 깨달음은 또 다른 깨달음을 요구할 뿐 우리 일상의 방향을 되돌려 놓지는 못한다. 깨달음의 경험을 지속시키고 넓은 범위로 확대하는 일이 이런 시들이 해결해야 할 과제가 아닌가 생각해본다.

서정시의 전성과 시 읽는 즐거움?!

1.

통상 월간지의 2월 호에는 당해의 신춘문예 당선작 뿐 아니라 당선자들의 신작시들도 함께 실린다. 금년도 예외는 아니어서 주요 일간지 신춘문예 당선자들의 시를 한자리에서 볼 수 있었다. 아무리 신춘문예의 의미가 퇴색했다고 해도 매년 무감각하게 당선시들을 그냥 흘러 보내게 되지는 않는다. 그러면서도 요즘 들어서는 신춘문예 당선자들의 시에서 새삼스럽게 참신함을 찾거나 거기에 우리 시의 미래를 '건다'는 등의 찬사를 보내는 일에 별로 진실성이 느껴지지 않는다. 신춘문예를 통해 우리 시의 미래를 볼 수 있는 것은 틀림이 없지만 그것이 늘 힘찬 것이라는 보장은 없어 보인다.

물론 높은 경쟁을 뚫고 당선된 시들, 그리고 시인들이 기대 이하이거나 수준에 미치지 못한다는 말을 할 수는 없다. 나름대로 시의 '문법'을 지키고 있으며 그러면서도 진실성이 담겨 있는 작품들이 최종 당선작으로 뽑힌다고 보는 게 옳을 것이다. 실제로 매년 신춘문예 당선시들 중 몇 편은 언제나 즐거운 마음으로 읽곤 한다. 어떤 시들은 좋은 이야기를 들을 때의 행복감을 전해주기도 하고, 어떤 시들은 아름다운 상상으로 독자를 이끌기도 한다.

그런데 이것이 전부인가 하는 생각이 드는 것 역시 어쩔 수 없다. 시가 발견하려고 하는 것이 무엇인지, 시인에 말하고 싶은 것이 무엇인지를 따지면 대안 없이 아쉬움만이 커지고 만다. 서정시의 본질이 자신의 심정을 토로하는 것에 있다면, 세상과 만나는 감상을 섬세하게 전달하는 것이 서정시의 궁극적인 모습이 될 것이다. 남들이 잘 보지 않거나 보더라도 그저 지나치기 쉬운 사물들에서 영감을 얻고 소위 '시적'이라고 부르는 언어들을 통해 개인적인 감상을 표현하는 것이 서정시인 셈이다. 이렇게 서정시를 정의하면 이어지는 질문은 이렇다. 그래서 서정시는 무엇을 추구하는 것일까? 시들은 자기가 만들어낸 감상에 독자들이 동의해 주기를 바라는 것인가? 자신의 목소리를 들어주기만이라도 했으면 하고 바라는 것일까? 사물에 대한 감상을 함께 나눌 만큼 우리가 공통된 경험을 많이 가지고 살고 있기는 한가? 독자가 동의하는 것이 시인의 감정인가 시인이 바라본 세상의 모습인가? 이런 의문들에 대해 대답하려고 하면 우리 서정시가 줄 수 있는 답은 옹색하다는 생각이 든다. 오래된 양식으로 시 창작과 독서는 앞으로도 계속 이어지겠지만 그것이 현재를 살아가는 사람들에게 어울리는 '현대시'가 되기 위해서는 무언가 빠진 것이 있다는 생각이 든다.

시를 폐기하자고 주장하거나 시를 쓰는 사람들의 노력을 부정하려는 생각은 전혀 없다. 나에게 서정시 읽기는 매우 즐거운 경험이고, 여전히 시인의 감성이 만들어내는 결을 따라가다 알지 못할 동화의 감정을 느끼는 때도 많다. 오히려 '수필가'들이 문단의 전면에서 사라져 저변으로 가라앉았듯이 '시인'들도 역시 저변으로 가라앉아 가는 것이 아닌가 하는 점을 안타깝게 생각하는 쪽이다. 사실 경험에서

느낀 개인의 감정을 진솔하게 독자에게 전달한다는 점에서 수필과
시는 공통점이 많다. 시 쪽에서 운율을 파괴하고 수필에서 '시적인'
문장을 많이 사용한다면 둘 사이의 차이는 더 좁혀진다. 현대 서정시
의 의미를 변화하는 시대에도 여전히 지킬 가치가 있는 서정의 정신
을 사수하는 데서 찾기도 하지만, 정서마저 변하는 현실에 너무 초연
한 것도 긍정적인 면만 있는 것은 아니라고 생각한다.

2.

　이런 정리되지 않은 잡다한 생각 끝에 읽은 시들은 여전히 예전
시들의 '미덕'을 안전하게 보지하고 있었다. 그런 시들 중 눈에 띠는
작품은 문성해의 신작시 「나비의 가을」이었다.

　　　나비는 봄 여름을 살고 가을에 죽는다
　　　죽을 때는 몸이 날개를 인도한다

　　　나비는 평생 날개를 부담스러워하진 않았을까
　　　어느 날, 깨고 보니
　　　코끼리 귀 같은 게 양 어깨에 펄럭거리고 있었으니……

　　　평생 몸은 얼마나 들판을 걷고 싶었을까
　　　꽃에 잠시 앉았다 날아가는 나비 몸이
　　　세차게 버둥거리고 있진 않았을까
　　　독수리에 채여 가는 들쥐처럼.

　　　죽어 가는 나비에게서

제일 먼저 떨어져나가는 것은 날개다
아직 파닥거리는 그것들을
개미들이 떼메고 어디론가 간다

어딘가에 날개들만 갈 수 있는 나라가 있으리라.
그곳에서 날개만으로 날아다니는 법을 배우리

허공을 가르는 나비들이
툭 툭, 멈춘 가을 한낮
갑자기 몸이 날개가 된 나비들이
허공으로 땅으로 하얗게 날아든다

다시 개미들이 반대쪽으로 새카맣게 몰려온다

　우리시에는 자주 사용되다 못해 상투적이라는 느낌을 주는 시어들이 있다. '나비' 역시 그런 단어 중 하나가 아닐까 한다. 나비는 비록 연약하지만 날개를 가지고 있어 자유롭다든지, 날개의 연약함으로 인해 지상을 떠나서도 완전히 자유로울 수 없는 존재로 자주 표현되었다. 나비 뿐 아니라 날개 달린 동물에 대한 인간의 동경은 신화시대 이후로 지속적으로 이어져 왔다고 할 수 있다. 그런데 「나비의 가을」에서 나비는 단순한 동경의 대상만은 아니다. 몸에 비해 턱없이 큰 날개를 지니고 있어 불균형을 이룬 '힘겨워하는' 존재로 표현된다. 나비의 날개가 자유의 상징이 아니라 오히려 짐일 수 있다는 상상력인데, "나비는 평생 날개를 부담스러워하진 않았을까"라고 의문을 제기하는 행에서 생각의 단초가 제시되고 있다. 시인의 생각을 따른다면, 날아가는 나비의 아름다움을 노래하는 것이 사람들만의 생각이었다면, 작은 몸으로 큰 날개를 지고 이륙해야 하는 일은 나비들만의 고통이었다. 나비의 날개보다는 나비의 몸을 애써 강조하는 것으로 보아 시인은 나비는 몸으로 나비이지 결코 날개로서 나비가 아니라고 말하고 싶은지 모른다.

이런 시인의 상상력은 죽어 가는 나비를 발견한 데서 시작한다. 봄과 여름을 아름답게 살고 가을에 건조하게 말라가는 나비는 날개를 먼저 떨어뜨리고 죽어간다고 한다. 죽음은 하늘에 있는 것이 아니고 땅에 있다고 말해도 좋을 것이다. 사실 나비의 탄생도 땅에서 이루어진다. 알을 거쳐 애벌레 생활을 하는 곳은 지상이며 대부분의 나비는 성충으로보다 훨씬 긴 유충의 시절을 보낸다. 이렇게 보면 둘째 연 "어느 날, 깨고 보니 / 코끼리 귀 같은 게 양 어깨에 펄럭거리고 있었"다는 표현은 단순히 시인의 감상이 앞선 것만은 아니라고 할 수 있다. "몸은 얼마나 들판을 걷고 싶었을까"라는 감상도 전혀 근거 없는 것은 아니었던 셈이다. 죽음을 통해 나비는 자기가 나온 곳으로 돌아가는 것이고, 하늘을 날아야만 했던 짧은 시절의 고통을 마치고 길게 쉴 수 있게 된 것이다. 여러 번 반복되는 몸이 날개를 인도한다는 표현은 이런 상황을 드러내기 위한 장치였다고 할 수 있다. 대상을 어떻게 보느냐, 그것을 어떻게 표현하느냐가 괜찮은 시와 그렇지 못한 시를 구분하는 하나의 기준이 될 수 있다면, 이 시는 분명 괜찮은 시에 속할 것이다.

세상을 조금이라도 다르게 보려는 시인의 눈은 그의 신춘문예 당선작 「귀로 듣는 눈」에서도 확인할 수 있다.

눈이 온다 / 시장 좌판 위 오래된 천막처럼 축 내려 앉은 하늘 / 허드레 눈이 시장 사람들처럼 왁자하게 온다 / 쳐내도 쳐내도 달려드는 무리들에 섞여 / 질긴 몸둥이 하나 혀처럼 옷에 달라붙는다 / 말 한마디 건네지 못하고 실밥을 따라 떨어진다 / 그것은 눈송이 하나가 내게 하고 싶은 말 / 길바닥에 하고 싶은 말들이 홍건하다 / 행인 하나 쿵, 하고 미끄러진다 / 일어선 그가 다시 귀 기울이는 자세로 걸어간다 / 소나무

위에 얹혀 있던 커다란 말씀 하나가 / 철퍼덕, 길바닥에 떨어진다 / 뒤돌아보는 개의 눈빛이 / 무언가 읽었다는 듯 한참 깊어 있다 / 개털 위에도 나무에도 지붕에도 하얀 이야기들이 쌓여있다 / 까만 머리통의 사람들만 그것을 털어내느라 분주하다 / 길바닥에 홍건하게 버려진 말들이 / 시커멓게 뭉개져 어디론가 흘러가고 있다 / 그것이 다시 오기까지 우리는 얼마를 더 그리워해야 하나

눈 오는 날의 풍경을 관찰하고 표현했다는 점에서 제재는 매우 평범하다고 할 수 있다. 제재는 평범하지만 그것을 느끼는 시인의 감각은 평범하지 않아서, 시인은 하늘에서 분주히 내리는 눈을 '눈'으로 보지 않고 소리로 듣는다. '왁자하다'는 표현이 대표적인데, 눈이 세상에 내리는 이유는 그들이 할 말이 많기 때문이라고 한다. 시인의 일관된 생각을 표현하기 위해 길바닥에 미끄러졌던 행인은 귀 기울이는 자세로 일어나기도 한다. 나무에 얹혀있던 커다란 눈이 떨어지는 것을 본 개가 '무언가 읽었다는 듯'한 눈빛을 가졌다는 것도 재미있는 표현이다. 물론 이 시의 내용으로는 눈이 하고자 하는 말이 구체적으로 무엇인지는 알 수 없다. 눈이 말들어내는 어떤 생각들과 기억들을 말이라고 상상해 볼 수 있을 뿐이다. 분명한 것은 그것이 매우 긍정적인 의미를 갖는다는 사실이다. 시의 전개상 필요 없어 보이는 마지막 행에서 굳이 '그리움'에 대해 시인이 말하는 이유는 그 긍정성을 애써 살려주기 위한 것이었다고 할 수 있다.

3.

김경주의 시들을 읽으면 예전에는 자주 보았지만 최근에는 꺼내어

본 일이 없는 낡지 않은 사진들을 다시 보는 느낌을 받는다. 무엇보
다도 소재가 주는 새삼스러움 때문이지 싶다.

> 퇴근한 여공들 다닥다닥 세워 둔
> 차디찬 자전거 열쇠 풀고 있다
> 창 밖으로 흰쌀 같은 함박눈이 내리면
> 야근 중인 가발 공장 여공들은
> 틈만 나면 담을 뛰어넘어 공중전화로 달려간다
> 수첩 속 눈송이 하나씩 꾹꾹 누른다
> 齒列이 고르지 못한 이빨일수록 환하게 출렁이고
> 조립식 벽 틈으로 스며 들어온 바람
> 흐린 백열등 속에도 눈은 수북히 쌓인다
>
> — 「꽃피는 공중전화」

> 다세대 연립주택 아래 노인은
> 조금 남은 손톱으로 벽에 붙은 햇볕을 긁어 본다
> 아이들이 뿌연 입김을 물고 잠든 새벽
> 전신주가 밤새 창마다 붙인 불빛 한 점씩 떼고 있다
> 노인은 포장을 걷고 목마의 귀를 흔들어 주며
> 창문에 촘촘히 맺힌 그림자를 바라본다
>
> — 「목마가 세워진 골목」

「꽃피는 공중전화」는 가발 공장에서 일하는 나이 어린 아가씨들이
퇴근 시간을 맞아 앞 다투어 공중전화 앞으로 달려드는 풍경을 연상
하게 한다. 특히 눈은 시의 배경이 되어 고달프고 초라한 여공들의
삶을 애써 덮어주는 효과를 낸다. 조립식 벽 틈의 바람이나 흐린 백
열등 속에서 눈은 수북이 쌓이고 전화를 거는 여공들의 웃음이 유난
히 환하게 보인다고 한다. 삶의 고달픔 속에서 잠시 터져 나온 웃음

이기에 더욱 환한 것이기도 하다. 「목마가 세워진 골목」 역시 연립주택 '밖'에서 생활하는 노인을 그리고 있어 최근 시에서 자주 볼 수 없는 소재를 다룬다고 평가할 수 있다. 불빛이 꺼지고 창문에 그림자가 맺히는 장면은 골목에서나 볼 수 있는 것이다. '벽에 남은 햇볕을 긁어 본다'는 표현 역시 노인의 현재 처지를 짐작하게 한다. 이렇듯 소재가 주는 새삼스러움만으로도 위의 시들은 읽은 만하다는 생각이 든다. 반면에 소재가 새삼스러운 만큼 감동도 옛 것의 반복이 되는 듯한 느낌도 없지 않다.

김병호의 「징검돌이 별자리처럼 빛날 때」는 이야기를 품고 있는 서정시가 주는 감동을 충분히 제공해주는 시이다.

금줄 친 대문이 어둠을 낳습니다
대문에서 토방으로
토방에서 사랑방으로 이어진
징검돌이 별자리처럼 빛납니다
환하고 평평한 징검돌 안에 담긴
어린 내가 별을 닮아가는 밤
할아버지는 저녁보다 먼 길을 나섭니다

눈 깊어 황소 같던 할아버지
할머니를 맞던 해 봄날
강가 둥글고 고운 돌만 골라
새색시 작은 걸음에도 마치맞게
자리 앉혔다는 징검돌
그 돌들이 오늘밤
별똥별 지는 소리로 울고 있습니다

별똥별 하나, 하늘을 가르자
어미 소의 울음소리가 금줄을 흔듭니다

미처 눈 못 뜬 송아지가 뒤척이자
어미 소가 송아지를 핥아줍니다
내 볼이 덩달아 따뜻해집니다

하늘이 오래 된 청동거울처럼 깊습니다
바람은 저녁을 다듬어
첫 별 뜨는 곳으로 기울고
내가 앉은 징검돌들이
지워진 별자리를 찾아 오릅니다

삼칠일도 안된 송아지의 순한 잠을
이제 할아버지가 대신 주무십니다

　　존대어로 각 시행을 마무리하고 있어서 그렇기도 하지만 어린 화
자가 들려주는 이야기가 동화와 같이 느껴진다. 돌아가신 할아버지와
새로 태어난 송아지, 그 사이에서 삶과 죽음의 의미를 나름대로 새기
고 있는 화자가 시적 정황을 만드는 세 꼭짓점을 이룬다. 나는 토방
에 앉아 있고 할아버지는 사랑에서 먼 길을 떠나시고 대문에는 금줄
이 걸려 있다. 이 세 점은 징검돌이나 별자리로 비유되는데 떨어져
있지만 이어져 있다는 특징이 그런 비유의 근거가 된다. 징검돌이나
별자리가 그렇듯이 소와 할아버지 그리고 화자는 떨어져 있지만 이
어져 있기도 하다. 셋째 연에서 보듯 할아버지의 죽음("별똥별 하나,
하늘을 가르자")과 어미 소의 울음이 이어지고, 어미 소가 송아지를 핥
아주자 나의 볼도 덩달아서 따뜻해진다. 별똥별이 떨어져 비어버린
별자리에는 내가 앉은 징검돌이 올라가고 송아지의 순한 잠을 할아
버지가 대신 주무신다는 표현에서는 이들의 연이 생명이라는 틀 안
에서 순환되고 있다는 생각까지 읽어낼 수 있다. 이렇게 보면 조금
낯설어 보이기도 했던 첫 행 "금줄 친 대문이 어둠을 낳습니다" 라

는 말의 의미도 선명해진다. 시의 정황과 주제가 주는 감동 외에 시어들(금줄, 토방, 징검돌, 새색시, 눈 못 뜬 송아지, 삼칠일 등)이 만들어내는 고유한 정감을 느끼는 것도 이 시를 읽는 즐거움 중의 하나이다.

3.

지금까지 이 글은 전통 서정시의 문법으로 신인들의 시를 읽을 때 우리가 얻을 수 있는 즐거움이 무엇인가를 확인해 본 셈이다. 또 이들 시에서 얻을 수 있는 즐거움의 내용이 너무 익숙한 것들이 아닌가 하는 의심도 해 보았다. 이 시들이 새로운 무엇을 주기보다는 예전에 있었던 것들을 다시 살려냈을 뿐이라는 생각도 든다(새로운 것이 좋은 것이냐는 질문은 좀 억지로 느껴질 것 같다). 구체적으로 제시할 내용물은 없지만 이전과는 다른, 그리고 현재의 다양한 생각들을 만족시키는 새로운 시들이 아쉽다는 생각이다.

귀 기울여야 할 젊은 시인의 목소리

1.

연초가 되면 행사처럼 잡지마다 젊은 시인들 특집을 꾸민다. 신춘문예라는 큰 행사를 치른 후 자연스럽게 소개되는 등단 시인들의 작품이 있기 마련이고, 그 해에 활동이 기대되는 시인들도 소개된다. 그러나 이름을 다 기억하기고 어려운 젊은 시인들 중에 이후에도 꾸준히 창작 활동을 하는 이들은 실제 그리 많지는 않다. 특히 중요 종합 문예지에 일년에 한번이라도 이름을 올리는 시인들의 수는 전체 시인 수에 비해 턱없이 적다. 이런 현상의 원인은 시인 개인에 있을 수도 있지만 우리 문단의 제도가 젊은 시인들을 쉽게 받아들이지 않는 때문일 수도 있다. 이런 환경이 계속될 경우 젊은 시인들의 시작 활동은 점차 자족적인 것으로 물러날 가능성이 있다. 특별히 대중적 성공을 거두지 못하는 시들은 문단 안에서 소통되는 데 만족해야 할지 모른다.

물론 시인들에게도 문제는 있다. 최근 시단의 가장 큰 문제는 너무나 많은 그만그만한 스타일의 시들이 양산되고 있다는 점이다. 이름을 떼어 내면 누구의 시인지 도저히 구분할 수 없는 시들이 너무나 많다. 익숙하지만 별로 관심을 끌지는 못하는 그저 그런 문법에 그저 그런 문제를 계속 재생산한다는 점에서 시를 읽는 독자는 인내를 필요로 한다. 물론 이것이 시에 국한된 문제는 아니다. 비평이나 문학 연구나 모두 정체되어 있는 것이 작금의 현실이기 때문이다. 이런 현실을 분명하게 인식한다고 해서 금새 새로운 방법이 제시될 수 있는 것도 아니다. 흔히 하는 말대로 참신함, 신선함을 강조하는 방법 외에는 뾰족한 수가 없다. 그러나 새로움 역시 우연히 발견될 수 있는 것은 아니다. 특히 시와 같이 오래된 형식에서 새로움이라니! 이런 진퇴양난의 상황 속에 주목할만한 것은 부족하나마 하나의 주제와 형식에 집중하고 있는 시인들의 시이다. 보이지 않는 곳에서 새로움을 찾기보다는 보이는 곳에서 가능성을 찾는 일이 더 중요하기 때문이다. 우리가 부족하더라도 젊은 시인들의 시에 주목해야 하는 이유가 여기에 있다.

『현대시학』에 실린 신춘문예 당선 시인 특집과 『현대시』에 실린 <천몽>과 <시원> 동인 특집을 읽었다. 느낌의 각도나 고민의 깊이가 두드러지는 시들을 발견하기는 어려웠다. 반대로 편안하게 읽히는 시들은 많았다. 그중 인상 깊었던 시 몇 편을 살펴보자.

2.

이장욱의 시는 자기 존재에 대한 증명을 중심 주제로 한다. 그의 시에서 존재에 대한 증명은 존재를 직접 증명함으로써 증명되지 않는다. 존재하는 사물의 존재와 비존재, 사람들의 앎에 대한 불신을 확인함으로서 없는 존재를 증명하게 된다. 이는 그의 시를 일관하는 주제였다. 그런 주제를 드러내기 위해 시인은 세상을 흐트러뜨리고 보이지 않는 것을 본다. <천동> 동인 특집에 실린 이장욱의 시들 역시 이런 과거 시 스타일을 유지하고 있다.

오늘은 가을과 가을 사이에 가로수들 젖은 머리 풀지
내일은 겨울과 겨울 사이에 늙은 정치가는 선언문을 낭독하지
또 어리둥절한 아침을 지나자 거리엔 수많은 여자들이 피어나고
너무나 당연하다는 듯이 모닝글로리의 아이들은
보이지 않게 죽어가고 횡단보도를 건너는 늙은 여자는
한 걸음을 옮길 때마다 최선을 다해 침묵하지
당연하다는 듯이 관광 버스는 八道의 여고생들을 향해
질주하지 않고 당연하다는 듯이
여고생들은 웃음과 욕설을 그치지 않고 당연하다는 듯이
먼 그대의 자살 소식은 들려오지 않고 오늘은 당연하다는 듯이
이 거리엔 상상하지 않은 일들만 일어나네
잠깐 고개를 돌리면 지나치게 현실적으로 존재하는
저 어리둥절한 풍경 앞에서 다시
오늘은 가을과 가을 사이에 가로수들 젖은 머리 풀고
내일은 겨울과 겨울 사이에 대통령의 선언문이 배달되지
저기 누군가 아주 현실적인 혜화동의 오후에 주저앉아
문득 웃음을 터뜨릴 듯한데

– 「리얼리스트」 전문

　시를 읽고나서 무엇이 당연하고, 어떤 사람이 리얼리스트인가를 질문하게 만드는 시이다. 언뜻 읽어서는 매우 혼란스럽다는 인상을 준다. 그러나 그 혼란은 몇 번의 독서를 통해 해결되는 기분 좋은 혼란이다. 우선 "현실적으로 존재하는/ 저 어리둥절한 풍경 앞에서" 세상을 바라보고 있는 화자를 분명히 느낄 수 있다. 그 시선이 무엇을

보느냐보다는 어떻게 보고 있느냐에 초점을 맞추어야 할 것 같은 시
이다. 이 시는 반복되고 의미 없는 오늘과 내일의 풍경을 시의 앞과
뒤에 배치하여 전체적인 구조를 맞추고 풍경들의 원근을 몇몇 단어
의 반복을 통해서 확보한다. '어리둥절한 아침'에서 시작하여 '당연
한 듯' 벌어지는 여러 풍경들을 보고 그것들이 '지나치게 현실적'이
어서 다시 '어리둥절한 풍경'을 깨닫게 되는 진행을 보여준다. 이런
단어들의 연속이 자연스러운 점층을 만드는 한편 그 안의 '당연한
것'들 사이에 다시 변화를 준다. 당연하게 여겨지는 일들이란 '보이
지 않게 죽어가고', '최선을 다해 침묵하'고 '웃음과 욕설을 그치지
않'으며 '자살 소식은 들려오지 않'는 것들이다. '당연하게 ○○하지
않는다'는 문장을 자주 사용하여, 당연함에 대해 의구심을 만들어낸
다. 이 리얼리스트가 보는 사물들은 결국 '현실적으로 존재하는 / 저
어리둥절한 풍경'에 다름 아니다. 기대에 부응하는 것과 기대에 어긋
나는 것이 순서 없어 뒤섞여 있음을 깨닫고, 이런 일들이 오늘과 내
일 이어지는 현실임을 어리둥절하지만 발견하는 화자에게 시인은 리
얼리스트라는 이름을 붙인 셈이다.

　이렇듯 이장욱의 시를 지배하는 주요 어조는 역설이다. 그렇다와
아니다의 뚜렷한 대비, 그 대비를 통한 문제의 제기와 주변의 환기는
시를 읽는 재미를 높여준다. 자칫 재치로 흐를 위험이 없지는 않지만
시인의 사고 자체에서 신선함을 느낄 수 있음은 분명하다.

> 꽃은 사라진다 사라지는 것으로서 꽃은,
> 햇살의 내부에서 잊혀진 어둠에 대하여,
> 지하의 부러진 뼈들에 대하여,
> 생각하지 않는다 사라지는 것으로서 꽃은,
> 오직 사라짐에 대하여 생각함으로써 꽃은,
> 단단한 화분과 난분분한 들판을 구분하지 않는다 꽃은,

풍향계가 가리키는 방향으로 끝없이 몰려가는 바람을
결코 바라보지 않는다. 꽃은,
불타오르거나 흐느끼지 않음으로써 꽃은,
15층 베란다에 서서 까마득한 지상을 가늠하는 자와
그 흐린 눈을 마주치지 않음으로써 꽃은,
오로지 나무일 뿐인 무서운 나무들 사이에서
아직도 견고한 자세를 유지하는 것이다 꽃은, 저기
저렇게 사라져 가는
꽃은,

— 「사라지는 꽃」

　사라져 가는 꽃과 남아 있는 나무를 비교하는 일은 평범하지 않다. 평범한 사람이 보기에 꽃은 나무의 일부일 뿐이다. 그러나 시인에게 꽃의 찬란함은 나무와의 질적인 구분을 가능하게 하는 것 같다. 위의 시에 따르면 꽃은 '사라지는 것으로서 꽃은, / 오직 사라짐에 대하여 생각'한다. 사라지는 것이기에 사라지는 것 외에는 주변의 아무 것에도 눈을 돌리지 않는 꽃이다. '햇살', '어둠' '지옥' 등 과거에 대해서도 마찬가지이다. 우리가 겉으로 보는 화려함과 아름다움은 오히려 '불타오르거나 흐느끼지 않'기 때문에 가능한 것이라고 화자는 말한다. 사라짐을 거부하고 '오로지 나무일 뿐인' 나무들은 반대로 자신의 존재를 지킴으로서 최소한으로 존재한다.

　이 시를 통해서도 이장욱 시인의 관심 영역인 존재와 비존재의 대비를 다시 한번 확인하게 된다. 사라지는 것은 사라지는 것이기 때문에 영원할 수 있고, 사라지는 것은 사라지는 때문에 어느 곳에서나 자신의 모습을 지닐 수 있다는 것이다. 아닌 것으로 존재를 증명하지만 존재의 있음을 직접적으로 증명하는 것은 아닌 독특한 진행이다. 의미를 갖는다는 것은 자신의 의미를 지우는 일이라고 이 시는 주장한다. 그리고 시인도 비평가도 감히 말하지 못하지만 우리 삶은 어떤 가에 대한 조심스런 질문을 들추어내고 싶어 한다.

3.

금년 『중앙일보』로 등단한 채향옥의 시에서는 슬픔이 묻어난다. 그의 시가 다루고 있는 소재가 피곤한 삶과 관계되기 때문일 것이다. 그 삶을 다루는 시인의 목소리는 낮게 가라앉아 있다.

> 수금해 온 낡음낡음한 돈을 세다 만난 '이상순 침목계 돈' 하나, 둘, 셋, 넷, 다섯 합이 오만원 어쩌면 흩어지지 않고 여기까지 왔을까 저희끼리 어깨동무를 했나 그 결속이 놀랍다 중얼중얼 헤아리던 숫잘랑은 팔랑 날아가 버린 지 오래 기왕에 잊어버린 셈은 잠깐 뒤로 미루고 이상순과 그의 친목계에 경의를 표한 후 아무쪼록 그들의 침목이 돈독해지기를 바래보는 것인데 뻐꾸기는 마감 시간이 다 됐다고 성화를 부린다 처음부터 다시 하나, 둘, 셋 새돈의 빳빳한 풀기가 사라지고 서로의 어깨를 토닥거리며 벙글벙글 넘어가는 낡디 낡은 헌 돈
>
> ―「헌 돈이 부푸는 이유」

가지고 다니는 돈을 보면 그 사람의 생활을 대충은 짐작할 수 있다. 같은 돈이라도 어떻게 사용하는가에 따라 모양이 달라지기 때문이다. 위의 시는 돈을 세다 우연히 만난 '이상순 침목계 돈'에 대한 흐뭇한 상상으로 이루어져 있다. '새돈의 빳빳한 풀기가 사라지고' 이제 낡아서 끝은 무디어지고 부피는 두 배 이상으로 불어난 만 원 짜리 다섯이 화자에게는 매우 정답게 보인다. 돈을 보는 것이 아니라

꼬깃꼬깃 접어 모았을 친목계원들의 모습을 떠올렸기 때문이다. 나란히 모여서 들어온 돈들이 '어깨동무'하듯 결속되었다고 느끼는 이유 역시 거칠고 힘겨운 삶을 함께 기대며 견디어냈을 돈의 예전 주인들의 모습을 상상하기 때문이다. 친목계에 표하는 경의도 사실은 그 돈을 모아 간직했을 아주머니들에 대한 경의이다. 친목계를 '침목계'로 잘못 쓴 글자에서도 정겨움을 느끼고, 그들의 친목이 '침목'처럼 단단하기를 바라게 된다. 크지 않지만 흐뭇한 주변의 삶들을 돌아보게 하는 시이다.

몇 편 읽어보지 못했지만 채향옥은 흔히 볼 수 있는 사물에서 착안하여 삶에 대한 자신의 생각을 이끌어낸다. 사물을 단순히 보는 것이 아니라 그 안에 담긴 인간의 냄새를 찾으려 노력한다. 대상을 화자와 먼 곳에 남겨두려 하지 않고 직접 자신의 감정으로 안으려 한다.

> 외눈으로 밝아오는 아침이었네
> 가까이 다시 멀리 흐릿한 초점 너머
> 늙은 아비 아슬아슬
> 무릎 꿇고 차린 신문지 밥상
> 이제 떠돌고 싶지 않아
> 언제나 같은 자리
> 서울역 지하도 막막한 새벽
> 아배 앞에 왕사발 아들 앞에 새끼 사발
> 쉰둥이 어린 떡잎이
> 가만히 만져보는 여윈 어깨
> 눈물보다 먼저 오는 아침이었네
> 무너지지 않는 익숙한 밥 냄새
>
> ─「신문지에 덮인 따뜻한 밥상」

「신문지에 덮인 따뜻한 밥상」이 진수성찬일 수는 없다. 남에게 보

여주기 민망할 정도로 초라할 수도 있다. 그러나 이 시에서 '신문지
에 덮인 밥상'은 그 무엇보다 따뜻하고 풍성하게 느껴진다. 시인은
집 없는 이들에게 주어지는 '따뜻한 밥'을 강조함으로써 '신문지'의
의미를 소박하고 포근하게 만든다. 부족한 가운데 최대한으로 만들어
낼 수 있는 온기가 그 속에 담겨 있을 것만 같다. 이 시에서 밥상은
"늙은 아비 아슬아슬 / 무릎 꿇고 차린" 밥상이다. 아버지가 차린 밥
상을 마주하고 노숙자 아들('외눈으로 밝아오는 아침'이나 '서울역 지하도
막막한 새벽'에서 이를 짐작해 본다)과 아버지는 밥을 먹는다. 끝없이 무
너져버린 아들과 그 앞에 마주한 늙은 남자의 모습을 자연스럽게 상
상하게 된다. 늙고 초라한 두 사람이 서로를 어루며 먹었을 한 그릇
의 밥은 "무너지지 않는 익숙한 밥 냄새"를 남겨놓는다. 여기서 밥은
단순히 한 끼의 식사가 아니라 두 사람의 관계를 상징한다. '무너지
지 않는' 무엇을 만들어내기 때문이다(굳이 냄새이기 때문에 그것은 공
간적으로 시간적으로 오래 갈 것으로 기대되기도 한다).

어디선가 이 풍경을 훔쳐보고 눈물도 흘리고 '냄새'를 맡기도 하는
화자는 낮은 목소리로 정황을 전달하려 한다. 그러나 화자가 만들어
내는 정황에는 이미 동시대를 살아가는 사람들이 공감하지 않을 수
없는 불행과 그보다 더 중요한 사랑이 깔려 있다. 시인은 말을 아끼
면서도 독자의 감정을 충분히 자극하고 있다.

4.

가장 설득력 있는 시론은 잘 쓴 시이다. 시인이라면 누구나 시에
대한 철학이나 관점이 있게 마련인데 그것이 시로 적절히 표현될 때

가장 훌륭한 시론이 될 수 있다는 말이다. 개인 안에서도 계속 갱신되는 것이 시이지만 저변을 이루는 시인의 목소리는 실제로 하나인 경우가 많다. 뛰어난 시들이 인간의 품이 가진 최선을 보여줄 때 생성된다는 점을 생각하면 더욱 그렇다. 다양한 목소리를 가진 시인도 가능하겠지만 실제로 그것은 바람직하지 않다는 것이 나의 생각이다.

　이제 본격적으로 시를 쓰는 젊은 시인들은 점점 자기 목소리를 갖기가 어려워질지 모른다. 시인은 문단이라는 제도 안에서 살아가야 하고 그 제도는 제도를 거부하는 것조차 제도로 편입시키는 큰 힘을 가지고 있기 때문이다. 시인은(비평가나 연구자도 마찬가지다) 펜을 꺾을 수 없다면 그 제도 안에서 최대한 자유로움을 누리는 방법을 찾아야 한다. 자신의 목소리가 남과 얼마나 다른지도 중요하지만 그 목소리가 자신에게 체화된 '내 것'인지도 중요하다. 그런 의미에서인지 이런 저런 시들을 다양하게 써보는 시인들보다 자기만의 주제와 스타일을 밀어붙여 보는 시인들에 더 많은 애정을 갖게 되는 것이 요즘의 심정이다.

비유와 언어의 참신성

1.

굳이 먼 길을 떠나지 않더라도 주변에 보이는 사물들이 새삼스러운 깨달음을 주는 때가 있다. 현대시는 이런 깨달음을 중요하게 다룬다. 여기서 새삼스러운 것은 보이는 사물이 아니라 그것을 보고 있는 시인의 마음이다. 많은 시에서 사물과 시인의 마음은 비유로 하나가 된다. 시에서 비유가 사용되는 이유는 시인이 자신의 마음을 담을 그릇을 찾기 때문이다. 그런데 마음은 정해진 모양이 아니어서 그릇 속에 담기자마자 애초의 모양을 잃기도 한다. 순서는 그리 중요한 것이 아니다. 그릇에 담긴 마음의 모양이 본래의 시인이 가지고 있던 그것보다 절실할 때도 있다. 시가 일으키는 정서의 환기란 이런 작용 끝에 어렵게 얻어지는 소중한 결정이다.

보이는 것을 말하는 최근 우리 시의 경향에서 그리 멀지 않지만 사물이 시인의 직접적인 정서에 가까이 와 있는 시들이 있다. 사물의 느낌을 '보여주기'보다는 자기 안으로 감싸는 시들이다. 이런 시들은 짧은 깨달음 이상을 만들기 어렵다는 문제를 가지고 있기는 하다. 그

렇더라도 현재 우리 시인들의 시는 이런 사물들에서 비롯되어 시인
의 마음을 지나 다시 사물로 돌아가고는 한다.

　이런 유형의 시들로 『현대문학』에 실린 이정록의 시를 재미있게
읽었다.

　　잘 마른
　　핏빛 고추를 다듬는다
　　햇살을 치고 오를 것 같은 물고기에게서
　　반나절 넘게 꼬투리를 떼어내다보니
　　반듯한 꼬투리가 없다. 몽땅
　　구부러져 있다

　　해바라기의 올곧은 열정이
　　해바라기의 목을 휘게 한다
　　그렇다. 고추도 햇살 쪽으로
　　몸을 디밀어 올린 것이다
　　그 끝없는 깡다구가 고추를 붉게 익힌 것이다
　　햇살 때문만은 아니다. 구부러지는 힘으로
　　고추는 죽어도 맵다

　　물고기가 휘어지는 것은
　　물살을 치고 오르기 때문이다
　　그래, 이제, 말하겠다
　　내 마음의 꼬투리가, 너를 향해
　　잘못 박힌 못처럼
　　굽어버렸다
　　자, 가자!

　　굽은 못도
　　고추 꼬투리도

비늘 좋은 물고기의 등뼈를 닮았다

— 이정록 「구부러진다는 것」

제목에서 알 수 있듯 구부러진 몇 가지 사물에 대한 느낌에서 시
는 출발한다. 연상의 시작은 끝이 굽은 고추이고, 이어 등뼈가 휘어
진 물고기, 해바라기, 굽은 못으로 대상이 옮겨간다. 그리고는 다시
고추로 돌아온다. 이들 사물이 가진 공통점은 굽어있다는 사실이다.
외형상의 공통점 말고 이들은 모두 무언가를 강하게 향하고 있었다
는 점에서도 유사한 성질을 가진다. 고추는 '몸을 디밀어 올린' 이후
휘어졌고, '해바라기의 올곧은 열정'은 해바라기의 목을 꺾어놓았으
며, 물고기는 '물살을 치고 오르기 때문'에 굽은 등을 가지게 되었다.
각각의 사물은 다른 것이 아니어서 '햇살을 치고 오를 것 같은 물고
기'에서와 같이 구분 없이 섞여 표현되기도 한다. 사물의 이런 특징
은 곧 자신에게로 향한다. 시인은 "내 마음의 꼬투리가, 너를 향해 /
잘못 박힌 못처럼 / 굽어버렸다"고 말한다. 무언가를 잃어버린 현재의
상태를 말하기보다 무언가를 향했던 열정을 돌아보는 것으로 보인다.
　이렇듯 이 시는 생에 대한 애정과 삶을 정면 돌파해야겠다는 의지
를 보여준다. 굽어진다는 것은 삶에 대한 열정의 결과이다. 그러한
열정을 발견하는 잠시의 깨달음이 이 시의 주제라고 해도 틀리지 않
다. 첫 행 '잘 마른 / 핏빛 고추'에서 어느 정도 이야기의 전개를 예상
할 수도 있다. 이 시에서 굽어진 것들은 덜 익거나 잘못 영글지 않고
태양 아래에서 잘 마른 것들이다. 고추가 그렇듯이 물고기도 굳이
'비늘 좋은 물고기'이다. '그래, 이제, 말하겠다'라거나 '자, 가자!'의
시구는 사족처럼 보이지만 화자의 메시지를 선명히 하기 위한 선택
으로 보인다. 이렇게 구부러진다는 것에 대해 말함으로써 시인은 사
물이 아닌 자신의 이야기를 한 셈이 된다.

「구부러진다는 것」의 전개 방식은 매우 상식적이다. 시를 쓰는 방법이나 읽는 방법에 특별한 길이 있다고는 생각하지는 않지만 요즘 시에서 흔하게 볼 수 있는 방법이다. 첫째 연에서는 사물에서 하나의 사실을 발견한다. 이어 둘째 연에서는 사실에 대한 깨달음이 이어지고 셋째 연에서는 자신의 문제로 이야기를 끌어들인다. 그리고는 시를 정리하듯이 처음의 사실을 확인한다. 앞에서 말했듯이 이렇게 정리된 마지막 연의 사실은 앞의 사실과 다를 것이 없지만 많이 달라져 있다. 이 시의 제목이 '굽어진 것'이 아니라 '구부러지는 행위'를 이야기하고 있음도 이와 관계된다 할 수 있다. 굽은 사물이 중심이 아니라 굽은 사물을 통해 확인된 굽어질 정도의 열정과 지향성이 화자 자신에게 무엇인가를 묻는 것이다.

2.

이와 같은 전개를 보이는 시를 발견하기는 그리 어렵지 않다. 임동확의 「남산」(『현대문학』) 역시 잊혀졌던 산의 의연함을 새롭게 발견하고 그를 통해 자신의 삶을 돌아보는 시이다.

> 이젠 영영 가망 없다는 생각 때문에 애써 포기해온 저만이 아름다운 첫사랑을 추억하듯이, 그리하여 때로 걷잡을 수 없는 비애에 잠기듯이, 채 무너지지 않은 성벽을 가을 숲 깊숙이 감추고 있던 남산이 문득 내 안에 들어앉는다
>
> — 임동확 「남산」 첫째 연

시인은 오랫동안 찾지 않았던 남산에서 '비바람 눈서리에도 퇴화한 꼬리뼈처럼 끄덕없는 저 소나무들'을 만난다. 양지녘의 구절초나 징검다리도 없는 개울물도 보게 된다. 이렇게 발견한 남산은 '떠나보내고서야 겨우 그 이름을 기억해낸 옛 연인'으로 비유된다. 새삼스러운 남산에 대한 관심은 자신의 삶으로 돌려져 '너무도 당연하게 대할 수 있어 함부로 굴다가 정작 놓치지 않아야 할 소중한 사랑을 잃고' 사는 인생에 대해 생각하게 되고, '잊혀지고 외면해버린 것들', '폐기처분했을 희망의 섬광'을 찾아야겠다는 결심으로 이어진다. 종래는 독자들에게도 그것을 권하는 말로 시를 맺고 있다.

> 돌아보라, 행여 지나쳐온 눈길 가지 않은 길 위에, 혹은 빗자루로 쓸어낸 마당 한구석 그토록 발견되기를 기다리는 무한히 가쁜 숨을 쉬고 있다 살다보면, 그게 무엇이든 그새 더욱 절실해 아름다워진 그 무언가를 찾아나서야 할 때가 있다
>
> — 임동확 「남산」 마지막 연

첫째 연에서 '이젠 영영 가망 없다는 생각', '애써 포기해온 저만이 아름다운 첫사랑', '걷잡을 수 없는 비애'를 말하던 시인은 마지막 연에서는 절실히 아름다운 그 무엇을 찾아야 한다고 말한다. 지나온 길이나 마당 한 구석에서, 발견되기를 기다리는 '남산'과 같은 기쁨을 찾아야 한다는 것이다. 시인이 '안중에 없던 남산처럼' 흘러보낸 '하찮은 세월'이었던 자신의 작은 삶을 돌아보고 찾아야 한다는 결심을 보여준다. 역시 일상에서의 작고 평범한 깨달음에서 출발하여 자기와 주위를 다지는 경지로 마무리되는 경우라 하겠다.

시인의 지배적 정서는 다르지만 다음 시도 유사한 발상에서 시작된다.

저 떼거리로
모여 있는 蓮들처럼
가부좌 틀고
한세월 버티다 보면,
나도 한 송이 꽃을 피울 수 있을까

어림도 없지
연잎은 그 커다란 손으로
아예 아무것도 붙들지 않는데,
내 작은 손 하나
속 시원히 비우지 못하면서

떼거리로
모여 있는 저 蓮들은
벌거벗고 진종일 비를 맞아도
하나도 젖지 않는데,
내 몸 하나 가리지 못하는 주제에

진창에 가부좌 틀고
묵언, 삼년을 기다린다 해도
꽃은커녕 싹도 나지 않는
똥막대기 꽂아 놓은 격이겠지
나는

– 김재석 「白蓮池에서」(『현대시』)

    이 시는 앞의 두 시에 비해서 시인의 직접적인 목소리가 더 가깝게 느껴지는 작품이다. 연꽃과 '나'가 직접 비교된다. 연꽃이 할 수 있는 것과 내가 그렇지 못한 것에 대한 비교인 셈이다. 내가 연꽃에서 느낀 감정의 표현이 많은 부분을 차지하고 있는 대신 연꽃의 성질에 대해서는 특별한 발견이 느껴지지 않는다. 첫째 연에서 제기한 연꽃처럼 '나도 한 송이 꽃을 피울 수 있을까'라는 질문에 대답하는 형식이라고 할 수 있다. 답은 부정적이다. 진흙탕 속에서 살면서도 '아무것도 붙들지 않는' 연꽃과 '속 시원히 비우지 못하'는 시인이 비교되고, 비를 맞아도 '하나도 젖지 않는' 연꽃과 젖지 않기는커녕 '내 몸 하나 가리지 못하는 주제'인 시인이 비교되기 때문이다.

앞의 두 편과 달리 이 시에는 사물에 대한 자극에 진전이 없는 것처럼 느껴진다. 시의 관심이 나에게로 돌아오는 것이 아니라 사물에 치중되어 있는 듯도 하다. 연꽃을 통해 나의 부끄러움이 강조될 뿐 어떤 자극이 되지는 않는다. 이 차이는 시를 읽는데 결정적인 요소가 되기도 한다. 사물에 더 초점이 맞추어지는 결과를 낳게 되는 것이다. 앞에서 본 시들이 사물에서 출발해 사물로 돌아갔지만 결국 나에게서 생긴 변화 혹은 나의 의미를 말해주었다면 이 시는 반대로 사물에 비친 나의 현재만을 확인하고 있는 셈이다.

3.

사물에 시인의 정서를 의탁해 표현하는 방식은 오래된 시나 현대시 모두에서 보편화되어 있다. 우리 시의 경우 시적 대상은 넓은 의미에서 모두 비유의 대상이라 할 수 있다. 지난 1월에 발표된 몇 편의 시는 단순한 비유에서 착상하여 삶의 문제를 끌어내는 경우였다. 훼손되거나 오염되지 않은 자연, 잊혀졌던 기억 등은 자주 사용되는 소재이다.

최근 발표되는 시들을 읽으면서 그 비유의 참신성이란 어디에서 오는 것일까 생각하게 되었다. 새로운 소재인가 소재를 파악하는 시인의 날카로운 정신인가. 또 그것들의 연관을 만들어내는 언어의 새로움과 날카로움인가. 여기에 대한 답은 결국 실재하는 시를 통해서만 가능한데, 몇 편의 시를 읽으면 그 어느 것에서도 참신하다는 생각을 갖지 못했다. 내 독서의 아둔함인지 요즘 시의 정체인지 두고 더 생각해볼 일이다.

김 한 식
평 론 집

서정시의 운명

III.

사물에 대한 상상력과 전통 서정의 방향
― 『호랑이 발자국』과 『적당히 쓸쓸하게 바람 부는』

1. 현대시와 서정시

대형 출판사에서 시집을 발간하고 독자들이 자발적으로 서점에서
시집을 구입해 읽는 나라가 그리 많지 않다는 이야기를 자주 듣는다.
시가 매우 오래된 양식이고 그런 만큼 현대의 복잡한 일상과 심리를
담기에는 적당하지 않은 그릇이 되었기 때문이라고 이해할 수 있다.
문학사나 문화사에서 늘 지적하는 바대로 근대 부르주아의 서사시라
는 소설이 등장하면서 시의 시대는 마무리된 것인지도 모른다. 다른
장르들을 압도하면서 성장했던 소설마저 새롭게 등장한 서사들에 밀
려나는 형편인데 시가 차지할 자리가 어디 있겠느냐는 생각을 해보
는 것도 그리 무리는 아니다. 필자 역시 장르의 역사성에 동의하고
있는 편이어서 시가 가진 '사회적' 효용이 많이 소진되었다는 지적에
전적으로 동의한다.

그런데 현상적으로 보면 문학 장르의 이런 일반적인 진행이 유독
우리나라에서는 예외인 듯 하다. 시를 지망하는 사람들의 숫자는 매

년 증가하고 있고, 시집 발간 양도 전혀 줄어드는 것 같지 않다. 문학을 전공하지 않는 일반인들도 시를 읽고 그것에서 감동을 받고 자신들의 감동에 대해 서로 이야기를 나눈다. 일년에 시집 몇 권쯤은 당당히 베스트셀러가 되어 대형 서점에서 좋은 자리를 차지하는 일도 우리나라 문학 시장에서는 특별한 일이 아니다. 이런 현상을 시 장르 자체의 생명력으로 볼 수 있는지에 대해서는 회의적이지만 어떻게든 우리 시가 살아남은 이유에 대해서는 생각해 보지 않을 수 없다.

문학 장르 앞에 시대 이름을 붙이는 경우는 그 장르가 가진 시대와의 관계를 암묵적으로 인정하는 것이다. 고대나 근대, 현대라는 말이 문학 장르 앞에 붙을 경우 그 장르는 어느 정도 시대정신을 반영하고 있다고 생각해도 된다. 시대정신의 내용에 대해서 본격적인 논의를 벌이지 않더라도 상식적인 수준에서 예전과 지금을 비교할 수는 있을 것이다. 소설을 예로 들면 『홍길동전』과 『만세전』의 거리는 시대의 거리만큼이나 멀리 떨어져 있다고 할 수 있다. 시의 경우도 마찬가지이다. 자연의 아름다움과 유교 도덕에 동의하며 세계 안에서의 평안을 노래했던 시들과 이상의 「오감도」 연작, 김수영 시 사이의 거리는 건너기가 불가능해 보이기까지 한다.

그렇다면 다음에 이어지는 의문은 『만세전』, 「오감도」와 현재 우리 소설과 시의 거리는 어느 정도인가이다. 모든 작품이 그렇다고 말할 수는 없지만 그때와 지금의 작품들이 시대의 분절을 느낄 만큼 크게 달라진 것 같지는 않다. 같지 않으니 달라진 것이야 말할 것도 없겠지만, 본질적으로는 그때의 감수성과 형식을 그대로 유지하고 있다는 생각이 든다. 어떤 면에서는 그 이전을 다시 회복하려는 경향마저 느낄 때가 있다. 특히 90년대 중반 이후 최근 시의 경우는 '현대'라는 데 강박되기 보다는 시가 가진 본래의 서정성을 어떻게 유지하는가에 더 큰 관심을 보이는 듯 하다. 서정시는 달라진 세계(상황과 독자들을 포함한)를 어떻게든 따라가려 하기보다는 세계는 달라졌지만 그 안에서도 여전히 존재하는 서정의 정신을 탐구하는 일을 맡고 있다는 생각이 든다. 많은 시인들이 소위 실험시를 쓰고, 어떤 시인들은 색다른 정신의 경험을 표현하기도 하지만 여전히 우리 시의 지배적 흐름은 전통 '서정시'에 있다고 할 수 있다.

전통 서정으로 불리는 시들의 특징을 몇 가지로 정리할 수는 없겠지만, 그래도 범박하게 최근 서정시의 특징을 정리하자면 두 가지 정도의 공통점을 말할 수 있을 것이다. 우선 시인과 화자의 일치를 꼽을 수 있다. 예전의 서정시가 그랬듯이, 서정시에서 말하는 사람과 시를 쓰는 사람은 하나이고, 화자의 이야기를 듣는 사람과 시를 읽는 사람도 다르지 않은 것으로 여겨진다. 시인의 '생각'과 '감정'을 독자에게 직접 전달하는 형식인 셈이다. 또, 시인의 생각과 감정이 특별한 사물에서 시작하여, 그 발상이 사고의 경험으로 발전된다는 점도 공통점이다. 시인의 신변 이야기이든 세계에 대한 깨달음이든 발상은 나뭇잎 하나 부서진 사금파리 하나에서 시작한다. 많은 시들이 사물에서 발견한 어떤 자각이 시인 스스로를 향해 돌아오는 구조를 택하고 있으며, 인상적인 시들은 자신에게 돌아오는 과정이 세련되었거나 생각의 진행이 참신하다.

이번 겨울 첫 시집을 낸 손택수와 심재휘의 시는 최근 서정시의 특징을 전형적으로 보여준다. 그들의 시에서는 도발적인 시선이나 놀랄만한 생각의 도약을 거의 발견할 수 없다. 『호랑이 발자국』(창작과 비평사)과 『적당히 쓸쓸하게 바람 부는』(문학세계사)은 착실하게 자신의 생각을 또박또박 밟아간 시인들의 흔적들로 채워져 있다. 그러면서도 두 시인의 생각이 진행해 가는 방향은 매우 다르다. 두 시인 모두 작은 사물에서 시작하여 시를 써가지만 손택수의 시들은 사물의 내부로 집중하려는 경향이 강하고, 심재휘의 시들은 사물에서 주변으로 번져가려는 경향이 강하다. 두 시집이 갖추고 있는 '서정시'의 조건들을 따라가 보자.

2. 마음에 밟히는 사물의 상처

『호랑이 발자국』을 통해 만나는 손택수의 시들은 평면적이다 못해 지루한 느낌마저 준다. 그러나 그것은 첫인상일 뿐 여러 번 읽다 보면 사물에 대한 시인의 관심을 자연스럽게 따라가게 된다. 세상의 어딘가에 지속적으로 관심을 갖고 그것을 건드려보려는 시인의 의지가 느껴지기도 한다. 그가 시를 통해 보여주고 살펴보려는 것은 사물의 작은 상처들이다. 손택수 시인은 작아서 유심히 보지 않으면 눈에 들어오지 않는 상처들, 우연히 보게 되어도 별반 놀랍거나 새로울 것 없는 일상의 상처들에 대해 말한다. 그것은 자연과 사물 모두에 걸쳐 있고, 사람들을 보는 시각으로도 작용한다.

> 목구멍에 가시가 박혔다.
> 생선 횟점 같은 꽃잎과
> 치밀어올라오는 위액처럼
> 쓰리디쓰린 수액, 속을 욱신욱신 들쑤시니
> 욱 하고 푸른 잎이 쏟아져나온다
> 무쇠철망을 칼처럼 쓰고
> 지주목에 감아두었던 철사줄이
> 속살 속으로 깊이 파고들면서
> 철사줄을 나이테처럼 칭칭 감고 있는 가로수
> 차라리 쓰러져라, 쓰러져라

밑동을 켜며 우는 이파리들
날이 선 톱니를 하나하나 쓸어담는다
무엇을 박아놓았던 흔적인지
녹슨 못대가리는 힘없이 부러져나가고
꽉 짜인 목질 속에 파묻혀 있는 못,
내 욱신거리는 기억 속에선
멀어져가는 청소부의 왼쪽 소매 끝
은빛 쇠갈퀴 끝이 잠시 햇살을 튕긴다

– 「강철나무」

　　철사를 두르고 못이 박힌 채 성장하게 된 가로수에서 잎이 돋아나는 모습을 그려낸 시이다. 관리가 잘 되지 않아 흉하게 성장하고 있는 가로수의 모습을 쉽게 연상할 수 있다. 시의 초반부는 물이 오가고 영양이 오가는 나무의 관을 막아버린 철사를 비집고 푸른 잎이 나오는 장면을 묘사한다. 나무에게는 '목구멍'이라고 할 관을 막아선 철사 때문에 위액이 치밀어 오르고 쓰디쓴 위액을 견디지 못해 속이 욱신거려 나무에서는 마치 토해내듯 잎이 쏟아져 나온다고 한다. 꽃잎도 역시 같이 올라오는데 그것은 반투명의 횟점 모양을 하고 있다. 나무를 옭아매는 것처럼 보이는 철사줄이지만 이렇게 되면 철사줄은 나무의 일부처럼 되고 만다. 철사가 나무를 감고 있는 것이 아니라 나무가 철사줄을 나이테처럼 감고 있다는 말이 매우 그럴듯하게 느껴진다. "날이 선 톱니를 하나하나 쓸어담는다"는 구절 역시 같은 의미로 받아들일 수 있다. 새 잎이 나면서 이파리에 가려져 철사가 보이지 않게 되는 상황일 터인데 시인은 그것을 쓸어 담는다는 능동적인 시어로 표현하였다. 목질 속에 파묻혀 있는 못의 경우도 철사줄과 유사한 역할을 한다. 녹이 슨 못의 일부는 떨어져 나가고 나머지는 나무속으로 파고 들어가 나무의 일부처럼 되어 버린다. 이렇게 읽어

보면 시의 제목 '강철나무'는 강철을 감고 있는 나무인지 강철처럼 강한 나무인지 알 수가 없다.

그러나 시인이 이 시를 통해 궁극적으로 말하려는 주제가 나무의 강한 의지에 모아지고 있는 것은 아니다. 외부에서 들어온 금속을 품고 결국 그것을 이기고 생명을 유지하는 나무의 모습을 보여주는 것은 사실이지만, 초점이 나무의 승리 쪽에 놓이는 것은 아니기 때문이다. 나무의 상처를 세심히 관찰하고 그 상처를 견디는 나무의 상황을 그대로 보여주는 데 초점이 놓여 있는 시라고 할 수 있다. 실제로 가로수에 감긴 철사줄이 나무의 살을 파고 들어가는 경우를 상상해보면 끔찍하기조차 하다. 이 시는 그 끔찍한 금속성을 사람들에게서도 발견하려고 한다. 욱신거리는 '내 기억 속'에서 살아 있는 '쇠갈퀴 끝'이 그것이다. 욱신거리는 느낌은 이미 4행에서 '욱씬욱씬 들쑤시는'으로 사용된 적이 있는데 같은 시어를 사용함으로 해서 기억과 나무의 상처를 쉽게 비교할 수 있게 하였다. 결국 시인은 「강철나무」를 통해 육체 속에 남아 있는 금속성에 대해 말하려 한 셈이다.

『호랑이 발자국』에 실린 다른 여러 편의 시들도 유사한 방식으로 시작되고 있다. 세계를 관찰하는 시인의 방법을 엿볼 수 있다.

꽃그늘 아래 구덩이가 생겼다.

— 「꽃그늘」

오동나무 짙은 잎그늘이 어리자 담벼락이 일렁인다

— 「오동나무 지팡이」

토함산이 뱉어놓은 달을 함월산이 머금었다

— 「骨窟寺」

플라스틱 화분에 금이 갔다

— 「그해 여름의 방」

가지 하나가 휘어져서 땅거죽을 찌르고 들어와 뿌리를 내렸다

— 「물푸레나무 코뚜레」

외갓집 소금창고 구석진 자리에 낡은 자전거 한 대가 있다

— 「서쪽, 낡은 자전거가 있는 바다」

위의 구절들은 모두 각 시편의 첫 행이다. 여러 편의 시가 현상을 발견하는 것으로 시작한다는 것을 알 수 있다. 굳이 다른 서정시들의 문법과 비교하자면 사물의 모양이나 형태가 아니라 사물이 만들어내는 현상에 주목한다는 점을 지적할 수 있다. 위의 시들에서 화자는 구덩이가 생기고, 담벼락이 일렁이고, 달을 머금고, 금이 가는 모습을 관찰한다. 뿌리를 내리는 경우도 있다. 화자가 관심을 갖는 것은 어찌하여 이런 현상들이 일어나는가이다. 아래의 시들도 역시 같은 경로를 밟고 있다.

　　잠깐 스쳐가는 소낙비인 줄 알았다면 / 이렇게 아스팔트가 녹아나는 도로변까지 / 나오지는 않았을 것 아닌가 / 너는 어쩔 수 없는 미물이다. 생각하는 순간 / 지렁이 한 마리 밟지도 않았는데 꿈틀한다 / 언젠가 불에 데인 흉터처럼, 열이 많은 / 내 몸을 아스팔트 바닥 삼아 기고 있는 흉터처럼 / 속살까지 뜨겁게 달아오른 무리들, / 제 안의 남은 수분 속에 / 한여름의 열기를 다 빨아들일 듯 / 끝없이 말라비틀어져가는 무리들

— 「지렁이」 부분

　　가시 끝에 맺힌 빗방울들, / 가슴 깊이 가시를 물고 떨고 있다 // 살 속을 파고든 비수를 품고 / 둥그래진다는 것, 그건 / 욱신거리는 상처를

머금고 사는 일이다 / 입술을 윽 깨물고 상처 속으로 들어가 한 몸이
되는 일이다 // 열매들은 모두 빗방울을 닮아 둥그래질 것이다 / 빗방울
의 아픔을 궁글려 탱탱한 탱자알이 될 것이다

— 「탱자나무 울타리 속의 설법」 부분

「지렁이」의 화자는 소낙비를 따라 밖으로 나온 지렁이가 다시 나
온 햇볕에 말라 가는 모습을 관찰하고 있다. 더위에 몸이 말라가며
밟지 않아도 꿈틀거리는 지렁이는 한여름을 빨아들이고 자신은 열을
내리는 해열의 기능을 가지게 된다. 앞서 살핀 시 「강철나무」처럼 고
통에 처한 대상에 쉽게 감정을 대입하지 않고, 고통의 구체적인 모습
을 그려내는 시이다. 「탱자나무 울타리 속의 설법」은 탱자나무 가시
끝에 둥글게 맺혀 있는 물방울에서 출발하여 탱자나무 열매의 둥근
모습을 떠올리며 마무리되는 시이다. 둥근 물방울에 파고든 가시를
'살속을 파고든 비수'라고 표현한 것에서 알 수 있듯 앞의 두 시에서
살펴 본 상상력과 그리 멀리 떨어져 있지는 않다. '욱신거리는' 상처
속으로 들어가 상처와 '한 몸이 되는 일'은 나무가 철사를 품는 일과
지렁이가 열을 품는 일과 같다. 이 시는 거기서 한 걸음 더 나아가
빗방울의 아픔이 '탱탱한 탱자알'을 만든다고 한다. 상처 또는 고통
이 만들어낸 부드러움과 아름다운 결과에 대해 말함으로서, 시인은
고통을 견디어내는 것들의 모습을 가치 있게 표현한다.

시인이 발견하여 보여주는 사물의 상처는 때로 사물이 처한 난처
한 상황과도 통한다.

간밤에 못물이 얼어붙고 말 것을
너는 미리 알고 있었던 거다

못물 속에 잠긴 버들가지

손가락 하나가
얼음 속에 끼여 있다

피 한 방울 통하지 않도록
옴짝달싹 못하게 꽉 죄여 있다

손가락이 반쯤 달아나다 만
버드나무, 허연
속살을 드러낸 생가지

뭉툭해진 끝에서
뚝, 뚝, 노을이 진다

내일 모레면 입춘, 얼어터진
땅이 그걸 받아먹고 있다

―「斷指」

계절의 풍경이 시의 배경으로 드리워져 있어 앞서의 시들에 비해 격렬한 느낌은 덜한 편이다. 하지만 시인이 드러내고자 하는 상황이 어떤 곤란함이라는 점은 유사하다. 얼어붙은 못물 속에서 가지 끝만 내어놓고 있는 버들가지는 손가락이 끼어 있는 것으로 표현되고, 가지가 잘려나간 버드나무는 속살을 드러내고 있다고 표현된다. 옴짝달싹 못하게 얼음에 갇혀 피도 통하지 않을 것 같은 버들가지의 모습이나 가지 끝으로 쓸쓸히 노을이 지는 풍경은 아름다운 풍경임에도 불구하고 사물이 처한 곤란함으로 보인다. 그러나 그 곤란함이 상처나 고통을 수반하고 있지는 않다. 이런 느낌이 드는 이유는 버들가지며 나뭇가지의 상황이 완전히 막혀 버린 것이 아니기 때문이다. 첫 연에 따르면 못물이 얼어붙게 될 지를 버들가지는 '미리 알고 있었'

다. 따라서 그가 내민 손가락은 얼음에 끼어 움직이지 못하는 답답한
것이 아니라 물 속에서 밖으로 내민 숨구멍이 될 수도 있다. 속살을
드러낸 생채기에서도 물이 오르는 듯한 생명력을 느낄 수 있다. 가지
끝에서 노을이 지고 그 노을이 퍼지는 땅은 얼어 터져 있지만 내일
모래 입춘이면 봄 역시 멀지 않았다.

가족에 대한 이야기도 상처투성이의 기록이거나 난처한 상황의 표
현이다.

> 노름꾼 아버지의 발길질 아래
> 피할 생각도 없이 주저앉아 울던
> 어머니가 그랬다
> 병든 사내를 버리지 못하고
> 버드나무처럼 쥐여뜯긴
> 머리를 풀어헤치고 흐느끼던 울음에도
> 저런 청승맞은 가락이 실려 있었다
>
> —「소가죽북」 2연

> 아버지는 단 한번도 아들을 데리고 목욕탕엘 가지 않았다
> 여덟살 무렵까지 나는 할 수 없이
> 누이들과 함께 어머니 손을 잡고 여탕엘 들어가야 했다
> [……]
> 등짝에 살이 시커멓게 죽은 지게자국을 본 건
> 당신이 쓰러지고 난 뒤의 일이다
> 의식을 잃고 쓰러져 병원까지 실려온 뒤의 일이다
> 그렇게 밀어드리고 싶었지만, 부끄러워서 차마
> 자식에게도 보여줄 수 없었던 등
> 해 지면 달 지고, 달 지면 해를 지고 걸어온 길 끝
> 적막하디 적막한 등짝에 낙인처럼 찍혀 지워지지 않는 지게자국
> 아버지는 병원 욕실에 업혀 들어와서야 비로소

자식의 소원 하나를 들어주신 것이었다

– 「아버지의 등을 밀며」 부분

첫 번 시에서 화자는 죽어서도 매를 맞는 소와 어머니를 비교하고 있다. 맞으면 맞을수록 신명을 더하는 쇠북처럼 어머니는 아버지의 발길을, 자신의 운명을 피하지 못하고 주저앉아 울기만 했다. 나이가 들어 병이 든 남편을 버리지도 못하고 울음으로 대신해야 했던 어머니의 상황은 곤란함과 상처 그 자체라고 할 수 있다. 이 시에서 아버지는 중요하지 않다. 그로 인해 상처를 받고 곤란한 상황에 처해 어쩔 수 없이 살아온 어머니의 모습 자체가 주제라고 할 수 있다.

두 번째 시에서 화자는 아버지에 대해 직접 이야기한다. 아버지의 현재를 말하기 전에 아버지와 목욕탕에 얽힌 이야기를 먼저 들려준다. 아버지의 등을 보지 못했던 어린 시절의 아쉬움과 실제로 아버지의 등을 보고 난 후의 감상을 대조시키고 있다. 평생을 노동으로 살아온 아버지의 등에는 검게 죽은 지게자국이 나 있었고, 그 자국 때문에 아버지는 목욕탕에 가시기를 싫어하셨을 거란 짐작을 한다. 화자가 아버지의 등을 본 것은 공교롭게도 아버지가 쓰러지신 날이다. 목욕탕에 함께 가고 싶었던 소망은 쓰러진 아버지를 병원 욕실에서 씻겨 드리며 성취하게 되지만 그렇게 된 아버지를 보는 자식의 심정은 짐작하고 남음이 있다. '적막하디 적막한 등짝'의 압도적인 느낌이 중심을 이루는 시이다.

이 두 편의 시에서도 역시 중요한 것은 상처이고 곤란한 상황이다. 사물들의 그것처럼 사람이 품고 있는 상처들도 자신 속에 금속을 감추고 살아간다. '어리석은' 화자가 뒤늦게 발견했을 뿐 사람들에게는 그만큼의 생채기가 언제나 나 있는 것이다.

손택수의 시집 『호랑이 발자국』 전체로 볼 경우 일상에서 느낀 자

질구레한 느낌의 표현이 다수를 차지한다. 그 사이의 편차가 없다고
할 수 없지만 그의 시집에서 재미있게 읽을 수 있는 시편들을 찾자
면 위에서 살펴 본대로 사물의 곤란한 상황을 보는 그의 관찰력이
두드러진 작품들일 것이다.

3. 시간, 바람을 타고 어디론가 번져 가는

　손택수의 시집『호랑이 발자국』의 화자가 사물의 상처를 들여다보
고 그 사물이 가진 아픔을 보았다면, 심재휘 시집『적당히 쓸쓸하게
바람 부는』의 시편들에서 화자의 시선은 하나의 사물에 머물지 않고
주변으로 옮겨가는 듯한 느낌을 준다. 한 곳에 집중하기보다는 세계
로 시선을 돌려 흐르는 사물들의 풍경을 관찰한다.

　　　세월을 용서하며 서 있는 오래된
　　　느티나무의 언덕에 오른다 그곳에서 간혹
　　　아득히 내 집이 보일 때가 있다
　　　그런 날 마을은 길이 낯설고
　　　골목에서 새어나오는 바람들만 얼굴을 스치고
　　　알고 간 길이 막다른 골목일 때
　　　그지 오래 눈에 익혀온 주름진 손을 들이
　　　바람의 깊은 냄새를 맡는 수밖에 없다

　　　　　　　　　　　　　　　　－「玄關, 그리고 벗어놓은 신발」 부분

　　　예전처럼
　　　새들을 불러모으는 숲속에서
　　　연기처럼 새어나온다거나

젖은 몸을 털며 물 속에서 천천히
걸어나온다고 생각하지는 않는다
오늘은
사람들이 켜든 온갖 등불의 발 밑에
어둠이 갑자기 와 얼룩으로 누워 있다

─ 「어둠은 어떻게 오나」 전문

전체 세 부분으로 나뉜 시집의 첫째 장은 모두 바람에 대한 시들로 묶여 있다. 「玄關, 그리고 벗어놓은 신발」에서 집을 바라보고 있는 화자는 마을을 낯설게 보고, 알고 있던 모든 것을 새롭게 느낀다. 시인은 그러한 느낌을 '아득함'으로 표현했는데, 세월 또는 시간이 그 아득함을 만들어내었다고 할 수 있다. '알고 간 길이 막다른 골목'이 그 낯설움과 아득함의 구체적인 표현일 것이다. 그런데 시인은 아무 때고 이런 기분에 사로잡히게 된다면 당황해 할 것이 아니라 '골목에서 새어나오는 바람'을 본격적으로 느껴보는 것도 좋다고 한다. 거기에는 오래된 기억이 담겨 있거나, 쓸쓸함을 더욱 쓸쓸하게 해주는 차가움이 담겨 있기 때문이다. 바람에 담겨 있는 내용물을 바람의 '깊은' 냄새라고 표현하기도 하는데, 깊은 냄새는 곧 오래된 삶의 향기를 연상하게 한다. 그 바람의 깊은 냄새에는 때로 사람들의 무게가 담겨 있기도 하다. 위에 제시된 시 전반부 이후의 시에는 길거리를 떠도는 사람들의 모습이 보이기도 하고, 현관에 신발을 벗어놓고 들어와 앉았으나 여전히 신발을 벗어놓지 못하고 있는 또 다른 나의 모습이 그려지기도 한다. 번지듯 스쳐 가는 길거리, 늘 익숙한 듯 하지만 어느 순간 낯설어지는 길거리, 또 길거리에서 만난 사람들에 대한 이야기가 담겨 있다.

두 번째 시 「어둠은 어떻게 오나」는 저녁이 내리는 풍경에 대한 짧은 시이다. 어둠이 숲 속에서 연기처럼 새어나온다거나 물 속에서

천천히 걸어 나온다는 어린 시절의 상상력이 밤 밑에서 '갑자기 와
얼룩처럼' 번지는 것으로 바뀌었다. 어둠에 대한 어린 시절의 공포가
어른이 되어서는 무거움으로 바뀐 것으로 보인다. 어둠은 바쁜 저녁
거리에 사람들이 모르는 사이에 발밑으로 조용히 찾아와 자리하게 된
다고 시인은 느끼고 있다. 어둠이 본래 밀려오거나 찾아오는 것이 아
니라 번져오는 것이란 상상력은 특별할 것이 없다. 그러나 그것이 경
험으로 표현되고 있다는 점에서 이 시의 감동이 주는 특별함이 있다.

산맥 같았던 것들이 밀리고 밀리면
동쪽 변방의 호숫가 어느 오래된 나무
지나가는 물새가 잠시 해를 가리는 동안
새 혓바닥만한 버들잎이 한 몸 떨어진다
한순간 숨을 멈추는 오전이었다
천지간에 해일처럼 살다가
막 지워진 파문에 꽂혀 끝없이
죽음을 타전하는 작은 잎
투명한 경계에 누어 하늘을 올려다보면
호수에 그늘을 드리운 버드나무들의
반짝이는 오늘은 얼마나 평화스러운가
잠시 혼들린 수초들의 그림자가 다시 꼿꼿해지고
수면은 明鏡止水로 봄날이 가는데
흐린 물바닥에선 지붕이 날아가고
전신주가 뿌리채 뽑히고
더 깊은 물 속에선 거대한 별똥이
휙 제가 지나온 길을 손가락질하며
사라졌다

— 「바람의 경치−경포호」

바람 부는 경포호에 서서 주변을 관찰하고 있는 듯한 느낌을 전해

주는 시이다. 관찰이라 하지만 순전히 시인의 시선에 의지하고 있는 것은 아니어서, 시인은 자신이 바라보고 있는 풍경이 이른 과정을 묘사하기도 한다. 시의 전반부에서 실제로 관찰되는 것은 버들잎이 호수로 떨어지고 있는 장면이다. 그 버들잎이 떨어지는 동안 시인은 작은 잎의 의미를 생각해 보고 시간은 잠시 숨을 멈추게 된다. 잎은 물에 떨어져서 파문을 일으키고 이내 파문도 가라앉는다. 이렇게 떨어진 나뭇잎들이 호수에 떠 있는 풍경은 죽음만을 연상하게 하는 것이 아니라 그것 자체로 평화를 떠올리게도 한다. 격렬했던 삶의 순간을 이런 변화로 이끈 것은 작은 바람 하나였다. 여기까지 시를 읽다보면 시인이 발견한 경치는 매우 평화로워 보이기도 한다. 그러나 '반짝이는 오늘'은 지금 현재의 모습일 뿐 바람이 안고 있는 또 다른 풍경은 이렇게 '明鏡止水'만은 아니다. 밝은 봄날의 물이 아니라 흐린 물바닥으로 상상력은 이어진다. 그곳이 강릉이 아니라도 바람이 만들어낸 또 다른 풍경이 밝은 호수 속에서 떠오르는 것이다. 지붕이 날아가고 전신주가 뽑히는 풍경이 바람 안에 담겨 있기 때문이다. 그것들이 모두 바람이 만들어낸 풍경이라는 점에서 공통되지만 지나가 버린 시간 속에 있다는 점을 화자는 애써 강조한다. 바람이 지나온 길이 물 속에 비치는 것이고 이는 현재를 만들어낸 시간이기도 하다.

봄날 그 꽃향기들이 그러하였듯이 / 나는 아무 것도 기억하지 못합니다 / 꽃은 시들도록 열심히 피었을 뿐입니다 / 내가 오랫동안 바람 속에 앉아 있는 동안에도 / 여러 꽃들이 연달아 피고 졌던 것처럼 / 내 몸을 제 香으로 스미고 흩어진 사람들 / 어디에선가 머리 위로 눈물 같은 / 구름을 피워 올리겠지만 그때 / 아무 냄새도 없는 구름들은 슬픈 짐승처럼 / 내게로 걸어와서 또 걸어나가겠지만 / 내 몸에 쌓인 그대들의 나는 / 오늘 나는 한없이 쓸쓸한 향기입니다

— 「쓸쓸한 향기」

> 남쪽에서 불던 바람은 / 어디로 갔을까 어두워지면 / 더욱 선명해지
> 는 꽃가지의 / 돌아선 어깨가 잠시 흔들리더니 / 우리 깊었던 시절의 그
> 꽃잎이 집니다 / 어쩌지 못하고 그 자리를 지키는 / 나무의 외로움을 지
> 나치며 나는 / 꽃들의 향기와 그대의 발소리와 / 가지 끝에 걸린 나의 /
> 바람부는 밤들만 생각했습니다 / 꽃 진 가지 너머 / 창백하게 넓어진 하
> 늘이 / 아무도 모르는 그 여윈 손으로 / 가지를 어둡도록 매만지는 걸 /
> 오랫동안 눈치채지 못했습니다
>
> — 「고독한 배경」

　「바람의 경치」에서 살펴 본 바와 같이 바람에 의해 만들어진 풍경
을 바라보면서 교차하는 기억들은 시인에게 매우 중요한 상상력이다.
「쓸쓸한 향기」에서는 향기가 바람과 같은 이미지로 사용되고 있다.
'내가 오랫동안 바람 속에 앉아 있는 동안'에 지나는 세월과 남아 있
는 기억을 향기로 표현한 것이다. 화자는 지나간 계절의 향기를 기억
하지 못하듯이 바람 속에 담겨 있는 시간을 기억하지 못한다고 말한
다. 그러면서도 그것들은 내 몸 속에 쌓여 현재의 나를 만들어내고 있
음을 느낀다. 화자가 느끼는 현재의 쓸쓸함은 예전의 향기가 남아 있
기 때문이다. 나아가 그 향기가 온전히 현재의 '나'이기도 하다. 「고독
한 배경」에서도 시의 제재는 바람과 꽃과 지나간 시간이다. 시인은
바람이 불어서 떨어지는 꽃잎에서 또 다른 꽃잎이 지던 다른 시간을
상상한다. 이 시에서도 역시 '나'의 현재는 나 하나만으로 이루어진
것이 아니다. 그 속에는 꽃들의 향기와 그대의 발소리와 바람 부는
지난 시절의 밤들이 함께 한다. 이 시에서는 거기에 시인이 쉽게 발
견하지 못한 배경이 하나 더 등장하는데, '창백하게 넓어진 하늘'이
'여윈 손'으로 가지를 매만지는 부분이다. 오랫동안 눈치 채지 못했
던 것을 발견하게 됨으로서 화자는 자신이 알고 있는 것보다 더 많
은 무언가가 자신을 어루만졌던 것을 알게 된다.

봄꽃나무는 어쩔 수 없이
나뭇가지 하나로 봄을 맞이할 수밖에 없다
꽃이 한 나무에 내리기 위해 준비한 그 오랜 시간도
바람 부는 아침의 어느 가지 위에 놓이고 나면
결국 꽃 한 송이의 무게로 혼들릴 뿐
꽃 핀 가지는 또 새 가지를 내어
조금씩 가늘어지는 운명의 날들을 선택한다

─「봄꽃나무 한 그루」 1연

올림픽 대로의 차들이 등을 켜기 시작하는 때
때론 멈추어 서서 한강을 바라보는 때
저녁은 강줄기 따라 흐르고 구르며 동서로 붐빈다
아침 저녁으로 강바람은
부는 방향을 달리해 보지만
어차피 금요일 지나 다시 금요일
추억만 남는다 하늘에 새겨진
이 추운 교차로에는

─「저녁엔 추억만 남는다?」 부분

　위 두 편의 시에서도 역시 '바람'은 시의 주제와 직접 관련된다. 시인이 본 것은 '바람 부는 아침' 가지에서 피는 꽃이다. 물론 그 가지 위에는 꽃을 피우기 위해 준비된 많은 시간이 쌓여 있다. 시인은 그렇게 오랜 시간을 쌓아 드디어 찾아온 '운명의 시간'이 현재에는 '꽃 한송이 무게'밖에 되지 않는다는 것도 알고 있다. 그렇다고 그것을 특별히 슬퍼하거나 아쉬워하는 것 같지는 않다. 꽃은 오래지 않아 떨어져 버리겠지만 또 새로운 가지를 내어서 다시 꽃 피는 시간을 쌓아간다고 생각하기 때문이다. 시간에 대한 생각이 순환하는 자연의 시간에 많이 가까워져 있음을 알 수 있다. 「저녁엔 추억만 남는다?」

에서도 역시 화자가 느끼는 것은 바람이다. 바람은 반복되는 시간을 의미하기도 한다. 매일 매일 저녁은 바쁘게 돌아오지만 강이 흐르듯 시간은 흐른다. '금요일 지나 다시 금요일'이 되는 일상은 덧없이 흘러가고 흘러간 뒤에는 추억만이 남는다. 추억을 생각하는 사람의 기분이 늘 쓸쓸하듯이 추억을 생각하는 공간은 바람도 좀 부는 '하늘에 새겨진 / 추운 교차로'가 적당하다.

이상에서 본 것처럼 심재휘의 시집 『적당히 쓸쓸하게 바람 부는』에서는 시간의 흐름을 바람을 통해 느끼는 화자의 일관된 감수성을 읽을 수 있다. 꽃이 피든 어둠이 내리든 시인에게 세상에서 벌어지는 일들은 그것 하나로 독립된 것이 아니라 오랜 시간에 의해 축적된 것이다. 바람은 시인이 느끼는 시간과 다르지 않다. 이렇게 세상을 바라보는 시인의 눈에 세계는 고정된 것이 아니라 움직이는 것으로 보인다. 그것도 몸체를 바꾸어 옮겨가는 것이 아니라 주변으로 번져가는 것이다. 시인은 사물의 한 측면을 노래하지만 한 가지를 열심히 보고 있기보다는 그것에 쌓인 시간과 그 주변에 존재하는 공간으로 생각을 옮겨가고 있는 셈이다.

오래된 담수호, 그리고 서정시의 방향

―『반대쪽 천국』과『이 짧은 시간동안』

1. 씨알 굵은 물고기

하종오와 정호승 두 시인은 오래된 서정시의 문법을 '꾸준히' 유지하고 있는 중견 시인들이다. 긴 침묵의 시간을 뒤로 하고 새롭게 시를 쓰기 시작했고 이후 정력적인 시작 활동을 보여준다는 점에서도 두 시인은 공통된다. 이들의 시집『반대쪽 천국』과『이 짧은 시간동안』역시 비슷한 시기에 출간되어 독자들의 관심을 모으고 있다.

두 권의 시집을 읽으면서 내내 든 생각은 변화하는 세상에 서정시는 어떻게 대처해야 할 것인가 하는 문제였다. 변화하는 시대에 맞추어 시가 달라져야 하는 것인지, 변화하는 세상에 흔들리지 않고 예전의 모습을 지켜주는 것이 서정시의 역할인지 판단하기 쉽지 않았다. 많은 서정시가 현재의 서정이 아닌 과거의 서정을 노래하고 있는 세태를 바라 볼 때는 변화가 꼭 필요하다는 생각이 들기도 한다. 반대로 서정시가 가능한 통합적이고 자연 친화적인 사고 자체가 위기를 맞고 있는데 현재에 어울리는 서정이 가능하기는 한가, 더욱이 그것이 시로서 가능할 것인가 하는 의문 역시 떨쳐버리기 어렵다. 이것이 현재 우리의 서정시를 읽을 때마다 우리를 괴롭히는 일종의 아포리아이다. 분명한 것은 현재의 서정시가 오래된 담수호처럼 고여 있다는 사실, 고여 있는 한 그 물은 신선함을 유지하기 어렵다는 사실이다. 두 시인의 시는 이 담수호의 바닥을 유유히 헤엄치는 제법 씨알 굵은 물고기라고 할 수 있다.

전통적 서정시의 문법을 따르고 있기는 하지만 하종오와 정호승이 세계를 바라보고 느끼는 방법은 매우 다르다. 하종오가 건강한 농경민족의 시선으로 세상을 관찰하고 있다면, 정호승은 시인의 가슴에서 일어나는 슬픔의 감정을 대상들에 비추어 표현한다. 하종오의 시가 자신과 자신을 둘러싼 세상에 대한 관심을 놓지 않고 있는 반면에 정호승은 보다 더 개인적인 감정에 충실하다는 느낌을 준다. 서사적 요소가 강해서인지 서정이 부족하다는 인상을 주는 것이 하종오의 시라면, 감상적이라는 인상을 주는 것이 정호승의 시이다.

2. 당신들의 또는 우리들의 천국

하종오의 시집 『반대쪽 천국』의 시들은 제재나 주제에 따라 몇 가지로 분류 할 수 있다. 그 중 현대의 풍경을 '천국'으로 비유한 몇 편의 시들, 한국에 들어와 있는 외국인의 문제를 다룬 연작시들, 농촌에서 겪고 보게 된 일들에서 착상을 얻은 시들이 인상적이었다. 앞의 두 부류가 자서에 시인이 쓴 말 "금세기 초 이 땅의 사람살이를 있는 그대로 보고자 했다"는 의도에 적절히 대응하는 것이라면 세 번째는 변하지 않는 농경민의 정서를 다루고 있는 시들이다.

　‘○○천국’이라는 이름이 붙은 아홉 편의 시들은 모두 현대 문명 비판이라는 주제를 담고 있다. 굳이 문명이라는 거창한 이름을 붙이고 있지는 않지만 현재의 우리 삶을 지배하고 있는 인공적인 것들에 대한 시인의 냉소적인 시선을 충분히 느낄 수 있다.

> 카트를 천천히 밀고 간다
> 자신의 능력이라는 듯 자신의 매력이라는 듯
> 카트들에 가득가득 먹을거리 채운 뒤
> 사냥을 끝내고 숲속을 빠져나가는 야생동물떼같이
> 계산대를 지나가는데
> 카트들이 그녀들을 재빨리 끌고 나가서 다 비워내고
> 다른 그녀들이 올 때까지
> 알을 낳은 지네같이 편안히 있는다
>
> ― 「카트천국」 부분

　대형 할인 매장 등에서 볼 수 있는 카트는 대량 소비의 상징이라 할 수 있다. 카트는 두 손으로 들 수 없을 정도의 많은 상품을 담기 위해 고안된 물건일 터인데 시인의 눈으로 보기에 그것은 스스로 소비하고 욕망하는 유기체와 같다. 이런 시인의 인식 때문인지 위 시의 첫 번째 행에는 카트를 미는 누군가가 존재하지만 이후에는 카트가 주체가 되어 움직이고 있다. 그녀가 카트를 미는 것이 아니라 "카트들이 그녀들을 재빨리 끌고 나가서 다 비워내고" 만다. 하나의 카트도 흉물스럽지만 계산대 뒤로 길게 늘어선 카트는 더 강렬한 느낌을 준다. 그래서인지 계산대 앞에 선 카트 물결을 "숲속을 빠져나가는 야생돌물떼"로 표현한 것이 전혀 낯설지 않다. 도시 속에서 야생의 욕망 이상을 찾는 시들은 이밖에도 「프로그램 천국」, 「몰카 천국」, 「사우나 천국」, 「에스컬레이터 천국」 등이다. 상품과 소비가 만들어내는 욕망을 이야기하는 시들인 셈이다.

그런데 이러한 도시의 욕망은 도시 이전의 무엇과 비교할 때 그 의미가 더 분명해진다. 있던 것이 없어지고 없던 것이 새롭게 생겨나서 현재의 우리 삶을 결정하게 된 것일 터, 시인은 그들 사이의 비교를 통해 현재의 우리를 돌아본다.

> 원래는 들과 산 자체가 밥그릇이었다 / 워낙 커서 사람들이 다툴 일이 없었다 / 있는 대로 다 먹고 남의 것 슬쩍 덜어 먹어도 / 표나지 않아서 모른 척했다 / 사람들이 자식 낳은 뒤론 저마다 거둬놓고 먹이니 / 집 마당 자체가 밥그릇이다 / 크지는 않아도 울타리 쳐 있어 넘볼 일 없었고 / 자기 것 말고는 눈여겨보지도 않았다
>
> — 「밥그릇 천국」 부분

> 산을 넘어서 올 수 있었던 때는 산이 당신을 넘겨주었고 / 들을 건너서 올 수 있었던 때는 들이 당신을 건네주었지만 / 이제 산그늘 내리고 벌레 소리 잦아드는 곳에 나는 없다 / [······] / 당신과 나는 무수한 신호등에 길들여져 / 서라고 하면 서고 가라고 하면 가면서 / 의식주 편한 곳으로 이끌려가기를 기다리고 있다 / 하 우리가 없다 / 당신은 그쪽 건너편에 서 있고 나는 이쪽 건너편에 서 있다
>
> — 「아스팔트 천국」 부분

굳이 현재와 반대되는 원시 상태를 이상으로 두고 있는 것은 아니지만 시인은 자연스러운 조화의 상태가 깨어지기 이전 상태를 동경한다. "들과 산 자체가 밥그릇"이었던 시절에는 탐욕과 질투와 욕심 등의 감정은 없었을 것이다. 자연 속에 인간은 매우 작았고 그만큼 큰 자연 속에서 인간은 겸손하게 살아갈 수 있었다. 시인이 이런 과거를 믿거나 그 시절로 돌아가자고 주장하는 것은 아니지만 현재의 상태가 갖는 문제점을 드러내기 위해 '이전'을 상상하고 있는 것이다.

그러한 대비를 분명히 보여주는 것이 두 번째 시 「아스팔트 천국」
이다. 첫 연과 마지막 연에 과거와 현재를 대비하고 있어 조금은 상
투적이라는 인상을 주지만 시인이 긍정적으로 보는 삶과 부정적으로
보는 삶이 분명한 대비를 이루어 주제는 선명하게 드러난다. 위 시만
으로 보자면 나와 타인이 어떤 방식으로 이어지는지, 주체적 소통이
가능한지가 과거와 현재를 구분하는 가장 중요한 요소이다. 산과 들
이 둘의 관계를 맺어주는 매개였다면 가고 서고를 지시하기는 하지
만 지금의 신호등은 우리의 주체 의지를 전혀 반영하지는 못한다. 시
인에 따르면, 탄탄하고 안전한 미래를 보장해 주기는 하지만 그 길을
따라가면 '우리'가 없어지는 기막힌 현실이 되어버리는 셈이다.

과거(과거의 삶에 배어 있는 긍정적 요소)에 대한 애착은 도시와 비교
되는 농촌, 젊은이들과 비교되는 어른들에 대한 긍정적 시선으로 이
어진다. 다음 시는 이를 보여주는 대표적인 경우이다.

저녁 먹고 부락회의에 와달라는 전갈 받고
이사 온 지 십 년 만에 처음 노인회관 마당에 가서
왁시글덕시글하는 성부지명부지 틈에 앉았다
내가 외진 산 밑 집터 측량하여 줄쳐 막았더니
비탈길 없어져서 자기네들 밭에 나다닐 수 없다고
원래부터 길이었으니 내놓으라고 말들 했다
나는 그 동안 남의 땅을 잘 밟고 다녔으니
감사 인사나 해야 하지 않느냐고 대꾸했다
성마른 노인네들 핏대 올리며 왁자지껄하기에
시시비비 안 하고 싶어서 달을 쳐다보는데
가장 나이 든 어르신이 낮게 말씀하셨다
지난 십년간 빌려주었으니 고마웠다고
앞으로 십년간 더 빌려주면 더 고맙겠다고
조상님들 먼저 가서 묻히신 공동묘지 오르는 길이니

우리 모두 가서 묻힌 뒤 돌려주면 안 되겠느냐고
달이 마악 구름 속으로 들어갔다
달빛이 노인네들 데리고 어디론가 떠났다가
돌아오기까지는 눈 한 번 감고 뜬 사이였다
노인네들에게서 쏟아져나온 몸빛에 눈이 부셔서
나는 일어나 고개 숙이고 집을 향했다

– 「나이 대접」 전문

　실제로 시인은 강화도에 집을 짓고 '왁시글덕시글하는 성부지명부지 틈'에서 살고 있다고 한다. 시인은 10년을 살았지만 여전히 외지에서 밀려 온 한 이방인일 뿐이다. 마을에서 시인이 이방인이듯이 시인에게도 마을은 아직 타관인 모양이다. 복잡한 도시가 싫어 산으로 떠난 사람에게 시끄러운 마을 일이 관심의 대상일 수 없다. 10년을 살면서도 마을과 그저 데면데면하게 보내온 시인은 자신의 집터를 구분하기 위해 집 주위에 울타리를 쳤다. 그 울타리 안으로 마을 사람들이 다니던 길이 들어오자 마을에서는 시인에게 길을 터줄 것을 부탁한다. 자신의 땅을 내달라는 마을 사람들의 주장에 시인은 그저 원칙을 강조할 뿐, 문제가 생기는 것을 번거로워 하며 사람들을 피하고 섰다. 산에 묻혀 살면서 집터를 굳이 구분하는 일이나 사람들이 지나던 길을 막을 수 있다는 판단은 도시의 논리에 해당한다. 도시를 떠나 산에 박혀 살겠다던 시인은 여전히 도시의 논리를 품고 살아왔던 것이다. 이런 도시의 논리를 받아들이지 못해 시끌벅적한 마을 노인들 틈에서 시인은 한 노인을 본다. 십년간 빌려준 길을 십 년 간만 더 빌려달라는 노인의 말에서 시인은 어른 말씀의 권위를 느낀다. 자신이 죽기 전까지 길을 열어주면 안되겠느냐는 말이 갑자기 가슴에 와 닿은 모양이다. 여기서 독자는 '○○천국' 시들에서 보았던 소유, 욕망과는 거리가 먼 노인의 어떤 세계관을 만나게 된다. 그러고 보면

이 세상에 무엇이 자신의 것이고 무엇이 남의 것이겠는가. 자연에 기대어 자신의 양만큼 살다가 가는 것이 삶이라고 할 때 시끄러울 것도 욕심 낼 것도 없는 것이 인생일 지도 모른다. 사실 도시를 떠나 산 속에 드는 일은 그리 중요하지 않다. 세상에 대한 이러한 태도야말로 자연에 대한, 인간에 대한 예의일지 모른다. "노인네들에게서 쏟아져나온 몸빛에 눈이 부셔서 / 나는 일어나 고개 숙이고 집을 향했다"는 구절 속에서 10년간 살아온 자신의 삶에서 느끼지 못했던 무언가를 깨달은 시인을 우리는 확인하게 된다. 성마른 노인과 시시비비하고 싶지 않아서 시인은 달을 쳐다보지만, 달빛은 노인네들 데리고 어디론가 떠났다가 돌아온다. 시인은 세월의 힘, 노인의 지혜 그리고 인생을 진리를 실감한다.

> 저편 노에 물 대고 뺀 늙은 아비는 / 자전거 타고 도로 밑 터널을 지나 / 이편 논에 물 대고 빼러 다녔다 / 늙은 아비는 헤아릴 수 없었다 / 도로는 곡식 피해서 놓아야 하는데 / 왜 들을 가로질러 곧게 닦았는지
>
> ―「국도」 부분

> 생울타리가 우거져 산을 가려버려서 / 꽃 핀 가지 쳐서 낮추어놓은 날 / 다신 들새가 날아와 앉지 않았다 / 산이 보이면 들새도 훤히 보일 테니 / 내가 보는 곳에 날아들지 않겠다는 건가 / 꽃가루 들어간 두 눈을 비비다가 / 마당에 서서 생울타리 너머 바라보는데 / 이제는 산이 그 자리에 없었다.
>
> ―「눈정신」 부분

　도로를 따라 논밭이 만들어져야 한다고 생각하는 것이 보통이지만 「국도」의 화자는 "도로는 곡식 피해서 놓여야" 한다고 생각한다. 화자가 보기에 잘 살던 농지를 동강낸 도로는 곧게 뻗었다고 아름다운 것

은 아니다. 이 시는 무엇이 중요하고 무엇이 부수적인가에 대한 우리 시대의 사고 자체를 문제 삼는다. 앞서 '○○천국'이라는 제목을 달고 있는 시가 소비와 욕망 등에 대해 말했다면 이 시들은 그 이전의 소박하지만 넉넉한 삶에 대한 이야기가 될 것이다. 「눈정신」 역시 자신의 욕심을 앞세워 결국 자연을 잃어버린 화자를 내세우고 있는 시이다.

이밖에 '코리안 드림' 연작과 '코시안 가족' 연작은 국내에 들어와 있는 외국인 또는 한국인 2, 3세들의 삶에 대한 이야기이다. 현재의 우리 삶에 가까이 와 있는 그들의 삶에 대해 관심을 갖는다는 것에서 의미를 찾을 수 있을 것이다. 현재 우리가 동남아인들에게 주는 부당한 대접은 우리가 서구에서 받았던 대접과 크게 다르지 않다는 생각, 우리는 결국 그들과 조금도 다른 사람이 아니라는 생각이 공통적인 주제이다.

3. 세상에 가득 찬 슬픔

정호승의 시집 『이 짧은 시간 동안』을 관통하고 있는 감상은 '슬픔'이다. 그 슬픔은 구체적인 사건에서 유발되기도 하지만 우연히 맞닥뜨린 사물에게서 얻어지기도 하는 감정이다. 시인에게 슬픔은 특별한 감정이 아니라 존재가 근원적으로 가지고 있는 본질과 관계되는 감정이다. 연약한 감상으로 세상을 만나면 살아 있는 모든 것들은 무언가를 견디고 있고 어딘가 부족한 면을 드러내고 있는 듯 보이기 마련이다. 그래서인지 그의 시에는 현실의 필요에서 도태되는 것, 사라져 가는 것들에게서 느끼는 감회가 특별하게 표현된다.

『이 짧은 시간동안』에서 슬픔이 지배적인 감정이 되는 이유는 다음 시에서 확인할 수 있다.

> 혹한이 몰아닥친 겨울 아침에 보았다
> 무심코 추어탕집 앞을 지나가다가
> 출입문 앞에 내어놓은 고무함지 속에
> 꽁꽁 얼어붙어 있는 미꾸라지들
> 결빙이 되는 순간까지 온몸으로
> 시를 쓰고 죽은 모습을

— 「시인」 부분

추어탕 고무 함지 속에서 '꽁꽁 얼어붙어' 죽어 있는 미꾸라지를 시인에 비유하는 상상력은 어디서 오는 것일까? 아마도 죽음을 맞이한 생명의 처절한 몸짓에 상상의 단초가 있을 것이다. 미꾸라지가 결빙이 되는 순간까지 시를 쓰고 죽었다고 느낀다면 시인이 생각하는 시를 쓰는 행위는 곧 죽음이나 고통과 관계될 수도 있다. 그렇다면 결국 시인이 생각하는 시인이란 그런 몸짓의 표현을 업으로 삼는 사람이 될 것이다. 쉽게 따라 갈 수 있는 상상은 아니지만 이후의 시들로 이를 확인해 볼 수 있다.

> 어미개가 갓난 새끼의 몸을 핥는다 / 앞발을 들어 마르지 않도록 / 이리 굴리고 저리 굴리며 / 온몸 구석구석을 혀로 핥는다 / 병약하게 태어나 젖도 먹지 못하고 / 태어난 지 이틀 만에 죽은 줄도 모르고 / 잠도 자지 않고 핥고 또 핥는다

— 「혀」 부분

> 중년의 여자가 / 포장마차에서 잔치국수를 먹고 있다 / 누가 신다 버린 낡은 운동화를 신고 / 주저앉을 듯 선 채로 / 때묻은 보따리는 바닥에 내려놓고 / 포장 사이로 그믐달은 이미 기울었는데 / 한잔 건네는 소

주도 없이 / 잔치 사라지고 국수만 먹고 있다

─「잔치국수」 부분

첫 번째 시 「혀」는 이틀 만에 죽은 새끼를 정성들여 핥고 있는 어미 강아지를 그린 시이다. 대상 없이 분출하는 모성을 향하여 독자들이 슬픔을 느끼기에 충분하다. 예전에는 흔히 볼 수 있었던 풍경이지만 모성과 죽음이 묘한 감동을 준다. 「잔치국수」 역시 초라한 중년 여인의 모습을 통해 불쌍한 인생을 상상하게 하고 이어 슬픔의 감정을 불러일으킨다. 시의 상황과 제목의 '잔치'는 대조를 이루어 고유한 분위기를 만들어낸다. 이미 기운 그믐달이 주는 효과 역시 작지 않다.

「잔치국수」의 중년 여자는 세상에서 물러가야 하는 자리에 있는 어떤 사람을 연상하게 하는데 사라져 가는 것에 대한 관심은 시집에서 중요한 흐름을 이루고 있다.

> 옥구 염전에 눈 내린다
> 수차가 함부로 버려진 소금밭에
> 눈발이 빗금을 치고 지나가다가
> 무너진 소금창조 지붕 위에 힘없이 주저앉는다
> [……]
> 염전에 물을 대던 경운기도 녹슨 잠이 들고
> 옥구염전에 눈은 그치지 않는다
> 나는 몇 마리 장다리물떼새와 함께
> 외로운 소금밭을 서성거린다
> 나는 발자국이 소금이 될 때까지
> 나의 눈물이 소금이 될 때까지

─「도요새」 부분

사라져 가는 염전의 풍경과 그 안에서 길을 잃은 듯한 시인의 심정이 시의 제재이다. 염전에 내리는 눈은 특별히 풍경을 쓸쓸하게 만든다. 수차, 소금 창고, 경운기 등이 버려져 있는 쓸쓸한 풍경에 시인은 홀로 소금밭을 서성거리고 있다. 시인을 자극한 것은 염전이 사라진다는 경제적 사실은 아닐 것이다. 버려진 염전에 내리는 눈이 시인을 처연하게 만들었음이 분명하다. 영원에 대한 꿈을 가지고 있지 않더라도 인간을 자극하는 매우 중요한 감정이 시간이고 그 시간 속에서 시인은 감정 변화를 겪는다. 사라지는 것에 대한 애틋한 감상은 심지어 골목에 버려진 자동차에게까지 미친다. 시인은 "바람에 낙엽이라도 우수수 달려오거나 / 제발 함박눈이라도 내려 / 고이고이 저 시체를 덮어주었으면 좋겠다"(「버려진 골목」)고 말한다. 이 밖에도 그의 시에는 유난히 죽음에 대한 이야기가 많다. 또 현재에 안주를 찾지 못하고 무언가를 찾아 떠도는 마음을 그린 시들도 많다. 시집 제목처럼 시인은 현재를 "이 짧은 시간"으로 인식하고 있는 것일지도 모른다.

4.

앞서 말했듯이 두 시인은 전통 서정시의 문법을 잘 따르고 있는 편이다. 이번 시집의 경우 제재나 소재의 변화는 많지만 본질적으로 이전 시와 달라진 면모를 보인다고 말하기는 어렵다. 오래 전부터 물고기가 놀았던 서정시라는 담수호에 여전히 물고기는 뛰놀고 있지만, 앞으로도 고인 물 속에서 알을 잘 낳고, 알은 또 잘 성장하여 월척으로 자랄 수 있을지, 가늠하기 어렵다. 비가 크게 내려 새로운 못이 생기면 보다 힘찬 물고기를 볼 수 있을까. 그것 역시 누구도 쉽게 말하기 어려운 일이다.

저장된 감각과 감각의 확산

― 김춘수 시집『거울 속의 천사』

1.

김춘수는 김수영과 더불어 젊은 시 연구자들에게 가장 각광받고 있는 시인이다. 90년대 이후 많은 대학에서 그를 다룬 석·박사 학위 논문이 제출되었고, 앞으로 더 많은 연구가 이루어질 것으로 예상된다. 오랫동안 시를 써왔다는 단순한 사실 말고도 그의 시가 가지고 있는 다양성과 깊이는 시를 공부하는 사람에게 풍부한 자료를 제공해 주는 것이 사실이다. 철학적이며 때로는 서정적인 김춘수의 시는 독특한 그의 시론과 더불어 한국 시사를 풍부하게 해주고 있음에 틀림없다.

지난 봄 출간된『거울 속의 천사』는 그가 과거의 시인이 아니라 현재의 시인임을 새삼 깨닫게 한다. 이 시집을 통해 시인이 여전히 세상에 대한 열린 마음을 가지고 있으며 그것은 창작으로 연결시킬 만큼의 열정도 품고 있음이 확인된 셈이다. 그것도 2년이라는 짧은 시간에 일백 편 가까운 시를 써낸 것이라 하니 시에 대한 그의 열정이 새삼스럽게 느껴진다. 몇 년 시를 쓰면 바로 소재가 고갈되었다고 말하는 일부 시인의 태도와 비교해 보게도 된다.

시인이 굳이 밝히고 있듯이 이번 시집의 두드러진 특징은 사별한 아내와의 추억과 교류를 시집 전체의 주제로 하고 있다는 점이다. 일상적인 데서 소재를 취하여 거기서 느낀 세세한 감정의 흔들림을 비교적 평이한 언어로 옮겨 놓은 시들이 대부분이다. 시를 쓰는 동안 죽은 아내를 늘 마음속에 두고 있었다는 시인의 말을 참고하지 않더라도 이 시집에서는 누군가를 먼저 보내고 홀로 남아 있는 사람의 쓸쓸함과 아쉬움이 절절히 느껴진다.

2.

이번 시집에 수록된 대부분의 시들은 몇 가지 지배적인 인상들에 의한 유사한 느낌을 반복해서 전해준다. 그러한 느낌은 현실의 나와 다른 차원의 '너'를 대하는 화자의 태도가 유사한 데서 파생한다고 할 수 있다. '거울'이라든지 '이슬', '해질녘' 등 자주 등장하는 시어들은 화자가 특별히 의미를 부여하는 단어들이다. 또 이러한 단어들은 세계를 대하는 화자의 태도까지 암시해주는 경우가 많다.

시집 제목으로도 쓰인 '천사'는 그 중심에 놓이는 시어이다. 발문에서 시인은 천사의 의미에 대해 유독 강조하고 있다.

나는 어릴 때 호주 선교사가 경영하는 유치원에 다니면서 천사란 말을 처음 들었다. 그 말은 낯설고 신선했다. 대학에 들어가서 나는 릴케의 천사를 읽게 됐다. 릴케의 천사는 겨울에도 꽃을 피우는 그런 천사였다. 역시 낯설고 신선하다. 나는 지금 세 번째의 천사를 맞고 있다. 아내는 내 곁을 떠나서 천사가 됐다. 아내는 지금 나에게는 낯설고 신선하다. 아내는 지금 나를 흔들어 깨우고 있다. 아내는 그런 천사다.

이런 화자의 말을 어느 정도 믿을 것인지는 그리 중요하지 않다. 다만 천사에 대한 '낯설고 신선한' 느낌이 구체적으로 시화되었는지가 궁금할 뿐이다. 시인은 떠난 사람과 남겨진 사람의 거리를 통해 '낯설고 신선한' 느낌을 확보하려 노력한다. 가깝지 않으면서도 아주 멀리 떨어져 있지는 않은 사람 사이의 관계가 '천사'와 인간의 관계로 비유되는 것이다.

천사로 대표되는 떠난 사람과 화자가 대표하는 남은 사람을 이어주는 것은 남은 사람이 가진 감각의 기억이다. 이 감각들을 따라 읽는 것은 시집 이해에 큰 도움이 된다. 시집에서 일관되게 쓰인 감각으로는 '보다', '듣다', '일깨우다', '만지다', '느끼다' 등의 단어를 뽑아낼 수 있다. 우선 가장 많이 쓰이고 있는 '보다'의 의미부터 살펴보자.

마주 보고 앉으면
왠지 흐뭇하고 왠지 넉넉해지는
그런 식탁이다. 그
앞자리가 비고
나는 이제 멍하니 혼자 앉아 있다.

ー「귀가길」 부분

거울은 모든 것을 그대로 다 비춘다 하면서도
거울은 이쪽을 빤히 보고 있다.

ー「거울」 부분

밤은 제가 빚은 이슬만 겨우 반 종지
살짝 내려놓고 아쉬운 듯 그러나
끝내 잠이 든다
어쩌나 그때
서열에도 끼지 않은 그 깐깐하고 엄전한
왕따인 천사가 눈을 뜬다

— 「밤이슬」 부분

　시집 전체를 통해 볼 때 천국과 현재가 갈라지는 기준은 볼 수 있는 세상과 볼 수 없는 세상의 차이이다. 비록 인간에게는 가장 확실하고 지배적인 감각으로 알려졌지만, 시각을 통해서는 화자가 그리워하는 대상을 볼 수가 없다. 그가 화자 앞에서 사라졌기 때문이다. 그러나 화자는 보이지 않는다고 사라진 것은 아니라고 생각한다. 내가 떠난 사람을 볼 수 없다는 사실은 인정하지만, 그럼에도 불구하고 혼자서 살아가고 있는 나를 누구인가 보고 있다는 생각이 화자를 지배하고 있다. 시인은 이런 성질의 감각인 '시각'을 여러 번 반복해서 사용한다. 첫 번째 예를 든 시 「귀가길」의 '마주 보던'에서 보는 행위는 예전의 추억이다. 언제나 함께 하던 자리가 비어 있고 '왠지 흐뭇하고 왠지 넉넉해지는' 앞자리만이 덩그러니 놓여 있다. 즉 눈에서 사라져 보던 것을 볼 수 없게 된 것이다. 이는 현재의 화자를 쓸쓸하게 하는 가장 중요한 이유가 된다. '멍하니 혼자 앉'아 있는 자신을 발견함으로 해서 화자는 절망하는 것인지 모른다.

　'거울'은 순전히 시각작용을 통해서만 기능할 수 있는 물건이다. 원래 거울은 자신을 비추어보는 물건이지만 이번 시집에서 거울은 화자가 상상하는 또 다른 세상의 의미로 쓰인다. 보통의 경우처럼 화자는 거울에 의해 자신을 비추어본다. 자신을 볼 수 있는 무엇도 현실에 없기에 화자는 거울을 통해 자신을 본다. 그렇다고 흔히 말하는 것처럼 거울 속에 또 다른 내가 있는 것은 아니다. 「천사」에서처럼 '거울 속에 그가 있'어 '빤히 나를' 보기도 한다. 즉, 나를 지켜보던 누군가가 거울 속에 들어간 것이다. 그렇다고 화자가 거울 속의 누구를 확실히 볼 수 있는 것은 아니다. 일방적으로 나의 모습이 비추어지고 상대의 모습은 잘 드러나지 않는다. 상대를 볼 수 있더라도 매우 짧은 순간이다. 이슬이 사라지는 시간, 노을이 사라지는 시간처럼 잠시이다. '제가 빚은 이슬만', '살짝 내려놓고', '끝내 잠이' 드는 시간에만 '깐깐하고 엄전한', '천사가 눈을' 뜨는 것이다. 이처럼 떠나서 멀어진 누군가와 나와의 만남은 시각을 통해 이루어지지만 그 만남은 일방적이거나 일시적이다. 만남에 중점이 놓인다기보다는 만날 수 없음을 확인하는 것이 시각이다. 시집 제목 '거울 속의 천사' 이미지가 여기서 생성된다.

시집 전체를 통해 믿을 수 없는 시각에 비해 소리는 비교적 잘 '들린다'. 청각은 시각과 비교하여 명확한 인상은 아니지만 저장되어 있는 감각이다.

> 내 귀에 들린다. 아직은
> 오지 말라는 소리,
> 언젠가 네가 새삼
> 내 눈에 부용꽃으로 피어날 때까지,
> 불도 끄고 쉰다섯 해를
> 우리가 이승에서
> 살과 살로 익히고 또 익힌
> 그것,
>
> — 「대치동의 여름」 부분

기다리다 기다리다 눈은 이제 귀가 됐다.
속눈썹 속의 귀
속눈썹들의 그 많은 귀
보이지 않는 것은 바람만이 아니다.
어디서 소리가 난다.
길게 한 번만
아련히,

- 「蘭」 부분

박목월은 「하관」에서 저승과 이승의 거리를 소리의 멀고 가까움으로 표시한 바 있다. 소리를 질러도 그저 돌아오는 메아리가 되었을 때 우리는 저승과의 거리와, 살아있는 사람의 절망을 느낄 수 있다. 그러나 『거울 속의 천사』의 여러 시편에서는 건너편의 소리를 이곳에서 들을 수 있다. 앞서 살핀 대로 나는 '보기'를 원하지만 그쪽에서는 소리만이 들려온다. 물론 소리를 듣는 귀는 살아있는 청각 기관으로서의 귀가 아니다. 몸으로 익혀 알고 있는 내면의 울림을 듣는 귀이다. 「대치동의 여름」에서 오지 말라는 너머의 소리 역시 쉰 다섯 해 동안 몸으로 읽힌 그것(귀)을 통해 들려온다. 「蘭」에서 '눈'이 '귀'가 되었다는 말도 같은 맥락에서 이해할 수 있다. 보이지 않는 것의 존재를 탐지하기 위해서 눈은 귀가 되었고, 화자는 그 귀를 통해 어디선가 들리는 소리를 듣는다. 눈이 귀가 된 데에는 기다림이 중요한 역할을 한다. 볼 수 없지만 들을 수 있다는 시인의 상상력과 닿는 부분이다.

그렇더라도 소리가 화자의 감각을 만족시켜 주지는 않는다. 시각과 비교해서 청각은 매우 불확실하며 만족스럽지도 못하다. 이 시집에서 시각은 지상의 것이고 청각은 지상 너머의 것이기 때문이다. 이 둘은 실제로 구체적인 교섭을 보이지는 않는다. 보려는 쪽과 듣는 쪽은 언제나 일방이기 쉽다. '느낀다'는 의미의 감각으로 발전하기 위해서는 매개가 필요하고 듣기보다는 '볼' 필요가 있다. 화자는 보는 것을 믿으려는 경향을 보인다.

> 자목련이 흔들린다.
> 바람이 왔나 보다.
> 바람이 왔기에
> 자목련이 흔들리는가 보다.
> 작년 이맘때만 해도 그렇지가 않았다.
> 자목련까지는 길이 너무 멀어
> 이제 막 왔나 보다.
> 저렇게 자목련을 흔드는 저것이
> 바람이구나.
> 왠지 자목련은
> 조금 울상이 된다.
> 비죽비죽 입술을 비죽인다.
>
> — 「자목련」 전문

어찌 보면 동시처럼도 느껴지는 단순한 구조의 시이다. 바람이 와서 자목련을 흔드는 평범한 자연현상을 겨울과 봄, 떠나고 돌아옴, 먼 길과 짧은 만남 등의 대립으로 확대하여 자신과 떠난 사람의 관계를 새삼 확인하는 시이다. '바람이 왔기에 / 자목련이 흔들리는가 보다'라든지 '저렇게 자목련을 흔드는 저것이 / 바람이구나'라는 시구는 너무나 평범해서 자칫 아무런 감흥 없는 감탄이 되기 쉽다. 그러나 이런 평범함에서 새삼스러운 깨달음을 얻는 시인의 감정의 결이 시의 감동을 만들어낸다. 독자가 화자의 깨달음에 동감하게 되면 대상의 무게가 커지게 되는 경우이다. 특히 마지막 세 행에는 화자의 감정이 충분히 침투되어 있다. "왠지 자목련은 / 조금 울상이 된다. /

비죽비죽 입술을 비죽인다”는 표현은 단연 감정의 흔들림이 심한 부분이다. 자목련의 모습과 붉은 입술의 비죽임이 절묘하게 비유되고 있다. 자목련의 붉은 꽃송이처럼 오랜만에 바람으로 온 누군가를 맞이하는 화자의 마음이 소박하고도 안타깝게 그려지는 장면이다.

다음 시에서도 바람이 존재를 일깨워준다.

> 그의 기차의 煙氣라는 그림에는
> 기차도 연기도 없다
> 산비탈 아스름히 길이 나 있다.
> 그의 소리라는 그림에는
> 소리가 없다. 그
> 넓고넓은 벌판을
> 한 무더기 억새가 흔들어댄다.
> 바람 때문이라고 한다.
> 바람은 아무데도 보이지 않는데
> 바람 때문이라고 한다.

– 「뭉크의 두 폭의 그림」 전문

보이는 것과 보이지 않는 것을 넘어 들리는 것과 들리지 않는 것에 대해 이야기한다. 물론 그렇더라도 그림은 엄연히 존재한다. 자목련이 피는 것처럼 한 무리의 억새가 움직이기 때문이다. '바람은 아무데도 보이지 않는데' 억새의 움직임이 바람 때문인 것처럼 시집 내내 이야기하던 천사 역시 보이지 않지만 화자에게는 존재하는 것이었다. 마치 바람이 표면에 드러나지 않지만 존재하는 것과 같다. 소리가 들리지 않지만 뭉크 그림의 제목이 소리이듯이 천사가 보이지 않는다고 천사가 아닌 것은 아니다. 그림 기차와 연기에서 기차나 연기가 보이지 않아도 제목이 그렇듯이. 이제 시인은 보이는 것과 들리는 것 모두를 주관화한다. 중요한 것은 그렇게 믿는 화자이고 그것에 의해 살아가고 있는 것이 그에게는 진실이기 때문이다. 이는 보이지 않고 들리지 않아도 느낄 수 있는 단계이다.

3.

여든 살 고령에도 불구하고 여전히 창작활동을 하고 있다는 것만으로도 김춘수는 훌륭한 시인이다. 게다가 현실에서 느끼는 감각을 놓치지 않고 꾸준히 시화할 수 있다는 것은 쉬운 일이 아니다. 1994년 이미 전집이 간행된 바 있지만 그는 여전히 자신의 전집을 유예시키는 노력을 계속하고 있다. 이런 유예가 오랫동안 지속되기를 바란다.

『거울 속의 천사』는 감각의 범위를 보이는 것 만져지는 것에서 보이지 않고 만져지지 않는 것으로 확대하고 있다. 이는 자신의 감각을 확신하지 못한다는 의미가 아니라 이곳 너머의 무엇을 보고자 하는 의지의 소산이다. 자주 등장하는 '거울'과 '천사'는 이런 시인의 감각 확산을 보여주는 시어들이다. 내가 느끼는 것이 아니라 나에게 느껴지는 것을 찾아 진솔하고 소박하게 써낸 시들로 이 시집은 채워져 있다. 철학과 관념을 넘어 김춘수가 이른 이 길이 그의 시가 갖는 본령은 아닐지 모르지만, 많은 독자들에게 작은 감동을 주기에는 충분하다고 생각한다.

시간의 길을 묻는 시인의 목소리

— 최두석 시집 『꽃에게 길을 묻는다』

최두석의 시집 『꽃에게 길을 묻는다』를 읽었다. 시집을 접하고 처음으로 드는 생각은 "왜 꽃에게 '길'을 묻는가?"였다. 내 경우에 한정한다면, 이 시집의 제목은 독자의 흥미를 끄는 데 성공한 셈이다. 시집 제목에 대한 의문 뒤에 질서 없이 몇 가지 생각들이 따라왔다. 시인은 지금 길을 잃은 것인가? 그렇다면 꽃이 알려주는 길은 무엇인가? 이런 의문 때문인지 보이지 않는 길을 '굳이' 꽃에게서 찾고자 하는 시인의 생각을 따라 읽지 않을 수 없었다.

전체 4부로 나뉜 시집의 서두에는 <시인의 말>이 놓여있다.

　　새로운 바람을 맞아
　　새로운 꽃이 핀다
　　정성을 다해 피고
　　정성을 다해 열매 맺는 꽃에게 길을 묻는다

지금까지의 관습으로 길과 꽃은 은유되기에 적당한 쌍은 아닌 것 같다. 길이 이동을 위해 존재하는 것이라면 꽃은 정주하고 있는 식물의 일부이기 때문이다. 새로운 바람을 맞아 새로운 꽃이 핀다고 해도 그 꽃은 움직이는 것이 아니라 한 곳에 머물고 있는 식물일 뿐이다. 그렇다면 이 시에서 사용된 '길'의 의미는 좀 더 넓게 해석할 필요가 있다. 길을 공간적 의미가 아닌 시간적 의미로 이해해야 한다는 것이다. 위 <시인의 말>은 피어서 열매를 맺는 꽃의 '정성'에 대해 특별히 주목한다. 정성이란 무언가를 만들어내는 것, 무언가를 살아내는 것과 관계된다. 역시 시인이 말하는 '길'은 먼 곳에 있는 목표나 가야만 할 어느 곳은 아닌 듯하다.

첫 번째 실린 시 「시인과 꽃」 역시 시집 전체를 이해하는 데 중요한 시라고 생각한다.

　　　말이 씨가 된다고 믿고
　　　씨앗의 발아를 신뢰하는 농부처럼
　　　마음속 물정밭 일구어
　　　꽃씨를 뿌리는 이가 있다

　　　가뭄과 장마를 견디고
　　　꽃나무가 잘 자라
　　　환하게 꽃술을 내미는 날
　　　그는 나비가 되어 날아오르는 꿈을 꾼다.

시인이 길을 묻고 있는 꽃의 성질과 시인(혹은 그가 쓰는 시)의 무엇이 비유되고 있다. 꽃씨를 뿌려 꽃나무가 자라 "환하게 꽃술을 내미는 날"을 맞듯이 시인도 말을 씨로 하여 "나비가 되어 날아오르는" 환희의 순간을 꿈꾸고 있다고 말한다. 시인은 꿈꾸는 시(또는 시 쓰기)의 내용을 꽃에게서 찾는 셈이다. 단순히 비교해 시가 꽃이라면 꽃을 피우는 농부는 시인이다. 그 시인이 가진 가장 중요한 덕목을 여기서는 '신뢰'라고 했고, <시인의 말>에서는 '정성'이라고 하였다. 신뢰와 결실이 중요하다면 여기서는 앞에서 지나쳤던 '새로운'의 의미에 대해 생각해보아야 한다. 반복되는 개화와 결실이 시인이 중요하게 생각하는 내용이기 때문이다. 변화 속에서도 흔들리기 않을 수 있는 것, 새로운 환경에서 새로운 모습으로 자신의 빛낼 수 있는 것, 그것이 꽃에서 시인이 주목하는 내용이라고 할 수 있다. 시인이 꽃에게서 찾는 길은 공간적 의미의 길이 아닌 시간적 의미, 그것도 변화 앞에서 자신의 모습을 아름답게 유지할 수 있는 그 무엇이다. 이렇게 시인이 꽃에게 묻는 길을 정리해보면, 그것은 작게는 '시'의 길이고, 크게는 시인의 '길'이 될 것이다(이렇게 정리하는 말들이 조금은 통속적이고 상투적이라는 느낌이 들기도 한다).

모진 바람에 고개 숙여 / 잔디처럼 바닥을 기다가도 / 꽃만은 그윽이 푸른 가을 하늘 / 마주 보며 피우누나

― 「마라도 바다국화」 부분

가시 투성이로 태어났으나 / 가시를 떨구면서 늠름해진다 / 가시로 세상에 맞서는 일이 / 부질없다는 걸 깨우친 까닭이다

― 「엄나무」 1연

시간의 흐름, 주변의 변화에 대처해나가는 꽃의 태도는 시인에게 매우 긍정적인 의미를 갖게 된다. '길'을 묻는 시인에게 있어 꽃이 아름답다든지, 나무가 늠름하다든지 하는 외형적인 모습은 부차적인 데 그친다. 위 두 편의 시를 예로 들어도 이를 확인할 수 있다. 첫 번째 시 「마라도 바다국화」에서 가장 중요한 시어는 '꽃만은'이 될 것이다. 바닷가에 피어 있는 국화를 그린 시인 듯한데, 국화에게는

거친 바람 등 자기 키를 세울 수 없는 조건이 주어져 있다. 이에 적
응하기 위해 국화는 잔디처럼 바닥을 긴다. 그럼에도 불구하고 꽃만
은 자신의 키를 조금은 살려 '꽃'의 아름다움을 빛내고 있다. 바닷가
에서 국화가 살아가는 방법, 즉 길에 대해 시인은 주목하고 있는 것
이다. 두 번째 시 「엄나무」도 유사한 상상력을 제공해 준다. "가시를
떨구면서 늠름해진다"는 구절이 이 시의 핵심 내용을 담고 있다. 가
시 있는 나무는 그 가시로 자신의 정체를 삼는 경우가 많다. 그러나
엄나무는 성장하면서 가시를 떨군다. 시는 이를 적의를 거두고 자신
을 진정으로 높이 세우기 위한 방법이라 생각한다. 이러한 식물에 대
한 상상력이 곧 '길'에 대한 상상력으로 이어진다. 세상에 맞서 싸우
는 일이 부질없기에 세상에 대한 적의를 버리고 스스로 단단해지는
길을 택하는 식물들을 통해 '그럼에도 불구하고' 삶의 조건을 찾아가
는 '꽃의 길'을 찾는다.

> 세상 모르고 당당히 가던 길 있었지
> 가파른 비탈이지만 의연히 걷던 길 있었지
> 사명감에 골똘히 앞만 보며 치닫던 길 있었지
> 외로움의 칡뿌리 씹으며 터벅거리던 길 있었지
> 대낮에는 사라지고 별빛에 은은히 빛나던 길 있었지.
>
> ─ 「길」 전문

　화자가 걸어온 길에 대해서 말하는 시로 현재 자신이 가는 길보다
는 과거 자신이 걸었던 길을 회상하는 내용이다. 과거를 나타내는 어
미 '있었다'는 의미를 강조할 뿐 아니라 시각적으로도 특별한 인상을
준다. 계단처럼 꾸며진 시의 외형이 순서대로 흘러온 세월의 단계를
보여주기 때문이다. 다섯 행에 걸친 다섯 가지 길의 종류를 일일이
따져보는 작업은 큰 의미가 없을 것 같다. 그들이 가진 공통점은 길

의 격렬함에 있다고 하겠다. 당당히 가던 길, 비탈길, 치닫던 길, 터벅거리던 길, 대낮에는 사라지는 길들은 모두 완전한 길이 아니다. 다음 시에서는 '길'을 찾고자 하는 시인의 고민이 더욱 본격적으로 드러난다.

> 불깡통 돌리며 쥐불 놓던 날의 먹고무신
> 철길 걸으며 휘파람 가다듬던 날의 운동화
> 최루탄 맞고 도망가다 잃어버린 구두를 떠올린다
> 이미 걸어온 길 때문에 가지 않은 길과
> 가지 않은 길 때문에 계속 걸어온 길을 되새긴다
> 또한 어떻게 신발끈을 조이고
> 부끄럽지 않게 앞길을 가니 생각한다
> 불혹을 넘어 지천명을 바라보는 나이에
> 어이없이 신을 잃고 헤매다가
> 어디서 남녀로 짝짝인 흰고무신 얻어 신고
> 어기적거리다가 꿈을 깬 날 아침에.

— 「신발」 부분

이 시에서는 길 대신에 신이 등장한다. 길을 잃어버린 것과 신을 잃어버린 것이 유사한 의미를 갖는다고 할 수 있다. 과거에 대한 회상과 현재의 자신에 대한 성찰이 함께 표현된다. "불깡통 돌리며 쥐불 놓던 날의 먹고무신"이나 "철길 걸으며 휘파람 가다듬던 날의 운동화" 그리고 "최루탄 맞고 도망가다 잃어버린 구두"에 대한 기억은 앞와 지 「길」에서의 기억과 크게 어긋나지 않는다. 그 시절의 갈팡질팡은 현재의 나와 비교되면서 자연스럽게 상상된다. 지천명을 바라보는 나이에 '나'는 "어이없이 신을 잃고" 헤매고 있기 때문이다. 어찌 보면 계속해서 반복된다고 볼 수 있는 인생의 이런 실수들이 시인으로 하여금 공간이 아닌 시간, 변화에도 의연하게 대처할 수 있는 '길'

을 갈망하게 하는지 모른다.

이번 시집의 많은 시들이 자연에 대한 세세한 관심과 그들에 대한 넘치는 애정을 주제로 하고 있다는 사실은 자신의 과거와 현재에 대한 시인의 깨달음과 무관하지 않다. 생에서 중요한 것이 무엇인지에 대한 생각이 조금씩 달라졌거나 특별히 새로워진 상태에서 시인은 세상을 보고 있는 것이다. 시인이 묻고자 하는 '길', 시인이 찾고자 하는 '길'이 이런 자연에 있음을 쉽게 짐작할 수 있다.

> 지금은 어느 하늘을 날고 있는지
> 풍뎅이들아 미안하다
> 철모르던 시골아이의
> 기억의 헛간 속에 묻어두고 있었다만
> 다만 놀이로
> 수많은 너희들의 목을 비틀었구나
>
> ―「풍뎅이」 1연

> 만회할 수 없는
> 바보짓에 대한 후회가
> 울적한 슬픔으로 가라앉을 즈음
> 마음을 추스리려고 떠올린다
> 한강이 발원하는 검룡소에서
> 힘차게 솟구치는 샘물을
> 솟구쳐 암반을 세차게 타고 내려
> 시내가 되는 모습을
>
> ―「검룡소」 부분

첫 번째 시는 풍뎅이를 보고 어린 시절의 기억을 살리고, 그 풍뎅이들에게 자신이 했던 일들을 반성하는 내용을 담고 있다. 나의 '놀이'와 풍뎅이의 '생명'이 대비되고 있는 셈인데, 여기서 중요한 것은 그 반성의 내용보다 그러한 반성을 해야 하는 시인의 내면이다. 왜냐하면 자연에 대한 이러한 태도가 '길'을 묻는 행위와 무관하지 않기 때문이다. 두 번째 시에서도 유사한 태도를 가진 화자를 만날 수 있다. "만회할 수 없는 / 바보짓에 대한 후회가 / 울적한 슬픔으로 가라앉을 즈음"이 현재의 시인인 것이다. 이런 시인이기에 '꽃이 피어 열매를 맺듯 검룡소에서 발원한 작은 물이 시내를 이루는 모습에 대해서 새삼스러운 경이를 느끼게도 되는 것이다.

자연에 대한 상상력은 순박하고 단순한 시어들을 선택하게 한다. 이런 시어들은 시를 편안하게 읽게 한다는 장점을 가지고 있지만 반대로 시 전체의 긴장을 떨어뜨리는 문제를 낳기도 한다. 추상적인 질문을 던지는 시가 아니라 자연 자체에 근접하고 있는 시들에서 이런 현상이 두드러진다.

> 도토리 물어다 묻어두고 / 겨울잠 자다가 배고프면 / 한 톨 두 톨 발가 먹는 다람쥐에게 / 참나무만큼 고마운 나무는 없으리라 // 도토리 물어다 숨겨두고 / 먹이를 못 구해 허기지면 / 눈을 헤치고 찾아먹는 어치에게도 / 참나무만큼 소중한 나무는 없으리라 // 도토리묵의 슴슴삼삼한 맛을 / 특별히 아끼는 나도 / 다람쥐나 어치만큼은 아니겠지만 / 참나무의 늠름한 모습을 좋아한다 // 그리하여 제멋대로 상상한다 / 나의 옛적 할머니와 할아버지가 / 처녀 총각 시절에 아무래도 / 참나무 아래서 눈이 맞았으리라고
>
> ―「참나무와 도토리」 전문

위의 시는 하나의 문장으로 한 연이 꾸며져 편안하게 이야기로도 읽을 수 있는 경우이다. 첫째 연과 둘째 연이 유사한 흐름을 보이고 있고, 다음 두 연에서 시인의 감정을 드러내고 있다. 이는 어느 정도

고의적인 것으로도 보이는데, 지나온 길들에서 이야기되던 격렬함을
피하려는 시인의 의지로 볼 수도 있다. 다른 말로 하면 순수의 언어
자연의 언어를 찾는 셈이다. 그 언어를 통해 그야 말로 '자연스러움'
을 보여주려 한다.

　단순화된 경험이나 이야기가 자리 잡는 방법 중 하나가 동화적인
리듬의 차용이다.

> 나무야 나무야
> 설악산 마가목아
> 새파란 하늘 아래
> 주렁주렁 탐스럽게 붉은 열매 매달고
> 멀리 동해를 굽어보는 마가목아
> 너희는 무슨 연유로
> 비바람 사납고 눈보라 매서운
> 공룡능선에 사니?

— 「공룡능선 마가목」 부분

　설악산 공룡 능선에 살고 있는 마가목에 대한 안타까운 마음을 표
현하고 있는 시이다. "비바람 사납고 눈보라 매서운" 산등성이에 사
는 나무에게서 외로움, 고달픔 등의 연민을 느끼는 것은 순전히 인간
의 의지일 뿐이다. 이런 연민의 표현은 다소 동요적이라는 인상을 준
다. '사니?'와 같은 유아어와 이름을 부르는 말들의 반복이 이를 잘
보여준다고 할 수 있다. 친근한 언어로 친근한 감정을 표현했다고 할
수 있는데, 이러한 시가 겨냥하는 것은 인간의 본원적인 감정의 환기
가 될 것이다. 최두석의 이번 시집에서 생태적 관심을 읽어내는 논자
들의 논리도 여기에 기대고 있는 듯하다.

　시집을 덮으면서도 시인이 찾은 길이 무엇이었는지 알기는 어려웠

다. 그것이 무엇이든 길의 내용이 분명히 이해되려면 다음 시들을 기
다려야 하겠다는 생각이다. 길뿐 아니라 가끔씩 드러나는 자연에 대
한 조금은 개인적이고 평면적인 생각들을 이해하기 위해서도 나에게
는 시간이 필요할 것 같다.

오색 언어로 그려낸 자연의 풍경화

― 허만화 시집 『물은 목마름 쪽으로 흐른다』

한 권의 시집이 하나의 주제, 하나의 목소리를 가지고 있는 경우가 매우 드물어졌다. 요즈음 시집이라는 것이 전작으로 발표되기보다는 기왕에 발표된 시들을 모아 엮어 내는 것이어서 이런 현상은 어찌 보면 당연한 지 모른다. 시집 한 권 전체가 아니라도 몇 가지 주제로 엮어진 시집도 그리 흔한 것은 아니다. 그런 이유로 해서 시집의 성격, 또는 시집의 특징을 말하는 일은 매우 조심스럽다.

허만화의 세 번째 시집 『물은 목마름 쪽으로 흐른다』는 일관되게 풍경을 노래하고 있다는 점이 우선 눈에 띤다. '시는 한 번도 본 적이 없는 풍경에 대한 추억이다'라는 시인의 프롤로그처럼 시집은 풍경에 대한 묘사와 사색으로 채워져 있다. 풍경이라는 말이 어울리기도 할 것이 시집에서 다루고 있는 대상들은 대부분 도시의 일상을 벗어난 자연의 큰 형상들이다. 여행을 통해서 만났음직한 풍경을 보이는 그대로 전하고 싶어 하는 시인의 의지를 여러 편의 작품에서 확인할 수 있다.

사람도 배도 자취를 감추고 보이지 않는 비어 있는 바다. 검푸른 바다 껍질이 바람에 찢어지고 있다. 분노한 바다 물빛은 마른 풀숲처럼 숨기고 있던 잔설을 드러내고 있다. 견디지 못한 흰 속살이 이곳저곳에서 돌고래처럼 펄쩍펄쩍 뛰어오르고 있다. 육지가 바다에 몸을 묻는 하늘에서 갈매기가 한 마리 밀물치는 바람의 속도에 맹렬하게 밀리고 있다.

용바위 못미처 고갯마루를 내려설 때 멀리 떠오른 월송정 옆얼굴은 여전히 신선한 연둣빛 사상思想처럼 조용하였다.

─「후포 뒷길에서 분노한 바다를 보다」 전문

화자가 사물을 만나고 사물의 상태를 이야기하고 이어 사물에서 비롯된 화자의 감상을 표현하는 것이 현재 우리 시의 중요한 패턴이다. 이런 면에서 보면 여행을 통한 풍경의 묘사는 매우 평범하다고 할 수 있다. 그렇다면 『물은 목마름 쪽으로 흐른다』의 특별한 점은 풍경에 대한 화자의 개입이 절제되어 있고, 개입하는 경우도 교묘한 방법을 사용한다는 데 있다.

위에 인용한 작품은 바닷가에 서 있음직한 화자가 시시각각 변하는 바다의 모습을 담담한 어조로 묘사하고 있는 시이다. 묘사된 대로 따라가자면 바다는, 비어있다→바람에 찢어지고 있다→잔설을 드러내고 있다→뛰어오르고 있다→맹렬하게 밀리고 있다(→조용하였다) 이다. 드러내고, 뛰어오르고 맹렬하게 밀리다 결국 조용해지는 바다(2연)의 모습에서 역동성을 느낄 수 있다. 이렇게 서술어들만 모아보면 바다의 그림이 생생하게 전달되기는 하지만 화자의 감정이 스며들 자리가 매우 좁아 보인다. 비교적 화자의 서정이 잘 드러나고 있는 말들을 찾자면, 물빛─잔설─흰속살─돌고래─갈매기의 연쇄이다. 실제 움직이는 바다의 모양을 백색을 연상하게 하는 단어들을 동원하여 일관된 이미지를 만들어 내고 있는 것이다. 이어지는 둘째 연에서는 격렬했던 첫째 연의 분위기가 차분하게 가라앉는다. 이러한 전환은 첫째 연과의 대조를 통해서 이루어지는데 먼 바다로 향했던 화자의 시선이 가까운 바다로 거두어지면서 조용하고 연둣빛을 띠고 있는 바다의 모습이 펼쳐진다. 겉으로 보기에는 순전한 풍경을 묘사한 시처럼 보이지만 그 풍경 안에는 화자에 의해 정리되고 질서를 얻은 제 2의 풍경이 펼쳐지고 있는 것이다.

> 빛바랜 초록색 이정표에서 이는 산바람 소리. 낯익은 경사를 기억하며 물빛 바람이 흐르기 시작한다. 질매재. 털갈이 한 산짐승 황갈색 살결 같은 겨울 산을 먼눈으로 쓰다듬는 손길의 부드러운 되풀이. 굽이를 열 때마다 모습을 드러내는 새로운 풍경. 쌀쌀한 초겨울 햇살에 젖어 있는 바람의 길.
>
> — 「풍경의 변신」 부분

> 낯선 지형이 풍경이 될 때까지 날개를 젖는 새. 길이 없는 곳에서 길을 여는 날개를 위하여 하늘은 있다. 하늘은 해맑은 가을의 깊이를 위하여 있다. 빈 하늘에 걸려 있는 눈부신 옥양목 한 필. 길이 없는 땅 끝에서 물줄기는 수직으로 선다. 냉혹한 낙차를 부들부들 떨며 떨어지는 물소리. 일거에 몸을 던지는 결단의 수위를 아슬아슬 한 뼘 더 높이 날아 오르는 시 한 줄의 외로운 높이.
>
> — 「길이 끝난 곳에서 길은 시작한다」 전문

앞서 살핀 시와 비교하여 풍경의 묘사가 더욱 집약적으로 된 시들이다. 아예 문자가 아닌 그림을 그리고 싶은 화자의 의지마저 읽을 수 있는 시편들이다. 여백을 남겨두려는 의지로 많은 문장이 명사형으로 마무리된다. 산바람 소리, 부드러운 되풀이(「풍경의 변신」), 날개를 젖는 새, 옥양목 한 필, 떨며 떨어지는 물소리(「길이 끝난 곳에서 길은 시작한다」)등의 단어 뒤에는 느낌표라도 붙여주어야 할 것 같은 긴 여운이 따라온다. 이 시에서도 역시 풍경 자체가 우선 다가오고 화자의 감정은 몇몇 단어 뒤에 숨어 있는 듯 하다. 앞의 시에서는 색으로 표현된 시어들이 산만하게 펼쳐진 풍경에 일관성을 부여해 준다. '빛바랜 초록색', '물빛 바람', '황갈색 살결'이 쌀쌀한 초겨울의 변화하는 풍경을 표현해 준다. 두 번째 시는 하늘과 폭포로 옮겨가는 시선을 따라 읽을 수 있다. 하늘, 새 그리고 하늘에서 땅을 향해 수직으로 떨어지는 폭포가 화자가 보는 풍경이다. 특히 폭포(또는 물)와 관련되어 표현된 말들이 인상적인데, 옥양목 한 필이나 냉혹한 낙차, 부들부들 떨며 떨어지는 물소리, 몸을 던지는 결단의 수위 등에 주목하게 된다.

첫 번째 시에 비해 두 번째 시는 역동적인 느낌을 준다고 할 수 있는데, 시의 역동성을 좌우하는 중요한 제재는 '물'이다. 물은 이번 시집에서 가장 많이 사용되는 '자연'이기도 하다. 때로는 모양으로 때로는 그 성질로 시의 의미를 만들어내고 느낌을 좌우하는 중요한 역할을 한다.

> 물은 맹수처럼 기다린다. 운문호에서 물의 시퍼런 기다림을 보았다. 기다림은 언제나 길다. 봄 산을 덮은 진달래 같은 화려한 폭발을 기다리고 있는 화약 가루의 적막한 시간. 높이에 기대지 않고 서지 못하는 기다림은 수면에 누운 나무 그늘처럼 가늘게 떨고 있다.
>
> — 「물은 기다리고 있다」 부분

> 평면에는 오체투지 온몸으로 엎드린다. 수직으로 설 때는 벼랑에 기댄다. 선비의 지조를 지키기보다 경사각을 살피기 때문에 그의 눈빛은 이따금 반짝이지만 안정감이 없다. 사람들이 어깨를 밀치던 거리의 어디선가 본 듯한 눈빛이다. 낮은 곳을 발견하면 줄넘기하는 아이들처럼 계단을 하나씩 뛰어내리기도 하지만 절벽에서 일시에 떨어지는 거

대한 땅울림이 되기도 한다. 이 소리 뭉치의 프리즘은 색이 없는 햇빛
을 일곱 가지 빛깔의 물 연기로 환원한다. 색이 없는 물은 투명한 껍
질을 포개고 또 포개어 거울의 깊이를 만들고 말이 없다.

—「물의 성상」 전문

위에 인용된 두 편의 시는 시집 전체에서 가장 역동적인 느낌을
주는 작품들이다. 첫 번째 시는 비록 고여 있는 물을 묘사하고 있지
만 '기다림'이라는 말을 통해 고요가 멈춘 것이 아닌 듯한 느낌을 준
다. 맹수, 폭발, 화약 가루 등이 기다림 또는 기다림의 시간과 비유됨
으로서 흐르지 않는 물에서 역동적인 인상을 담아낸다. 두 번째 시에
서 물의 움직임은 좀 더 본격적이다. 변화하는 물의 상태를 다양하게
표현했기 때문이다. 엎드린다, 기댄다, 떨어진다, 연기로 환원한다,
말이 없다 등의 변화는 제목 그대로 '물의 성상'이다. 물의 성질에
대한 표현은 다른 시편에서도 많이 볼 수 있다. 「물에 대하여」에서
물은 "물은 낮은 곳으로만 흐르는 것이 아니다", "물은 맑은 것만은
아니다", "거대한 부피처럼 물은 무거울 수 있다", "정신의 물은 결
백보다 맑은 것이다", "물은 / 가장 순결한 빛깔이다", "물은 맑은 것
이다"라는 다양한 성질로 표현된다. 「육십령재에서 눈을 만나다」에
서는 "물은 낮은 쪽으로 흐르는 비굴이 아니다. 물은 언제나 목마름
쪽으로 흐른다"고 한다. 물을 다룬 시들이 역동성을 강조하고 있기는
하지만 앞에서 예를 든 시들과 표현 방법상 본질적으로 달라졌다고
보기는 어렵다. 물의 다양한 풍경을 그리고 있다는 점에서는 다른 풍
경을 노래한 시들과 같다고 할 수 있다. 물의 다양한 모습은 시의 일
관성을 유지하는데도 크게 기여한다.

이상 살펴본 대로 허만하의 시집 『물은 목마름 쪽을 흐른다』는 화

자가 만난 자연의 풍경을 묘사한다. 다른 서정시와 구분되는 것이 있다면 화자가 스스로를 풍경보다 앞세우지 않고 보이는 것을 그대로 전달하려 노력한다는 점이다. 사물 하나에 집중하기보다는 시선을 따라 전체를 조망하는 듯한 느낌이 드는 시들이 많다는 점도 그렇다. 시인은 풍경을 차례로 묘사할 때 생기기 쉬운 일관성의 결여를 유사한 이미지의 반복으로 보충함으로써 시적 완결성을 높이고 있다. 무엇보다 이 시집을 읽는 재미는 가깝지만 낯선 풍경들의 화첩을 한 장 한 장 넘기며 추억하는 기분을 느낄 수 있다는 데 있다.

'살아 있음을 위하여' 부르는 노래

— 이유경 시집 『몇날째 우리세상』

||||

1.

지금까지 이유경의 시 세계에 대한 평가는 '자아와 세계의 동일성 추구'와 그 '좌절의 기록'으로 정리된다. 실제로 시인은 『밀알들의 靈歌』, 『下南詩篇』, 『草落島』, 『구파발詩』 네 권의 시집을 통해 소외와 괴로움을 견디어 내면서도 세계와 끝임 없이 대결하고 현실을 부단하게 거부하는 시정신의 치열함을 보여주었다. 그 과정에서 이유경의 시편들은 분노와 소외 의식, 허무 의식 등으로 채워졌다고 할 수 있다. 소재가 시인의 개인적 경험이든 사회적 문제이든 이 점에는 큰 차이가 없었다.

그러나 총체성이 깨어져 버린 현대 사회에서 자아와 사회 현실의 동일성 회복은 사실상 불가능한 일이었는지 모른다. 그 불가능함에 도전하는 이유경의 시들이 관념적이고 사변적인 성향을 보였던 것도 사실이다.

내 숨은 아픔 이야기하면 이월 비처럼
그대 섧게 훌쩍일 수밖에 없으리
그건 꺾여진 우리 歎息의 마른 가지
살 깊이 병든 뼈처럼 파묻혀 있는 탓이야

그대 숨은 기쁨 이야기하며
풀꽃같이 웃다가도 이내 입다물고
저 북창 적막에 젖어 버리는구나
해서 남는 건 젖은 우리 남루뿐이다

—「우리들의 歎息」1, 2연

「우리들의 歎息」은 세 번째 시집 『草落島』에 실려 있는 시로 시집 전체의 분위기를 대표한다고 할 수 있다. 시의 심상을 이끌어 가는 시어는 "꺾여진 우리 歎息의 마른 가지"이다. 그것이 모든 아픔과 서러움의 원인이 되기 때문이다. 이 밖에도 '내 숨은 아픔'이나 '살 깊이 병든 뼈', '북창 적막', '젖은 우리 남루'들의 시어들이 모두 살아 있는 것들에 대한 부정과 절망에 대한 막연한 지향을 나타낸다. 이 시가 관념적이라는 평가를 받을 수 있는 이유는 이러한 부정과 절망의 지향이 구체성을 획득하고 있지 못하다는 점 때문이다. 시 자체의 완결된 구조를 갖추고 있다기보다 몇몇 시어를 통해 화자가 청자에게 직접적인 정서적 감염을 시도하고 있다는 인상을 받게 된다.

네 권의 시집을 아울러 볼 때 그의 시를 형성하는 가장 중요한 요소는 슬픔의 감정이다. 모든 감정 뒤에 스며 있는 슬픔에 대한 인식은 시인에게는 원초적인 것이어서 가히 생래적이라 부를 만하다. 하지만 부정과 절망에 대한 인식도 세계를 슬픔으로 인식하는 시인의 기본적 성향에서 기인한다고 보면 그 관념성만을 탓할 일은 아니다. 같은 시집에 실린 「마른 풀에의 獻辭」 시편은 그 슬픔이 발견에 기초하고 있어 신선하고 넓은 공감을 얻어내기에 충분하다.

서슬 푸른 낫이 섬뜩섬뜩 초록을 지워 갔다
상처난 풀냄새가 다른 풀들을 울게 하고
사람의 손이 그 울음들을 밀치고 나갔다
그러나 베어진 풀들은 다소곳이 모여 앉아
아침 한때의 이슬을 포도주처럼 나눠 마셨다
풀짐 위에 실려 가면서도 춤추는 使徒들이여

―「使徒들―마른 풀에의 獻辭 1」 부분

낫의 푸른 날에 베어져 쓰러진 풀의 향기를 '상처난 풀냄새'라 부를 수 있는 상상력은 결코 평범한 것이 아니다. 사물에 밀착한 경험이 없이는 얻기 어려운 표현이다. 풀들은 스스로의 죽음 때문이 아니라 다른 풀의 상처 때문에 울지만 그 울음은 계속된 죽음 앞에서 잊혀지고 만다. 결국 초록을 생명이라 한다면 그 생명이 차곡차곡 한 켠에 쌓여 죽음으로 변하는 과정을 표현하는 시이다. 화자는 죽음을 받아들이는 풀들의 고결한 모습에 경의를 표하고 있는 것이며, 이 시는 마지막 생명의 축배인 이슬을 포도주처럼 나눠 마시는 풀들에게 보내는 헌사가 된다. 죽음을 맞이하는 슬픔의 감정이 노골적으로 드러나지 않고 하나의 축제로 화하여 경이의 발견으로까지 이어지는 것이다. 자연 현상 하나에도 슬픔의 감정으로 접근하는 시인의 특성을 읽을 수 있는 시이기도 하다.

파리한 보리가 차갑게 웃고 있었다
마을 속으로 들어가는 논길
어머니의 손같이 터진 땅을 걸어
늙어 파리해진 어머니의 그 손을 잡고
섧게 웃는다 보리처럼 나는

보리가 뿌리를 반쯤 내놓고
바람에 부대끼던 지난 찐冬처럼
어머니는 속에 아픈 세월을 감추고
긴 나이만큼 나를 흔들어 주었다

서울의 二月의 시린 안개
속으로 돌아오면서
나는 내내 파리하게
흔들리었다

- 「보리」

이유경의 시중 가장 뛰어난 작품으로 생각되는 「보리」(『下南詩篇』소재) 역시 슬픔이 주 정조로 자리하고 있다. 슬픔에 대한 탄식이라는 점에서 그의 여타 시와 크게 다른 주제는 아니지만 겨울을 견디어낸 '보리'가 슬픔의 세월을 견디어 낸 '어머니'와 절묘한 은유를 이루고 있기에 감동의 정도는 더 커진다. '파리한 보리가 차갑게 웃고 있었다'는 첫 행이 '어머니 손같이 터진 땅', '늙어 파리해진 어머니의 손'과 비유되고 있으며 '二月의 시린 안개 속'에서 나 역시 '파리하게' 흔들리고 있다. 슬픔을 하나의 이미지로 이끌어가는 힘이 '보리의 찐冬'으로 통일되어 결국 어머니의 세월은 시인을 '섧게' 웃도록 만들어 놓는다. '어머니의 아픈 세월'처럼 설명되지 않은 부분이 없지 않지만 통일된 이미지를 통해 슬픔의 과정이 충분한 시적 설득력을 갖게 된다.

2.

시인의 다섯 번째 신작 시집이 되는 『몇날째 우리세상』은 '살아 있음을 위하여'라는 부제를 달고 있다. 부제대로 이 시집에는 이전 시집들과 달리 죽음과 삶에 대한 노래가 많은 양을 차지하고 있다. 지금까지의 시가 삶에 대한 치열한 대결의식과 부정을 슬픔이라는 정조로 노래했다면 이번 시집은 삶과 죽음의 의미와 존재에 대한 깨달음을 주로 표현하는 셈이다. 앞의 시편들과 비교할 때 이는 현재에 대한 순응에 가깝다고 할 수 있겠으나, 다르게 보면 시인이 생을 보는 성숙된 시각을 갖게 되었다고 평가할 수 있다.

전체 시집은 여섯 개의 소제목으로 나뉘는데 주제별로 다시 세 부분으로 나눌 수 있다. 우선 떠나는 이들에 대한 아쉬움을 담아낸 시들이 있고, 지나온 날의 회상을 비롯하여 시간에 대한 인식이 주제를 이루는 시들이 있다. 마지막은 지금·현재 나아가 미래에 대한 시인의 상상을 노래하는 시들이다. 이 세 부분 모두 막연한 슬픔이나 절망을 넘어선 존재의 주변에 대한 조용한 성찰이라는 면에서는 공통된다.

중늙은이 된 형제 셋이 거뭇하게 앉아 있다
그들 어머니의 주검을 덮어놓고 옆에서
밤을 새고 있다 향과 촛불과 함께
떠도는 섬처럼 낭패한 얼굴들
어머니의 귀신이 출항하는지
바다쪽에선 경적소리가 길게 울렸다
살아있는 사람들이 잠들은 동네에
죽음을 지키는 불빛

늦가을 새벽이 길게 열릴 때까지
늙은 형제들은 말없이 앉아 있다

—「늦가을 밤새기」

　어머니를 보내는 세 아들의 밤새는 풍경이 과장 없이 담담하게 표현된 시이다. 화자가 굳이 이 풍경에 대한 논평을 삼가고 있다는 점에서 이전 시들과 구분되고 그런 차이가 오히려 시의 인상을 강하게 만들고 있다. 자식들도 이미 늙어버린 늦은 나이에 어머니를 떠나보내는 풍경은 어떤 것일까. 이를 화자는 '낭패한 얼굴'이라는 '엉뚱한' 시어로 정리하고 있다. 슬픔도 아니고 절망도 아닌, 어머니를 보내는 풍경은 어쩔 수 없는 낭패감이란 말이다. 형제들의 '늙었음'이 유난히 강조되는 것과 이는 무관하지 않다. 아들들은 이미 '향'이나 '촛불'이 되어버렸는지 모르는 일이다. 그들은 '죽음을 지키는 불빛'으로 자연이 되어버렸을 뿐, 인간의 속된 감정을 넘어선 것이다. 새벽이 열릴 때까지 고요히 앉아 어머니의 '출항'을 지켜주는 모습이 이전 시들에서 격정적으로 슬퍼하던 모습과 비교해도 더 깊은 감상이 느껴진다.

　「친구의 끝」,「세상을 뜬 친구에게」,「누나와의 이별」 역시 가까운 사람의 죽음을 소재로 하여 쓴 시들이다.「늦가을 밤새기」와 마찬가지로 이별을 맞이하는 시인의 내면은 비교적 담담하다. "동전 한 닢 탐욕까지 / 씻어버리기로 한다"거나 "보셔요 엄마! 당신의 피와 몸 나눠 가진 한 사람 세월 거슬러 와 이제 당신 곁으로 가려고 해요"라고 노래하는데 절망이나 절규라기보다 삶의 한 계기로서의 죽음을 관조하고 있다는 인상을 받게 된다.

지난 어제들 헤아려 보노라면 나
이 세상 헤엄쳐 왔음 아득하고 부끄럽구나
또 우리로부터 떠나간 것들
바닷가 쓰레기 더미 속 깊이 묻혀 있으니
무엇이 나를 가치 있게 하리오
강 언덕으로 가을 하나 둘 내려오는 날
나 차라리 껍질뿐인 벌레 되어
태어나기 전 세상으로 날려나 갔으면!

— 「회상」

길만 보고 길을 가다가
어디쯤 살다 왔는지 모르고
세상 한 귀퉁이 헤매고 있음에
당황해 한다
개울가 풀 새롭게 솟구치고
그늘 뒤로 북한산 돌아서든 말든
나 느낌 없는 것
새삼 서럽다

— 「길을 가다가」 부분

　두 편의 시 모두 화자가 바쁘게 살다 문득 지나온 삶을 되돌아보
며 쓴 시들이다. 시인이 이번 시집에서 유난히 강조하고 있는 '나이'
와도 무관하지 않은 시편들로 이전 시집에서는 찾아보기 어려웠던 내
용들이다. 지나온 세월을 '아득하고 부끄럽다'고 이야기하는 「회상」은
산다는 것의 가치를 묻고 있는 시이다. 이 질문에 대한 답은 물론 부
정적이다. 시집의 권말에 실린 「내 어리석음의 편력을 위한 시학」에
서 시인은 자신의 시작 40년을 다음과 같이 돌아본다. "그것은 내가
비범할 수 없는 삶을 살아오면서 시를 썼다는 낭패감이다. 구도자적
신념도 없이 시에 임했으며, 시대와 상관없는 관심으로 시를 완성시

켰고 허위의식으로 시를 발표해 왔다는 것이었다. 어리석음으로 점철
된 내 시의 편력. 이제 나에겐 세월이 얼마 남아 있지 않다는 인식이
나를 당황케 했다"는 것이다. 물론 이 말을 우리가 곧이곧대로 믿을
필요는 없다. 돌아온 날의 반성이란 늘 부정적이기 쉽고 과장될 수도
있기 때문이다. 그러나 이러한 반성이 현재 그의 시를 이루는 중요한
축이 된다는 점에서는 중요성이 강조될 수 있다.

이어지는 시 「길을 가다가」 역시 「회상」과 유사한 상상력을 보여
준다. 길만 보고 길을 왔을 뿐 그 길의 의미와 길을 걷는 시인의 가
치에 대해 깊이 생각해 보지 못했다는 점을 '새삼 서럽게' 돌아보는
내용이다. 일월의 흐름과 초목의 생사마저 올바르게 바라보지 못하고
길만을 걸어온 생이 시인의 말을 따르자면 '허위의식'이나 '어리석
음'이 될 것이다. 그러나 그것조차 시인에게는 새로운 창작의 힘이
되고 있지 않을까 하는 역설도 성립될 수 있겠다.

과거의 자기를 돌아보는 일과 현재의 자기 존재를 확인하는 일은
사실 다른 작업이 아니다. 후회의 내용이 곧 현재의 삶을 추동하는
힘이 될 수 있기 때문이다.

너는 죽음을 비집고 새잎들 내밀었다
최초로 이성의 것을 만지려 빼듯
수줍어 떨던 너의 손
나는 보고 있다 지금
뜨락 잠재우는 초록 다발과
자줏빛 커다란 꽃의 입맞춤
너의 해마다의
이 축제를 위해 오월은 왔다 간다

— 「모란에게」

일몰 하나를 보려고 안면도 바닷가에 선다
많은 일 저지르고, 누구들에겐 마지막 날 되어, 빨간 구름 몇 개 남
기고 해가 진다.
이윽고 빈 바다로 저녁 몰려가는 것 본다.
사라진 해는 지금 어느 육지에선 더운 아침 비추거나 바다 위에선
먹구름 뒤 하얀 정오거나 하겠다.

하루를 밝힌 연안 도시
환하게 어둠 켜고 있다

— 「일몰을 보며」

앞서 지적했지만 이유경의 시를 지배하는 정조는 슬픔이었고 그
슬픔의 뒤에는 죽음과 고독과 절망이 자리하고 있었다. 『몇날째 우리
세상』의 시 세계는 이런 과거의 시에서 크게 달라졌다는데 의미가 있
다는 지적도 했다. 그 실체를 우리는 위의 두 편 시에서 발견할 수 있
다. 보기 드물게 「모란에게」는 '축제의 오월'을 이야기하고 있다. 이것
은 생명의 축제이다. '죽음을 비집고' 올라오는 새순을 경이의 눈으로
보고 있는 시인에게서 분명 이전의 슬픔을 떨쳐버린 새로운 모습을
발견할 수 있다. 그 모습에 굳이 '지금'이라는 시어를 넣어 현재성을
살리려는 시인의 의도도 읽을 수 있다. '초록 다발', '자줏빛 꽃의 입
마춤' 모두 이전이 시들에서 쉽게 찾을 수 없는 시어들이다.
생명의 탄생 뿐 아니라 일몰을 바라보는 시에서도 시인은 어둠을
이야기하지 않는다. 해가 사라지는 것은 이곳에서의 일시적인 현상이
고 어느 곳에선가 태양은 새로운 낮을 만든다. 어느 곳에서는 환한
정오이겠거니 하는 상상은 어둠과 밝음의 이분법을 무화시킨다. '환
하게 어둠 켜고 있다'는 「일몰을 보며」의 마지막 행은 이런 의미에
서 모순이 아니다. 삶에 대한 시인의 태도는 사물을 보는 시각마저

바꾸어 놓은 듯하다. 절망과 과거를 위한 시가 아니라 살아 있는 현재를 위한 노래라 부를 수 있겠다.

3.

　지금까지 이유경의 시집 『몇날째 우리 세상』을 세 가지 주제로 나누어 살펴보았다. 떠나는 이들에 대한 시에서 시작하여 회상을 통한 현재에 대한 깨달음이 그 내용들이었다. 이를 아울러 존재에 대한 깨달음이라는 말을 사용했는데 이는 이전 시세계에서의 일정한 변화를 의미하는 것이며 앞으로의 변화를 암시하는 것이기도 하다.

　　　이렇게 우리 사는 것
　　　무슨 보람이 있겠는가
　　　바람은 바람으로 물은 물로
　　　부딪치고 갇혀 소멸하려고 흐른다
　　　그대여 나 없어지면
　　　그때 가서 소용없어진
　　　내 거짓 다 용서하라

—「이제는」 부분

　　　말씀의 집인 그로부터 나는
　　　내 조상의 못이룬 기도를 읽는다
　　　바람 다음에 오는 바람
　　　그 다음에 오는 바람과
　　　온 바다를 거슬러 선 적막한 섬과 같이
　　　이끼와 풍화의 뒤안에서

천년을 물든 노래도 듣는다

- 「석상의 꿈 1」 부분

위 두 편을 통해 시에서의 현재가 시인이 사는 시간에만 한정되지 않는다는 것을 확인할 수 있다. 「이제는」에서 '바람은 바람으로 물은 물로' 자기 본성대로 부딪치고 갇히고 소멸하는 것이라는 인식이나, 「석상의 꿈 1」에서 '이끼와 풍화의 뒤안에서' 물든 노래들을 상상하는 시인의 태도는 현재에 대한 집착을 어느 정도 벗어난 것 같다. 이는 현실에 대한 치열함이 줄어든 것일 수 있지만 세상을 보는 넉넉한 상상력일 수도 있다. 관념이 승했던 이전 시들에서는 찾아보기 어려웠던 미덕을 갖춘 것이다. 물론 이러한 변화의 추이는 앞으로 전개를 보아 신중히 판단할 일이다. 40년 간 쌓인 이유경의 시 세계가 한 번의 시집에서 급격히 변화했다고 볼 수는 없기 때문이다.

경험에 비친 세계, 세계에 드리운 상상

1.

    현대시에 한정할 때, 시를 읽는 이유가 시에 비추어진 세계를 보기 위해서만은 아니다. 많은 경우 우리는 화자의 경험(결국 시인의 경험이 되는 경우가 많겠지만)을 들추어보기 위해 시를 읽는다. 주제가 지극히 사적인 영역에 한정되는 작품 뿐 아니라 사회적 타자를 의식하고 쓴 시의 경우에도 독자들은 우선 시인이 들려주는 구체적 경험을 공유하면서 작품에 접근하게 된다.

    시인의 목소리에는 독자와 다르거나 깊은 경험내용이 담겨 있어야 하고, 그보다 더 중요한 '생각의 경험'이 드러나야 한다. 그런데 개인의 경험내용은 다양하기도 어려울 뿐더러 매우 제한적이다. 독특함의 추구는 자칫 선정적으로 흐를 위험도 없지 않다. 이에 비해 '생각의 경험'은 다양하면서도 고유한 자기 형식을 보여주곤 한다. '생각의 경험'은 대상에서 유발되어 시인의 감수성과 상상력을 지나면서 하나의 독특한 표현을 얻는 것이기 때문이다. 유사한 자극에도 다양한 방식으로 반응하고, 동일한 현상도 다른 메커니즘으로 받아들이는 시인의 이런 경험은 개별 작품과 작품, 시인과 시인을 구분해 주는 기준이 될 수도 있다. 실제로 많은 시들이 눈에 보이는 주변의 사물들에서 출발한다. 그러나 사물들에서 시상을 얻는다는 점에서는 유사할지 모르지만 그것을 다루는 방법이나 시를 마무리하는 과정은 매우 다르다. 그 다름은 단순한 기교의 문제가 아니라 '생각의 경험'이 다른 데서 비롯된다고 할 수 있다.

이런 생각에서 출발하여 다음 세 권의 시집을 사물을 대하는 화자의 태도에 관심을 가지고 읽었다. 시집은 각각『내 몸에는 달이 살고 있다』(이은봉)와『바다의 아코디언』(김명인) 그리고『무소유보다 더 찬란한 극빈』(김영승)이다. 이은봉의 시에서 시인은 사물의 조화와 평화 그리고 자연스러움을 관찰자의 입장에서 살피고 있다. 시인은 무엇보다 사물의 질서를 이해하려 한다. 전달하고자 하는 내용도 시인의 생각이라는 인상을 주기보다 사물의 성격에 기울어져 있다. 김명인은 그의 일곱 번째 시집에서 기왕에 시인이 보여주었던 성찰의 구조를 여전히 유지하고 있다. 자신의 생을 돌아봄과 함께 인생의 진리로 다가가고자 하는 중년의 시선이 느껴지는 시편들이 많다. 김영승의 시편들에 드러나는 시인의 목소리는 구체적인 삶에 밀착해 있는 듯 하면서도 삶의 구체성에서 벗어나려고 애쓰고 있다는 인상을 준다. 시의 제재는 그것 본래의 성질을 끝까지 유지하기보다 시인의 상상력을 자극하는 출발 정도의 의미를 갖는다.

2.

이은봉의 시집『내 몸에는 달이 살고 있다』에 실린 시들은 소재나 주제에 따라 크게 두 부류로 나눌 수 있다. 전반부는 자연이나 생명으로 총칭될 수 있는 주변 사물들에 대한 관찰 형식을 띤 시들로 되어 있다. 돌, 나무, 풀, 산 등이 자주 등장하고 그것들이 가진 성질에 대해 말한다. 후반부는 가족과 사람들을 그리워하며 살아가는 일상의 감상을 적은 시들로 채워졌다. 중년이 되어가면서 소원해지는 가족 관계, 매일 매일 치러야 하는 일상의 자질구레한 일들이 잔잔한 톤으로 이야기된다. 이번 시집에서 주목할 부분은 전반부이며 전반부의 많은 시들 중에서 짧은 분량으로 자연의 조화와 아름다움을 표현한 시들에 특별한 의미를 부여하고 싶다.

> 아침 산책길, 돌멩이 하나 문득 발길에 채인다 또르르 산비탈 아래 굴러 떨어진다 저런저런…… 내 발길이 그만 세상을 바꾸다니!
>
> 달팽이 한 마리, 제 집 등에 지고, 엉금엉금 기어가는 풀섶 근처…… 이슬방울마다 황홀한 비명, 하얗게 열리고 있다.
>
> — 「돌멩이 하나」 전문

아침 산책길에서 느낀 경이감 정도로 시의 정황이 설명되는 두 연으로 된 짧은 시이다. 아침 산책길에 문득 채인 돌멩이가 새벽까지 유지하고 있던 산길의 고요를 깨뜨리고, 알 수 없는 작은 세상은 그 돌멩이로 인해 모습을 바꾸게 된다. 시인의 감정이 상대적으로 강하게 드러나는 시어는 '저런저런'인데 이 말 속에는 안타까움과 함께 경이가 섞여 있다. 길의 고요와 그것을 깨뜨리는 작은 혼란을 본 시인의 느낌이 이 시어 속에 응축되어 있는 셈이다. 둘째 연에서도 유사한 상황이 반복되는데 달팽이가 기어가는 풀숲에서 이슬이 하나둘씩 자기 몸을 잃어 가는 광경이 펼쳐지고 있다. 작고 느린 달팽이의 움직임에도 물방울이 되어 흩어지고, 때로는 증발되어 사라지는 이슬의 경이를 역시 안타까움과 함께 표현하는 것이다. 시인이 아침에 만난 세상은 그만큼 고요하고 평화로우며 또한 아름답다.

자연이 자연 자체로 아름다움을 뽐내고 있는 이 시에서 시인의 자리는 그리 도드라지지 않는다. 시인은 관찰자의 자리를 충실히 지키고 있는 셈이다. 비록 '돌멩이'를 발로 차기는 하지만 그것 역시 의지의 표현이라기보다는 우연한 자연 현상에 가깝다. 따라서 시에 드러난 시인의 생각이나 의지보다는 자연에 다가가게 되는 근본적인 이유를 생각해 보아야 할 것이다.

작은 자연 현상에 대한 관찰은 다음 시에서도 이어진다.

봄눈 절로 녹는다 톡톡 물꼬 터진다 어디 막힌 곳 없다 콸콸콸, 봇물 흐른다

바람결 곱다 햇살 반짝인다 뾰족뾰족, 달래싹 돋는땅, 때 되어 산언덕 위 화들짝 진달래꽃 피어오른다

······보아라 善이다 神의 섭리다.

─「善에 대하여」 전문

물이 풀리고 얼었던 땅이 녹아 자연이 생기를 찾는 계절, 봄에 대한 스케치이다. 첫째 연에서는 봄눈이 녹아 물이 되어 흐르는 풍경을 둘째 연에서는 부드러운 바람과 따뜻한 햇살 아래에서 달래며 진달래가 피어나는 모습을 전달한다. 단순한 내용에 의성어나 의태어를 섞어서 감각을 자극하는 강도를 높인다. '절로' 녹는다는 실제 '저절로'라는 뜻이지만 '잘', '기꺼이'의 의미까지 포함하고 있다. '터진다'와 '막힌 곳 없다' 그리고 의성어 '콸콸콸'은 봄의 역동성을 느끼게 하기에 충분하다. 둘째 연에서 '뾰족뾰족'이나 '화들짝'이 주는 느낌

도 날카로움이나 놀라움을 표현해주는 말이라기보다는 봄을 맞이하는 바쁜 마음, 반가움 정도의 느낌에 가깝다. 이렇게 자연을 그리듯 전해주던 시는 셋째 연에서 시인의 감상을 직접 전달한다. 봄을 맞는 생명의 움직임이 곧 '선'이고 '신의 섭리'라고 말한다. 자연의 조화, 그리고 생명의 움직임 그것들이 다른 힘에 의해서가 아니라 자연 스스로의 능동적 힘에 의해 이루어진다는 것, 그것이 이 시에서 강조되는 '선'이나 '섭리'라 할 수 있다. 여기서 '선'은 '진리'이면서 '아름다움'이기도 하다.

간단히 살펴 본대로 두 시 모두에서 '나'라는 주어는 생략되어 있다. 나는 자연을 관찰하거나 자연의 생각을 전달해주는데 주력할 뿐이다. 시를 마무리하는 시인의 감상도 나의 문제로 방향이 맞추어지기보다는 자연으로 되돌아가고는 한다. 현재의 나와 반대되는 삶이 자연 속에 있고 자연의 섭리를 내가 닮아가야 한다는 생각을 하게 된다면 나는 사실 목소리를 낼 필요가 없다. 지향으로서의 자연이 이미 그려져 있고 그 자연을 향한 계속적인 지향이 내 생각의 흐름과 같은 것이기 때문이다. 물론 그렇다고 시인의 생각이 없다고 말할 수는 없다. 감추어져 있을 뿐이다. 아니면 이미 너무나 많은 시인들이 그것에 대해서는 말해버렸기 때문일지도 모른다.

하늘에 떠 있어라 구족구족 땅에 척, 박혀 있어라 너무도 멀어라
달과 돌 사이, 나 사이 어지러워라

……둥글기는 하여라 오래오래

그것들 부처님 얼굴처럼, 숱히…… 두어라 不立文字로, 그냥 그대로
저만치 하늘과 땅 사이, 나 사이

— 「달과 돌」 전문

달과 돌의 거리는 곧 하늘과 땅의 거리이다. 너무 멀리 있어서 나는 그 거리를 감당할 수 없다. 서로 메울 수 없는 거리처럼 느껴질 수도 있다. 그러나 돌이나 달은 그렇게 거기서 자리를 지키고 있는 것 자체로 좋다. 앞의 시를 빌면 '선'이고 '신의 섭리'이다. 돌과 달은 발음은 비슷하지만 물리적 거리는 멀다. 하지만 그들은 서로 닮은 얼굴을 하고 있기에 떨어져 있음이 큰 문제가 되지 않는다. 하늘과 땅 그리고 자신과의 거리를 재던 '나'도 결국 거리는 놓아두고 둥근 얼굴을 하고 빈 마음으로 말없이 서로 존재를 이해하며 인정하며 그냥 '두어라' 한다. 시인은 인공적인 것, 이차적인 것들보다는 존재하는 것, 둥글고 순한 것들을 향하고 있는 셈이다.

이상에서 살핀 바대로 이은봉 시집 『내 몸에는 달이 살고 있다』의 시들은 아름답다. 시 한편 한편을 읽을 때의 감동보다 시집 전체를 하나의 시로 보면 그 가치가 더 높아진다. 한편 한편의 주제를 따로 보지 않고 시 전체(주로 전반부)를 생각하면 생명, 자연, 인간에 대한, 그리고 그들을 향한 시인의 애정을 확인할 수 있는 시집이다.

3.

김명인 시의 문법은 이제 오래되었다는 인상을 준다. 그의 시는 대상을 자신의 삶으로 끌어들이고 끝내는 자기 성찰 혹은 인생에 대한 깨달음으로 마무리하는 정통적인 전개 방식을 보여준다. 시인의 연륜이 쌓이는 만큼 시적 사유를 통해 이끌어낸 생각의 결이 곱고 깊어지는 경향은 있지만 생각의 끝으로만 보면 역시 무언가가 오랫동안 반복되고 있다는 인상을 준다.

『바다의 아코디언』에서도 시인은 세상을 본다. 이전 시집에서처럼 굳이 여행의 형식을 취하지는 않지만 일상에서 겪게 되는 작은 경험이나 주변의 사물들에서 시가 시작된다. 여전히 읽는 이를 감동시킬 만큼 좋은 비유들이 사용되고 있으며 언어의 무게를 충분히 살려 독자들의 마음을 자연스럽게 가라앉히는 시들도 많다. 예전 시집에 비해 현재 시인의 모습이 투영된 시가 꽤 많아졌다는 점도 눈에 띤다. 어머니, 아내나 친구가 시에 등장하기도 한다. 이 시집에서 시인이 마주치는 세상을 어떻게 마음으로 받아들이고 있는지 살펴보자.

> 저도 한 무늬라고
> 봄 바다가 펼쳐놓은 화판 위로
> 황사 바람 며칠째 객토를 싣고 들이닥치는데
> 이 욕설 어디다 부릴까, 육지 쪽으로
> 거품 물고 몰려가는 파랑 좇아
> 나 또한 버릴 生이 있다는 듯
> 멀건 낯달로나 간다. 봄은, 추억의 하역에만
> 몇 개의 섬들이 생겨나리라.
> 저 수위 휘젓다 못해 구차한 흙덩이
> 황해 온통 이녕으로 끓이는데, 착시 탓인지
> 갈매기 몇 마리 경적 높이에서 사라진다. 또 봄!
> 출렁거리는 멀미 진흙에 섞으면
> 어떤 무늬 수평 저쪽까지
> 너울대며 번져갈까.

-「황사 또 봄」 전문

「황사 또 봄」은 김명인의 시 쓰기 방법, 특히 구체적 경험을 삶에 대한 시인의 사고로 전화하는 방법을 잘 보여주는 시라고 할 수 있다. 정황을 확인하자면 황해에 떠 있는 배 위에서 뭍을 향해 가는 황사를 보는 느낌을 적은 시이다. 시는 '황사, 나, 다시 황사 그리고 다시 나'의 순서로 전개된다. 황사 바람이 품고 있는 흙과 내 마음 속에 남아 있는 무엇이 서로 비교되면서 시가 이어지고 있는 것이다. 1-3행에서는 황사바람이 객토를 싣고 바다 위에 무늬를 만들면서 날아가는 모습을 시인이 보고 있다. 이어지는 다섯 행에서 시인은 황사바람이 더러운 황사를 안고 있듯 내 마음 속에도 무엇이 있다고 말한다. 그것은 '추억'이다. 추억은 매우 큰 것이어서 황사를 육지에 버리듯 그 추억을 버린다면 '몇 개의 섬들이 생겨나리라'고 한다. 육지를 향해 가는 황사와 배를 타고 움직이는 나 역시 비교되어 '버릴 生이 있다는 듯' 흐려진 하늘에 '멀건 낮달' 아래 뭍으로 간다. 이어지는 행들에서 황사와 시인의 생각은 구분 없이 함께 표현된다. 봄마다 황사가 찾아오듯 시인에게는 봄마다 찾아오는 무엇이 있다. 그것이 시에서는 '출렁거리는 멀미'라고 표현된다. 황사처럼 그것이 어디까지 갈 것이며 언제까지 갈 것인가. 봄마다 찾아와 마음을 흔드는 멀미는 별 것 아닌 것 같지만 그 추억은 우리 삶에서 매우 중요한 부분이어서 결국 황사처럼 '황해 온통 이녕으로 끓이'는 힘을 가지고 있는 것이다.

> 질척거리는 발 밑 다잡다 보면
> 여기 어디 뜬 돌 위에 지어진 절 이정표가 섰었는데
> 산모퉁이 몇 번 다시 감돌아도
> 겹겹 등성이만 에워쌀 뿐 절은 안 보인다
> 안 그래도 금세 함박눈 차폐되어 가로막는데
> 그 막 안에 또 내가 갇혔다. 부석사
> 뜬 돌 위의 허공이어서
> 나는 절에 기대지 않고 저 눈의 벽에 쓴다.
> 잿빛 가사 너풀거리며 내려서는 하늘.

오래지 않아 이 길도 몇 마장 안쪽에서
아예 지워지겠지만 이미 푸석거릴 부석사 뜬 돌.
거기도 부유의 끝자리는 있으리라

ㅡ「부석사」 부분

시집『물 건너는 사람』이후 김명인의 시에서 중요한 주제가 되어 있는 '길 찾기' 또는 '빈 집 찾기'를 떠올리게 하는 시이다. 시의 내용은 화자가 부석사를 찾아가는 과정에서 느낀 생각을 풀어놓은 것이다. 찾아 나선 절의 기억은 남아 있지만 '질척거리는' 발 밑에 있어야 할 이정표가 없어 화자는 절을 찾을 수 없다. 거기다가 함박눈이 내려 시야마저 가로막고 나는 눈의 막 안에 갇혔다. 부석사가 '하늘에 뜬 돌'과 같은 절이라면 그 절을 찾는 일이 꼭 길에만 있지는 않으리라. 허공을 채운 눈의 벽에 마음을 기대어도 문제는 없겠다. 그 하늘로 이어진 길이 곧 길이다. 그 길도 결국은 언젠가 지워질 것임을 알지만 이정표 없이도 부석사를 찾아갈 수 있듯이 우리 삶의 뜬 생활도 결국은 언젠가 길을 찾게 되리라는 것이 시인의 생각이다. 부석사라는 절 이름, 길을 잃게 된 상황, 그리고 우리 삶의 길이 차례로 이어지면서 시의 메시지를 분명히 하게 된다.

　금이 간 달을 들여다보노라면 / 술이 괼 때 부글거렸을 단지 속 거품들이 / 일찍이 화농이었을 그 슬픔들이 / 어둠 속에 가라앉은 / 모과나무 가지 사이로 희미하게 번진다.

ㅡ「달」 부분

　접혔다 펼쳐지는 한순간이라면 이미 / 한생애의 내력일 것이니 / 추억과 고집 중 어느 것으로 / 저 영원을 다 켜댈 수 있겠느냐.

ㅡ「바다의 아코디언」 부분

주황 물든 꽃길이 봉오리째 하늘을 가리킨다 / 줄기로 담벼락을 치받아 오르면 거기, / 몇 송이로 펼치는 生이 다다른 절벽이 있는지 / 더 뻗을 수 없어 허공 속으로 / 모가지 뚝뚝 듣도록 저 능소화 / 여름을 읽힐대로 익혔다

— 「저 능소화」 부분

굳이 심오한 인생 해석을 담지 않았어도 대상에 대한 감상이 넘치는 것이 김명인 시의 장점이기도 하다. 여기서 대상은 실제 대상의 모양을 하고 있을 뿐이지 시인의 감정이 투영되어 자기 존재를 확인받는다. 첫째 시에서 모과나무 가지 사이로 보이는 금이 간 달(가지에 걸려 있는 달)은 슬픔을 떠오르게 하고, 둘째 시에서 시인은 바다가 내는 파도 소리에 담긴 영원과 같이 깊은 시간 앞에서 인간의 생애가 어떠한가를 묻기도 한다. 셋째 시에서 한여름 넝쿨을 타고 올라 높은 곳에서 꽃을 피우지만 그 넝쿨이 다한 곳에서 더 이상 오르지 못하고 고개를 떨어뜨리고 마는 능소화는 오를 만큼 오른 생명의 절정을 말하기도 한다. 달과 모과나무, 파도와 능소화는 시인을 자극하는 사물인 것은 분명하지만 그 것 자체로 의미를 갖기보다는 시인의 특별한 생각 안에서 의미를 갖게 된다.

4.

김영승의 『무소유보다 더 찬란한 극빈』은 재미있게 읽을 수 있는 시집이다. 시인의 거침없는 언어구사와 사고의 비약, 그리고 그 안에 숨어있는 곤고한 삶의 흔적이 읽는 이들에게 색다른 경험을 제공한

다. 삶을 솔직하게 말하고 그런 삶을 가져온 遠因과 近因에 대해 독
설을 퍼붓기도 한다. 독설이란 표현에서 느낄 수 있듯 이 시집의 시
들은 운문의 특성보다는 산문의 특성을 많이 가지고 있다. 운문적인
상황을 행갈이 하지 않고 쓰는 시들이 많은데, 김영승의 시들은 행갈
이와 연 나누기가 되어 있으되 산문처럼 읽힌다. 시인의 목소리를 직
접 들려주는 형식일 뿐 아니라 그가 내뱉는 말들이 일상의 대화나
이야기를 많이 연상하게 하기 때문이다. 신작 시집으로는 드물게 삼
백 쪽 이상의 분량인 점도 특이하다면 특이하다.

이 시집에서 대상, 곧 사물은 자극은 될지언정 사고와 긴밀한 연
관을 갖지는 않는다. 즉, 자기 경험의 힘이 너무 커서 사물이 질서
있게, 순하게 틈입해 들어올 시간이 없는 것이다. 감각보다 상상력에
의지해서 시가 만들어져 있다는 인상을 많이 받게 된다.

> 극빈
> 극광 같은 극빈
> 國賓 같은 극빈 극미한
> 절세가인의 효빈 같은
> 극빈
> 쾌락의 극치, 극, 극
> 태극, 태극 같은 극빈
>
> ― 「극빈」 부분

『무소유보다 더 찬란한 극빈』은 대부분의 시가 가난과 관계된다고
해도 지나치지 않은 시집인데 위의 시는 그중 표제작인 「극빈」이다.
가난이라고 하지 않고 굳이 극빈이라고 표현하는 데 시 이해의 열쇠
가 있는 듯 하다. 가난보다도 그 지극함으로 다른 것과 통하고 있음
을 보여주는 시이기 때문이다. 다르게 말하면 지극함에 대한 상상의

비약으로 이루어져 있는 셈이다. 지극해서 높은 것들과 극빈을 비교하고(극광, 국빈, 효빈), 지극한 것으로 다시 극치와 태극이 놓이게 된다. 결국 일반적인 가난이 아닌 화자의 지극한 가난은 '태극 같은 극빈'으로 마무리된다. 세상의 이치를 설명하고 때로는 화려함이기도한 태극과 극빈이 통하기에 극빈은 아름답다.

아름답기 때문에 시집이 제목대로 극빈은 '무소유보다 찬란'한 것일지 모른다. 발문을 쓴 이문재 시인의 말대로 김영승의 시에서 무소유(가난)는 필요한 것을 가지지 못한 것이고, 우주를 다 갖지 못한 무소유(가난)이다.

> 아름다운 아이들
> 아름다운 선생님들
> 이 중에도 훗날
> 사형 당하는 아이가 있을지도 모른다
>
> 어느 운동회 날
> 그렇게 중얼거렸던 말은
> 취소다, 취소
>
> ― 「아름다운 학교」 부분

시집에서는 스스로 생각해 보아도 터무니없을 여러 상상들이 작품 안에서 반성되는 일이 흔하다. 아내에 대해, 주변에 대해 독설을 해 놓고는 자신의 문제로 돌아오면 무능함 때문에 늘 반성해야 한다는 말을 잇는다. 어느 때는 자신의 '성질'이라고 말하기도 하고, 세상이 더럽다고 말하기도 한다. 위 시에서는 아름다운 학교로 선정된 인천의 어느 초등학교에서 아름다움에 대한 괜한 상상을 하고 있다. 과연 어린 시절의 아름다움이 어른이 되어서까지 유지될 수 있는지, 모두 함께 아름다운 일이 가능한지 등의 의문이 들었을 것이다. 현재의 자기 상황이 다른 것에도 영향을 미치는 일은 적지 않다. 운동회 날 많은 아이들 속에서 어두운 미래를 생각해보고, 결국 입 밖으로까지 좋지 않지만 분명한 사실일 수도 있는 무서운 말을 해버렸다. 그리고 '취소'라고 '취소'라고 하는 목소리에서 화자의 크기가 느껴지는 것도 사실이다. 취소의 말이 절실하게 들리기에 가볍게 취소될 수 없는 현실과 꼭 취소하고 싶은 시인의 마음이 모두 느껴지는 부분이기도 하다.

죽음의 주술성으로 끌어가는 삶

1.

한 시인이 등단한 지 일년 만에 시집을 묶어냈고 그 시집 전체가 하나의 이미지로 지배되고 있다는 사실은 그것 자체로 분명 주목할 만한 가치가 있다. 한 두 편의 시를 남기고 사라지는 시인이 흔한 현실에서 그의 다작은 시에 대한 열정을 보여주는 것이기도 하다. 거기에 배용제의 시에는 하나의 주제를 굳게 밀고 나가는 고집과 추진력까지 갖추어져 있다. 비록 그 주제가 일반 독자들에게 설득력 있게 접근할 만큼의 논리를 가지고 있는지는 의문이지만 유약하고 소심한 상상력에 치우치지 않은 강렬한 감상을 만들어내고 있다.

우선 첫 시집 『삼류극장에서의 한때』의 시 몇 편을 보자.

> 온갖 지상의 죽음들이란 너무도 평범하여서
> 텅 빈 몸들은 눈물만큼의 습기를 덮고 익으면 그 뿐
> 사람들이 돌아선다
>
> — 「묘지에서 묻다」 부분

어떤 불빛의 등대도 나를 발견할 수 없도록
세상 밖으로만 맴돌며
더 지독한 에로 영화를 찾아 헤매다녔다

—「삼류극장에서의 한때 2」 부분

그는 인간만이 가질 수 있는 고통과 증오,
체념까지 충분한 양을 가졌으므로
이제 여한없이 휴식을 선택했다

—「출입금지구역」 부분

배용제의 시를 지배하는 이미지는 죽음이다. 묘지, 고독, 파멸, 소멸, 지독함, 속도 등의 단어들이 다른 시어들을 압도하며 시의 심장부에 버티고 있다. 존재하는 모든 것은 삶을 그 목표로 삼는 것이 아니라 죽음에 이르는 긴 통로를 지나고 있을 뿐이다. 시인은 산다는 것이 그 죽음의 경험을 위한 준비에 불과하며 죽음에 대한 기억과 수용만이 존재의 본질이라고까지 말한다. 생동감 넘치는 표현을 자주 사용하지 않을 뿐더러 시인의 느낌을 짧은 호흡으로 건조하게 일방적으로 폭발시키고 있다.

물론 죽음과 파멸에 대한 이러한 이미지들이 그리 낯선 것은 아니다. 세기말을 지나온 우리에게 식상하다 할 만큼 익숙한 상상력이다. 따라서 이미지의 신선함을 기준으로 볼 경우 배용제의 시에 특별한 평가를 내리기는 어렵다. 고통과 절망을 품은 내면이 가장 솔직하게 드러나는 경우로써 죽음은 인류의 역사와 함께 탄생한 것이기 때문이다. 또, 더 조심스러워야 할 이유는 위의 시들을 죽음의 이미지 중심으로 살펴보았을 때 그의 시가 터무니없이 단편적으로 해석될 가능성이 크다는 점이다. 표면에 드러난 의미를 추적하는 데 그친다면 위의 시들은 주관의 토로 이상으로 나아가기 어렵게 된다.—평범한 죽음에 뒷모습을 보이며 돌아서는 보통 사람들의 풍경(「묘지에서 묻다」)은 쓸쓸하지만 일반적이며 삼류 극장에 자신을 숨기고 세상과의 격리를 꿈꾸는 상황 역시 독자들의 폭넓은 공감을 얻기에 충분하지 못하다(「삼류극장에서의 한때」 2). 죽음을 비극만으로 보지 않고 살아서의 고통과 증오를 잊어버리는 '여한 없는 휴식'으로 간주하는 세번째 시 역시 죽음을 동경하며 느끼는 일반적인 감상에서 크게 벗어난다고 보기 어렵다(「출입금지구역」).─그러기에 죽음을 말하면서 죽음 이면에 감추어 놓은 또 하나의 의미를 찾아야 그의 시를 제대로 이해할 수 있을 것이다. 그것은 삶에 대한 애착이며 현재의 부정적 모습에 대한 거부의 몸짓이다. 죽은 비유가 되다시피 한 '죽음'의 상상력이 현재성을 가질 수 있는 길이기도 하다.

데뷔작에서도 이러한 시정신의 단초를 볼 수 있다.

> 내 몸에서 무언가 끝 없이 전송된다.
> 호흡이, 시선이, 소리가, 체온이, 청춘이, 눈물이, 생각이, 생각 속 상상이 전송되고, 지친 희망들이 전송되고, 엄청난 양의 기억들이 날마다 미래를 향하여 전송되고, 내가 가진 자그마한 종교가 두려움 또는 가벼운 신앙으로 전송된다. 그리고,
> 흑백의 내 생이 천천히 두꺼운 무덤을 향해 전송되고 있다.
>
> ─「나는 날마다 전송된다」 부분

죽음에 대한 공포나 동경을 일방적으로 토로하지 않고 삶과 죽음을 관계 지어 사고하는 시인의 특성이 드러나는 작품이다. 시인에게 살아 있는 지금의 시간은 '흑백의 내 생이 천천히 두꺼운 무덤을 향해 전송되'는 과정에 불과하다. 그러나 죽음으로 가는 길에는 위의 나열된 단어들이 함께 한다. 호흡이, 시선이, 소리가, 체온이, 청춘이, 눈물이, 생각이, 생각 속 상상들이 함께 전송된다. 모두의 면면은 현

재의 우리가 가진 전부라 불러도 좋은 것들이다. 내 몸과 함께 '지옥'까지라도 따라가야 할 운명을 타고난 것들이다. 이것들과 함께한다면 전송된다는 의미는 현재의 삶을 버린다는 데 한정되지 않을 듯하다. 세월을 버리고 하나의 육체가 다른 세상으로 옮겨가는 것이 아니라 삶의 모든 흔적들을 모아 자리를 바꾼다는 의미로 해석된다. 그것은 개체의 낡음으로 해석되는 일반적 의미의 죽음과 같을 수 없는 것이다. 그야말로 존재의 위치를 바꾼다는 의미가 된다.

여기서 우리는 '전송'의 의미에 주목해야 한다. 시인이 이동이라는 말 대신 '전송'이란 미래적 상상력을 발휘한 것은 과정의 생략을 강조하기 위해서이다. 이동의 과정이 살아가는 순간의 집적이라면 그것은 두려움과 놀라움 그리고 그보다 큰 고통의 연속이라 할 수 있다. 전송은 그 이동의 과정이 생략된 것이다. 따라서 시인이 두려워하는 것은 현재의 고통들이라는 추론이 가능해진다. 드러난 대로 보자면 원자로 산산이 부서져 사라지듯 옮겨가는 삶이 시인이 바라는(?) 생의 형태이다. 결국 시인은 현재의 생을 견뎌내기가 너무나 고통스럽다고 생각하는 것이다.

전송과 같은 뜻으로 '속도'라는 단어가 사용되기도 한다. "나는 속도와 더불어 소멸하고 싶다. 아찔한 현기증이 날수록 더 짜릿하게 느껴지는 공중으로 어서 빨리 바람의 세포가 되어 도달하고 싶다."(「폭주, 바람의 세포」 4연)거나 또는 "내 중심이 흔들릴 때마다 속도는 한층 매혹적이다 / 환한 소멸의 오르가즘에 도달하기까지 / 폭발하는 속도를 있는 힘을 다하여 움켜쥔다. [······] 달아나버려야 한다, 도시의 미로 속에 갇혀 길들여지기 전에"(「폭주, 그 황홀한 파멸」)는 진술이 대표적으로 여기에 해당될 것이다. 특히 두 번째 시에서 시인은 잠시라도 속도를 늦추면 어느 더럽고 어두운 구멍으로 금새라고 빠져버릴 듯한 불안감을 느끼고 있다. 때문에 죽음으로 달리는 속도를 높이면 높

일수록 현실의 구렁에서는 상대적으로 자유로워진다는 생각을 보여
준다.

   2.

   표면적으로 죽음의 이미지를 내세우면서 이면에 감추고 있는 부정
의 대상은 당연히 현재의 삶이다. 그의 시에서 현재를 살아가는 인간
의 모습은 간혹 '새'에 비유되기도 한다.

> 얼마나 거친 충격들을 견디어야 하나, 새는
> 지상에 앉으면 부딪히는 딱딱한 벽들
> 견딜 수 없을 때마다, 공중의 푸른 웅덩이에
> 몸을 던져 상한 부리를 적셔낸다
> 다시 발 디딜 곳에 싱싱한 울음을 깔고
> 고단한 움직임을 잠깐씩 내려놓지만
> 힘센 숨소리를 가진 지상의 종교들 밖으로
> 서둘러 피신하여야 한다
>
>   ー「새는」 부분

   김광섭의 「성북동 비둘기」를 연상케 하는 이 시는 간단한 은유로
인간의 삶을 이야기한다(시집의 나머지 시편들은 이 시에 등장하는 새의
외침으로 읽어도 좋을 것이다). 위 시의 세계는 다른 시에 등장하는 죽
음, 절망, 속도의 이미지가 기반하고 있는 현실의 모습이다. 또, 현실
을 바라보는 시인의 인식으로 읽을 수 있겠다. 새가 갖는 은유란 우
선 심적으로 느끼는 연약함일 터이고 다음이 날개와 다리를 모두를

가지고 생활한다는 구조적 특색일 것이다. 새는 비록 날개가 있어 자유로워 보이지만 언젠가 어느 곳에서는 날개를 접고 다리를 쉬지 않으면 안된다. 이 시에서 '부딪치는 딱딱한 벽들'이 발을 디뎌야 할 현재의 공간이라면 '서둘러 피신하'는 장소는 곧 하늘이다.

연약한 인간으로 비유된 새는 '거친 충격'을 견디어내야 한다. 새가 살아가는 곳은 철저히 현실적인 공간이다. 그곳은 셀 수 없는 벽들로 가득 차 있다. 그 벽들에 발을 디디다 상처만 입는 새도 적지 않다. 그러기에 새가 하늘로 날아오르는 것은 품위 있는 행위도 우아한 무용도 아니다. 피신이거나 추방일 뿐이다. 이러한 새의 운명은 죽음으로밖에 현실의 고통을 벗어나지 못하는 시인의 운명과 크게 달라 보이지 않는다. '전송'과 '속도'를 말하고 있지만 새에 대한 이러한 은유로 볼 때 죽음이 시인의 최후 선택이었음을 알게 된다. 죽음을 말하면서 시인은 어쩔 수 없는 현실적 상황에 대해 적극적으로 정면 대응하는 길을 보여준 것이다.

다음은 새가 등장하는 또 다른 시이다.

> 강렬했던 빛이 내력을 상실하고
> 꽃이파리에 날카로운 이슬이 꽂히기 시작할 때,
> 나무 숲에서 자란 어둠이 뚝뚝 땅으로 떨어져내린다
> 땅 위를 걸어다니던 발자국들이 지워진다, 그렇다면
> 이제 어떤 새의 목숨이 끊어져도 상관없단 말인가
> 찬란했던 꽃이파리가 떨어져
> 영영 사라진다 해도 아주 상관없단 말인가, 그렇다면
> 나는 어둠의 늪에 발목을 묻고
> 먼저 죽어간 영혼들의 속삭임에 귀기울여야 한다
> 여지껏 고백을 꺼려했던 공포들도 쉽사리 드러난다
> 이미 편안한 터전을 가꾼 저 오래된 영혼들
> 자유로움이 부럽다, 도피가 끝난 것들

속에서 나는 잠깐씩 반항의 불꽃을 피워보지만
고요한 것들은 변하지 않는다

―「몰락은 아름다운가」 부분

「몰락은 아름다운가」는 시인이 죽음의 이미지에 빠져든 이유를 밝혀주는 시이다. 시인은 '강렬했던 빛의 내력을 상실하고' 땅으로 떨어지는 몰락의 순간을 관찰하고 있다. 땅 위에 발자국도 지워지고 새의 목숨도 끊어진다. 시인은 이러한 쇠락을 객관적이고 냉정한 시각으로 바라보지 못하고 감정을 개입시킨다. 그 상황이 너무나 안타까운 나머지 "찬란했던 꽃이파리가 떨어져 / 영영 사라진다고 해도 상관없단 말인가" 하고 누군가를 추궁한다. 세월의 흐름, 시간의 경과, 해 저문 저녁 어느 것도 새의 죽음을 정당화할 수는 없다. 그러나 개인이 어떻게 생각하든 현상을 부정하거나 바꿀 수는 없다. 새를 보고 있는 시인의 경우도 마찬가지이다. 그래서 선택한 길이 이 두려움의 고비를 넘어선 '죽어간 영혼'과의 대화이다. 죽은 영혼들은 현실의 고통에서 자유롭다. 도피가 끝난 상태라 할 수 있다. 시인은 현실을 뛰어넘은 듯 그들 사이에서 '반항의 불꽃'을 피워보지만 변하는 것은 아무 것도 없다. 단지 이 시의 제목처럼 '몰락은 아름다운가'라는 수사 의문만을 던질 뿐이다. 시인은 현실의 사나움을 견뎌나가는 상상력으로서 고통의 궁극지점인 죽음을 선택하는 것이다.

사실 죽음과 비교해보면 현실에게 겪는 나머지 고통들은 작고 미약한 체험에 지나지 않는다. 어차피 시인에게는 삶의 공포와 고통에서 벗어나기 위해 지독하고 철저한 인식이 필요했던 것이다. 언어의 마술성과도 관계되는 이것을 계몽이라 불러도 좋을 것이다. 신화의 세계에서는 이름 붙이기에 따라 사물의 주술적 힘이 사라지곤 한다. 이름에 의해 탈신화화가 이루어지면서 죽음을 향해 열려있던 공포들이 모두 숨죽이며 존재의 배면으로 숨게 된다. 언어의 본래적 기능의 하나인 이름 붙이기는 곧 추상적인 공포를 구체화시켜 반대로 공포를 이겨내는 기능을 수행할 수 있다. 배용제 시의 죽음을 이러한 논리 속에서 이해할 수 있을 것이다.

> 지상의 이름들에겐 세월이 있다
> 소멸의 광기를 충전시키는 눈부신 성장기
> 황홀한 죽음의 자리를 찾아다니며
> 무너지고 망가진 자국들이 선명해질 때까지
> 뜨거운 증오심을 번식시킨다

―「불火」 부분

위 시에서는 세월과 이름이 비유되고 있다. 모든 것을 이겨내는 것이 세월이라면 그리고 '눈부신 성장기'를 일구어내는 세월이라면 이름이 있을 것이다. 여기서는 살아있는 존재가 곧 '이름'으로 은유되고 있다. 소멸의 광기는 '눈부신 성장기'와 대비된다. 때문에 소멸은 단순히 존재가 사라진다는 의미에 국한되지 않는다. 광기와 '눈부심'의 대립이 용인된다면 죽음을 황홀하다고 말하는 어법에서 우리는 삶의 활기와 치열함을 볼 수 있다. '뜨거운 증오심'을 키울수록 성장은 더욱 눈부실 것이다. 오히려 눈부신 성장을 위해 '뜨거운 증오심을 번식시키'기까지 한다. 소멸과 성장이 확대하면 삶과 죽음이 하나의 뿌리에서 난 두 개의 머리(샴쌍둥이처럼)라는 생각이 자연스럽게 추론된다.

3.

죽음과 공포, 두려움에 대해 이와 같이 이해한다면 『삼류극장에서
의 한때』 권두에 실린 「저문 강」은 전체 시세계를 암시하는 안내 역
할을 하게 된다.

누군가 강을 건너고 있다

아이가 태어나고,
아이가 자라서
다시 아이를 낳고,
그 아이가 자라는 동안

누군가 홀로 저문 강을 건너고 있다.

- 「저문 강」 전문

이 시는 태어나서 자라고 다시 아이를 낳고 그 아이가 자라는 생
명계의 생장과 생장의 전면에서 사라져 어딘가로 떠나는 사람들의
관계를 보여준다. 시인은 태어나 자라는 아이에 집중하는 것이 아니
고 저문 강을 건너는 '누군가'에게 집중하고 있는 듯하다. 2연이 삶
의 현장이고 과정이라면 강을 건너는 이는 다른 공간과 사고 속에
있는 인물이다. 그런데 그 '누구'는 단지 강 건너편에만 존재하는 것
은 아니다. 아이가 자라는 동일한 시간과 공간 속에 강 건너는 사람
이 있다. 죽음까지도 섞여 있다. '그 아이가 자라는 동안' 아이를 성
장시킨 이전 '아이'는 강을 건너는 '누군가'가 되어있을 것이기 때문
이다. 곧 죽음은 삶의 질서를 이루는 것이지 종말도 시작도 아닌 것

이다. 아이가 자라고 대신 누군가 강을 건너는 관계는 생명계의 모든 질서에 관통하는 진리이다. 그 진리에 대한 깨달음이 생과 사의 의미를 대등하게 두게 되고, 현재의 삶이 죽음과 죽음 건너의 생보다 작고 왜소한 일부의 경험일 뿐이라고 말한다. 그렇다면 이 우주 질서 속에 편입되는 일은 편안함과도 통하게 된다. 반대로 커다란 우주의 질서에 편입되지 못하고 살아가는 현재의 삶은 고통의 연속이다. 문명이란 이름이든 사회하는 환경이든 개인이 살아가기에 힘든 삶은 죽음을 염두에 두지 않고는 견뎌내기 어려운 것이었다. 죽음이라는 보장이 있기에 그 삶이 오히려 견딜만한 것이었다. 이 점이 배용제 시의 기저에 숨어있는 상상력이다.

다른 많은 시에서도 유사한 논리를 발견할 수 있다. 「떡갈나무 숲으로 가다」 한 편을 들면 "숲은 썩어 무덤을 껴안고 / 무덤은 다시 숲에게 수혈하는 / 오, 이 건강한 죽음들"이라는 감상을 볼 수 있다. 숲으로 상징되는 생명의 무성함과 무덤으로 상징되는 사멸이 단순 대조되기보다 순환의 질서로 표현되고 있음을 확인한다.

최근의 신작시들에서도 죽음과 삶을 연관시키고 그 둘의 대비를 통해 현실의 고통을 간접적으로 드러내주는 방법은 계속된다. 그러나 전반적으로 부정의 강도는 약해지고 자신의 생각을 풀어 설명해주는 배려는 깊어진다.

> 어떤 향기로 많은 물체를 길들이는지
> 사물들은 퇴화돼가는 감각을 눈치채지 못한다
> 가지의 일부나 이파리가 부서져도 그것들은
> 한 방울의 즙액도 흘리지 않는다
> 유유히 그 다방의 방치된 여백을 메우고 선 꽃과 나무들,
> 뿌리 없이 선 그것들에겐 생장점이 없다.

— 「화원다방의 꽃」 부분

죽음이 탈각된 현재를 보여주는 이 시는 죽음을 노래하는 시들보다 생명력이 덜 느껴진다. 화원다방의 꽃은 향기가 없는 대신 시들지도 않는다. 뿌리가 없는 대신 그들은 퇴화하지 않는다. 죽음이 예정되지 않은 사물의 특징이다. '이파리가 부서져도', '한 방울을 즙액도 흘리지 않'을만큼 고통에 대해서도 반응하지 못한다. 그러므로 죽음이 없는 대신 화원다방의 꽃에게는, 다방의 이름과 역설을 이루며, 생장도 없다. 삶의 뿌리가 되어줄 어떤 근거도 없다. 고통을 경험하지 않고 죽음을 받아들일 수 없듯이 죽음이 없다면 삶도 없다.

「화원 다방의 꽃」의 생명 없음과 제목으로부터 대비되는 시 「봄, 산에 오르다」에서는 생명에 대해 직접 말하고 있는 시인을 본다.

> 봄, 산에 오르다
> 잘린 나무 밑둥에서 돋아난 새싹을 본다
> 몸통까지 잘린,
> 푸른 혈관들이 웅크렸던 어둠의 속살,
> 어디에서 여리고 순한 생명이 잉태되었을까?
> 긴 겨울의 악몽에 시달리며
> 뿌리는 어떻게 견뎌냈을까?
> 축루를 향해 펌프질을 해대던 호흡의 시작은
> 가장 깊은 어둠의 저편인 것을
> 거기 흡반을 대고 빨아올린 퍼렇게 멍든 자식들
>
> 세상으로 머리를 내민 싹은 곧
> 숲의 영역을 넓히게 되리라
>
> ― 「봄, 산에 오르다」 부분

평범한 발견이라고 할 수 있는 이 시는 생명을 상실한 것으로 보이던 식물이 다시 삶을 피어내는 신비에 대해 말한다. '잘린 나무 밑

둥에서 돋아난 새싹'은 평범한 발견에 속한다고 할 수 있지만, 배용제의 시세계를 지배하는 삶과 죽음의 대립적 성찰의 맥락에서는 새로운 요소로 보인다. 죽음의 부정태로서만 제시되던 삶이 이제 곧은 자기 모습을 드러내고 있는 것이다. '어둠의 속살'에서 '여리고 순한' 생명이 잉태되는 진리를 '겨울의 악몽'을 견뎌낸 '뿌리'를 통해 이야기한다. 뿌리에서 생명을 일으키는 '호흡의 시작'이 '가장 깊은 어둠의 저편'에서임을 시인은 거침없이 토로한다. 그러나 거기에서 감탄하는데 멈추지 않고 작은 싹이 숲을 생명으로 충만하게 하리라고 예감한다. 이 시에서는 '봄'의 생명을 말하면서 그 힘찬 생명력을 일구어낸 죽음에 대해 이야기하고 있는 것이다.

4.

　지금까지 우리는 배용제 시를 읽으며 죽음의 이미지 너머에 감추어진 생명에 대해 살펴보았다. 그것은 죽음의 은유로밖에 설명되지 않는 시인의 내면세계에 대한 관심과 다른 것이 아니었다. 그의 시는 언뜻 보면 개인 감상의 과도한 노출로 보일 요소를 가지고 있다. 그러나 이는 시 표면에 드러난 죽음의 이미지를 관성적으로 추적하다 생긴 결과라 할 수 있다. 그의 촉수가 닿아 있는 경험의 종류와 상상력의 궁극적 지향점을 생각하고 시의 이면을 주의 깊게 들추어보면 시인은 죽음보다 삶에 더 큰 관심을 두고 있음을 확인하게 된다. 시인이 일상에서 죽음과 파멸을 발견하는 것인지 선험적으로 주어진 관념을 되풀이하고 있는지는 몇 편의 시를 살펴보면서 밝혀졌으리라 본다. 그의 시는 삶에 대한 부정의 정신으로 충만하다. 그 부정이 죽

음이란 이름으로 걸러서 나오지만 삶을, 또 정신을 극단까지 밀고 나
가는 시인의 패기는 무척 소중한 것이다. 그 치열함을 끝까지 간직하
고 현실을 뒤집어놓을 강한 시들을 써주었으면 하는 바람이다.

빈집과 길의 의미

1.

『물 건너는 사람』이 처음 선보인 1992년 후반기는 쿠테타로 탄생한 군사정권이 힘을 잃어가고 문민정부가 출범을 준비하는 역사적인 시기로 기록된다. 문민정부라는 어색한 조어가 전혀 낯설지 않게 느껴질 정도로 그 때의 대한민국은 희망과 활기를 되찾고 있었다. 비록 지금에 와서는 문민정부의 공과가 세인의 입에 오르내리고 있지만 당시 대부분의 국민들은 곧 들어설 민간인 정권이 새로운 시대를 열어 주리라고 기대하고 있었다.

또, 이 무렵에는 80년대 후반부터 불어 닥친 동구권 몰락의 영향으로 우리 체제의 정체성을 문제 삼지 않게 되었으며, 공동체적 삶과 거대담론에 대한 자의식이 점차 무디어지기 시작했다. 문학으로 시선을 돌려보면 이전까지 단지 징후로만 이야기되던 90년대적 문학의 특성이 현실로 나타나기 시작한 때이다. 군사정권의 폭압에 대항하면서 민족과 민중의 생존을 최우선으로 삼던 문학의 제 경향들이 설 자리를 잃어가고 새로운 감각의 신인들이 문단의 전면에 나서기 시작한다. 새로운 경향의 시, 소설은 말할 것도 없고 컴퓨터 통신망을 통한 문학공간의 확대, 패스티쉬라는 이름의 남의 글 모방하기, 이성을 불신하는 다양한 담론의 대중화 등은 당시의 문단풍경을 보여주는 좋은 예이다.

이런 변화의 시기에 출간된 김명인의 네 번째 시집『물 건너는 사람』은 처음부터 많은 사람들의 관심을 모았으며 현재는 90년대를 대표하는 서정시집으로 평가된다. 시집의 평가와 관련하여 특기할만한 것은『물 건너는 사람』이 광고의 힘을 빌거나 시대의 유행에 편승하여 독자를 '사로잡은' 것이 아니라 대학생들이나 문학 연구자들 사이에 은근한 소문으로 그 진가가 알려지기 시작하였다는 점이다. 비록 대중들의 열광적인 반응을 끌어내지는 못했지만 오래 두고 음미하며 읽을만한 시집으로 가치를 인정받는 것이다. 갈수록 가벼워지려고만 하는 90년대의 문학경향에서 보기 드물게 사고의 '진지함'과 '깊이'를 보여준다는 점이 이러한 평가를 가능하게 했다.

양심과 고통에 대한 섬세한 기록을 읽을 수 있는 것도 이 시집이 가진 장점이다. 시인은 구체적인 현실에 대해 민감한 반응을 보이지 않는 대신 인생의 의미와 가치를 깊이 사고하는 원숙한 모습을 보여준다. 변화의 시기에 출간되었으면서도 시류에 흔들리지 않는 깊은 내면을 보여주는 것이다. 언어의 사용에 있어서도 원숙해진 사고의 깊이를 느낄 수 있다. 격한 감정을 드러내는 단어를 의도적으로 피하는 것은 물론 대상에 대한 완전한 장악을 시도하지 않고 대상의 흐름에 화자의 정서를 맡겨버리는 듯한 언어를 사용하고 있다. 주요 독자층은 80년대 내내 베스트셀러였던 첫 번째 시집『동두천』의 강렬한 인상을 기억하고 있는 30대의 독자들이나 서정시에 관심을 가지고 있는 문학전공자들이라 할 수 있다.

2.

시집 전체를 통해 볼 때 시인이 여행자의 태도를 취하고 있다는 점은 중요한 의미를 갖는다. 여행자의 태도란 길 위에서 세상을 관찰하는, 그리고 어느 한 곳에 정착하지 못하는 시인의 정신상태를 말한다. 이는 많은 시편들이 여행이나 길을 중심 소재로 하고 있다는 점으로도 드러난다. 미국과 중국을 돌아본 경험을 바탕으로 하거나 우리 국토의 궁벽진 지역을 돌아보고 쓴 시들이 여기에 해당한다. 또, 굳이 실제의 여행이나 구체적인 길을 다루지 않더라도 화자는(여행자처럼) 세상을 관찰하는 입장을 버리지 않는다. 이러한 태도로 인하여 시인은 낯익은 일상과의 거리를 유지하고 평소에 쉽게 드러나지 않는 삶의 깊은 내면을 발견할 수 있게 된다. 어떠한 경우에도 시인은 자신이 살고 있는 세계에 대한 신선한 감각을 유지하는 것이다. 대표적으로 「유적에 오르다」 연작과 「병든 서울」, 「거리의 시간」, 「칼새의 방」, 「너와집 한 채」 등이 여기에 해당한다.

그의 시가 여행과 관련된다고 해도 실제 작품의 소재가 일반적 의미의 여행이냐 아니냐는 그리 중요한 문제가 되지 않는다. 오히려 일상을 대하는 시인의 태도에 주목해야 한다. 태도에 주목한다는 의미는 그것이 안정된 일상인의 것인가 낯선 여행자의 것인가를 문제 삼는다는 말이다. 그의 시에서 화자는 일상과의 거리를 유지하고 그를 통해 평소에 잘 드러나지 않는 삶의 깊은 내면을 발견하고 보여준다. 첫 시집에서 최근의 시에 이르기까지 이러한 시인의 특성은 온전히 유지되고 있다. 우리가 발견하는 변화는 시인이 경험하는 일상의 내용에 따라 이루어진 같은 주제의 변주가 될 것이다.

다음 시에서는 '무심하다', '사라져가고', '따라가다', '떨구다', '기울어', '지우며 저물어도' 등의 용어에 주목할 필요가 있다.

길은 제 길을 끌고 무심하게
언덕으로 산모퉁이로 사라져가고
나는 따라가다 쑥댓잎 나부끼는 방죽에 주저앉아
넝마져 내리는 몇 마리 철새를 본다
잘 가거라, 언덕 저켠엔
잎새를 떨군 나무들
저마다 갈쿠리손 뻗어 하늘을 휘젓지만
낡은 해는 턱없이 기울어 서산마루에 있다
길은 제 길을 지우며 저물어도
어느 길 하나 온전히 그 끝을 알 수 없고
바라보면 저녁 햇살 한 줄기 금빛으로 반짝일 뿐
다만 수면 위엔 흔들리는 빈 집 뿐

-「길」 전문

이 시에서 길은 중심 소재임과 동시에 주제이기도 하다. 경험의 구체성 대신에 돌아봄의 미덕이 시의 내용을 지배하는 요소로 작용하여 길의 의미가 특수성을 넘어 보편성을 획득하게 된다. 총 12행으로 이루어진 「길」은 각각 4행으로 의미가 나뉜다. 첫째 부분은 길을 따라 방죽에까지 이른 화자가 그곳에 앉아 날아가는 철새를 보는 장면이다. 여기서 화자가 무심히 길을 따라간다는 설정이 이채롭다. 화자가 길을 개척한 것이 아니라는 점에서 화자가 길을 따라간 것은 단순히 우연에 불과하며, 우연이기 때문에 길을 나선 사실은 화자 개인의 문제가 아니라 보편적인 문제가 될 수 있다. 집착하고 개선하는 것이 아니라 대상에 자신을 맡겨버리는 태도가 역력하다. 둘째 부분에서는 흔들리는 나무들과 떨어지는 해를 보고 느낀 화자의 감정이 드러난다. 떠나가는 철새를 보는 화자의 마음이 잎이 떨어진 나무에 이입되어 잘 가라는 인사를 건네기도 한다. 철새와의 이별 장면에서 서산마루에 걸린 해는 쓸쓸함을 더해준다. 길 떠나는 철새나 잎새를 떨군 나무들 그리고 서산마루에 기울어가는 해는 모두 사라져 가는 것들, 쇠잔해지는 것들을 상징한다. 감정의 농도가 너무나 짙기 때문에 철새는 봄이 되면 돌아오고, 나무잎은 봄이면 새로 나며, 내일이면 새로운 해가 뜬다는 일상의 사실들이 현재의 화자에게는 절실하게 다가오지 못한다. 화자가 방죽에 앉아 쓸쓸한 풍경을 관찰하는 장면이 자아내는 이러한 분위기는 『물 건너는 사람』 전체에서 중요한 정서로 자리한다.

세 번째 부분은 이 시의 주제를 드러낸다고 할 수 있다. 앞에서 화자가 시각적인 영상을 제공하여 독자의 공감을 유도했다면 이제는 화자의 생각이 매개 없이 직접 표현된다. '어느 길 하나 온전히 그 끝을 알 수 없'다는 진술은 길에 대한 그리고 지금까지 써온 시들에 대한 중간 점검에 해당한다. 과거의 절실한 경험을 통해 어느 집의 주인도 될 수 없었던 시인이―그의 초기 시는 집을 떠나서 길로 나서는 아무 곳에도 집착하지 못하는 자의 모습을 보여 준다―『물 건너는 사람』에 와서는 그 길의 의미 자체를 천착하려 노력하는 것이다. 마지막 행에서 시인은 길을 '수면 위에 흔들리는 빈집'이라고 표현한다. 빈집에 대한 인식은 시인의 오랜 여정 끝에 다다른 사고의 정수이다. 여기서 집이 비었다는 것은 아무도 다다르지 않은 곳, 누구도 쉽게 이르지 못할 곳이라는 의미로 사용된다. 집은 물질적으로 존재하는 것이 아니라 어떤 궁극의 지향으로 존재하는 곳이 된다. 그러므로 시인의 말대로 빈 것은 빈 것이 아니다. 늘 존재하지만 길을 가다 문득 문득 보게 되는 신기루 같은 것이 될 수도 있다. 그런 길이 고통의 길임은 말할 것도 없다. 따라서 "한 사람의 길이 당도하는 적막 뼈저리구나"(「물 속의 빈집」 II)라는 구절은 빈집에 대한 동일한 사고로 볼 수 있다. 비록 고통스럽지만 그곳에 들려는 것이 길을 나서는 이유이기 때문에 그 길은 멈출 수 없는 길이다. 이런 길과 집의 변주가 김명인의 시가 다다른 깨달음이다.

위의 시 외에 「유적을 향하여」에서도 길에 대한 시인의 생각을 읽을 수 있다. 시인은 "헛된 방랑이 거듭된 뒤에야 어렴풋이 알아차리지만 그걸 안 뒤의 쓸쓸함은 언제나 시간이 하릴 없이 흘러갔음을 뼈아프게 확인시킨다"고 말한다. 이는 단순히 지나온 길에 대한 경험을 전달하는 것이 아니라 인생의 보편적인 행로로서 길을 말하는 것이다. 지금까지 길에서 헤맨 과정을 '헛된 방랑'이라고 말하는 것은 매우 강한 주장이다. 이 시를 따르자면 시인이 세상을 돌아보고 얻은 것은 성과 없음에 대한 뼈저린 자각뿐이다. 그 깨달음은 시간의 경과에 대한 안타까움이기도 하다. 하지만 지나온 길이 헛되다는 인식, 그 인식 뒤에 오는 쓸쓸함 역시 쉽게 얻어지는 것은 아니다. 어떻게 살아왔든 살아온 과정에 대한 정리에서 하나의 깨달음이라도 얻을 수 있다면 그것으로 족할지 모른다. 시인에게 있어 길에 대한 탐구가 사실 개인의 방랑벽과 무관한 것이었고, 인생에 대한 의미를 찾기 위한 필연적인 과정이었기 때문이다. 굳이 시도하지 않아도 될 일을 시도하며 어려운 고민의 날을 산 것이 아니라, 섬세함을 가진 시인만이 밟을 수 있었던 특별한 과정을 경험한 것이다. 그렇다면 길의 의미와 그 길을 헤맨 시간의 가치는 전혀 퇴색되지 않는 것이다. 시집 안의 다른 시들에서도 "외롭게 떠도는 것은 나그네뿐만이 아니다"(「유타시편」 II), "볼 수 없는 등성이 너머 저쪽 인연에 기댄 삶이여 몸은 여기 있고 마음은 거기 가닿는 이 고립"(「유타시편」 V)이라고 하여 길에 대한 깨달음을 전해준다. 이는 인생에 대해 말할 때도 통용된다.

「길」에서 본 바와 같이 구체적인 물질로서의 집은 긍정적인 이미지로 쓰이고 있지 않다. 셋방을 구해 일년마다 이사를 다녀야 하는 뙤가족의 이미지나(「칼새의 방」) "공중에 띄운 누각 위에 다시 거푸집을 얹는" 노동자의 이미지(「병든 서울」) 역시 마찬가지인데, '집'은 삶의 고달픔이나 끊임없이 이어지는 현실의 무게와 연관되어 있다. 단지 「너와집 한 채」에 와서야 집이 아름다운 것으로 그려진다.

> 사무친 세간의 슬픔, 저버리지 못한
> 세월마저 허물어버린 뒤
> 주저앉을 듯 겨우겨우 서 있는 저기 너와집,
> 토방 밖에는 황토흙빛 강아지 한 마리 키우겠네
> 부뚜막에 쪼그려 수제비 뜨는 나 어린 처녀의
> 외간 남자가 되어
> 아주 잊었던 연모 머리 위의 별처럼 띄워놓고
>
> 그 물색으로 마음은 비포장도로처럼 덜컹거리겠네
> 강원남도 울진군 북면
> 매봉산 넘어 원당 지나서 두천
> 따라오는 등뒤의 오솔길도 아주 지우겠네
> 마침내 돌아서지 않겠네
>
> ─「너와집 한 채」 3,4연

「너와집 한 채」에서 너와집은 빈집의 다른 이름이다. 언뜻 보면 위의 시는 정착의 의지를 담고 있는 듯하지만 정착의 의지는 소망의 차원일 뿐 실제와는 거리가 멀다. 우선 3연부터 보자. 앞의 시와 마찬가지로 시인은 길의 의미에 대해 묻고 있다. 길은 '사무친 세간의 슬픔, 저버리지 못한 세월'이다. 그것을 허물어버린 이후에 집에 들 수 있다는 인식은 '빈집'에서 보여주던 인식과 유사하다. 빈집이 길의 끝에서 그것도 큰 아픔 뒤에만 나타나던 점에 비추어 볼 때 너와집은 빈집과 같아진다. 너와집은 '주저앉을 듯 겨우 겨우' 서 있지만 너와집 한 채도 사실 시인이 주인으로 들어앉을 곳은 아닐지 모른다. 나 어린 처녀와의 연애를 꿈꾸는 것 자체가 주인으로서의 자세는 아니기 때문이다. 그것이 실현으로보다 아름다운 상상으로 만족스러울 뿐이라는 사실을 다른 시편에 비추어서 쉽게 알 수 있다. 넷째 연에서도 너와집에 대한 소망과 의지가 드러난다. 시에서 너와집의 소재를 깊은 산골로 선택한 이유는 들기(入) 어렵다는 의미와 나기(出) 어렵다는 의미를 함께 드러내기 위해서이고, 들어온 길을 지우겠다는 구절은 나갈 길을 지우겠다는 의지이다. 하지만 그 의지가 사실의 완고함을 이겨낼 정도로 강하지 않다는 사실은 '-겠네'라는 어미가 주는 어감으로도 감지할 수 있다. 어미가 비록 의지형이긴 하지만 대상을 압도할만한 강한 결심을 드러낸다고 보기 어렵기 때문이다. 오히려 대상과의 긴장을 무화하려는 시도까지 볼 수 있다.

다음의 시에서도 언어가 주는 느낌은 유사하다.

> 내 몸이 소금을 필요로 하니, 날마다 소금에 절어가며
> 먹장 煤煙 세월 썩는 육체를 안고 가는 여행 힘에 겹네
> 썩어서 부식토가 되는 나뭇잎이 자연을 이롭게 한다며
> 한줌 낙엽의 사유라도 길바닥에 떨구면 따뜻하리라
> 그러나 찌든 엽록의 세상 너덜토록
> 풍화시킨 쉰 살밖에 없어
> 후줄근한 퇴근길의 오늘 새삼 춥구나
> 저기, 사람이 있네, 엽전에는 등만 보이고

모습을 볼 수 없는 소금 굽는 사람이 있네
짜디짠 땀방울로 온몸 적시며
저물도록 발틀 딛고 올라도 늘 자기 굴헝에 떨어지므로
꺼지지 않으려고 水車 돌리는 사람, 저 무료한 노동
진종일 빈 허벅만 퍼올린 듯 소금 보이지 않네
하나, 구워진 소금 어느새 썩는 살마다 저며와 뿌옇게
흐린 눈으로 소금바다 바라보게 하네
그 눈물 다시 쓰린 소금으로 뭉치려고
드넓은 바다로 돌아서게 하네

ㅡ「소금바다로 가다」 전문

『물 건너는 사람』에서 「소금바다로 가다」는 인생과 시에 대한 통찰을 보여주는 가장 뛰어난 작품이다. 이 시는 김명인의 시가 보여주던 길의 정서가 단순히 쓸쓸함에 머무르지 않고 인생에 대한 철학적 이해로 나아가고 있음을 보여주기도 한다. 독자는 시를 읽으면서 생의 의미에 대한 깊은 사유를 느낄 수 있을 것이다. 의미상으로는 세 부분으로 나누어 살펴볼 수 있다. 첫 7행까지는 지금까지의 여정을 돌아보는 부분으로 詩作행위의 보람과 쉰 살이 넘어도 남아있는 쓸쓸함의 정서가 교차한다. 첫 두 행에서 날마다 소금에 절어가며 썩어가는 육체를 감당하며 지나온 세월의 고단함을 말하지만 뒤이어 썩어 자연을 이롭게 한다는 낙엽의 역할이 자신의 詩作(삶, 인생)이었음을 밝힌다. 이런 정신으로 살아온 것이 보람이긴 하지만 여전히 시인은 길 위에 있고 쓸쓸함은 사라지지 않았다. 둘째 부분은 이어지는 여섯 행인데 소금 굽는 사람에 대해 말한다. 의미상으로 소금 굽는 이는 시인과 같은 사람이거나 시인이 지향하는 인물임에 틀림이 없다. 첫 행에서 쓰인 소금이 육체의 부식을 막는 역할을 하였듯이 둘째 부분에서 소금도 부식을 방지하는 역할을 한다.

그런데 그 대상은 개인의 육체가 아니라 세계 전체로 확대된다. 의미 있는 삶에 대해 생각하며 살아간다 하여도 현상적으로는 소금 굽는 사람의 얼굴이 보이는 것도 아니고 노동의 찬란함이 빛나는 것도 아니다. 오히려 노동은 '무료'하다고 표현되고 있으며, 진종일 소금 일을 해도 소금은 보이지 않는다. 그러나 보람이 없는 듯한 인생에서 시인은 노동의 고귀함을 깨닫는다. 그것도 세상의 부식을 조금이나마 막아주는 고귀한 것으로 표현된다. 수차를 돌리는 노동이 아무런 가치를 가지지 못하는 것으로 보이지만 실상 그렇지 않다는 사실은 시를 짓는 행위를 설명하는 데도 쓰인다. 시인이 지속적으로 길을 나서 빈집을 만나는 것과 "저물도록 발틀 딛고 올라도 늘 자기 굴형에 떨어지"는 소금 굽는 사람의 노동은 세상에 뚜렷하게 드러나지 않으면서도 세상의 부식을 막아준다는 점에서 결국 같은 것이다.

세 번째 부분은 앞선 행의 깨달음이 정리되는 부분이다. 둘째 부분에서 무료한 노동이라고 말했던 것에 대한 부정으로 시작하여 드넓은 바다의 소금을 생각하는 것으로 끝맺는다. 여기서는 하나의 순환이 존재하는데 소금과 눈물의 변화가 그것이다. 이는 빈집과 길의 관계와 같은 것으로서 소금이 살을 저며 눈물을 만들고 눈물이 다시 소금을 만드는 과정의 반복이다. 이는 길이 시인을 고달프게 하지만 그 길이 시인을 만들고 그 시인은 다시 길을 나설 수밖에 없어 또 다른 현실을 만나는, 그런 순환의 과정과 전혀 다르지 않다. 이는 시인의 자기 깨달음이며 하나의 운명이다. '바라보게 하네'나 '돌아서게 하네'라는 말의 분위기 역시 시인의 행위에 개인의 의지보다 어쩔 수 없는 외부의 힘이 작용하고 있음을 느끼게 한다. 그 외부의 힘은 인간 이상의 능력을 의미한다. '-네'는 그것에 대해 저항할 의도가 없다는 인상을 준다. 이는 피할 수 없는 길이며, 또 그 길을 피한다면 그때부터 시인은 시인이 아닌 것이다.

4.

　어느 경우에든 여행에는 출발점이 있게 마련이다. 또, 출발점과는 다른 종착점이 존재해야만 여행이 이루어질 수 있다. 시라는 형식에서 종착점은 출발점과 달리 실제가 아닌 가상일 수도 있다. 그런 뜻에서 여행은 시작보다는 종착지점, 종착지점을 찾아가는 과정이 중요한 의미를 지닌다. 김명인 시에서 여행의 목적지는 '집'이라 불리는데, 집은 편안함, 안락함과 함께 개인의 사고와 현실의 분열이 일어나지 않는 곳을 의미한다. 이상과 삶의 통일이 있을 때만이 진정한 편안과 안락을 느낄 수 있기 때문이다. 그런 집이 지상에 없더라도 시인은 그 '빈집'을 찾으려 노력해야 한다. 따라서 김명인에게 있어 여행의 의미란 개인과 세상에 대한 이해를 찾아가는 과정이라고 보아도 크게 무리가 없을 듯하다. 그 과정을 이해하는 것이 진정으로 그의 시를 이해하는 길이 된다.

　이러한 점에 주목하여 지금까지 우리는 간단하게나마 김명인 시집 『물 건너는 사람』의 내용을 살펴보았다. 시집 전체를 설명하기에는 부족한 감이 있지만 가장 중요하다고 생각하는 빈집과 길의 의미에 대해 살펴보는 것으로 시집 해설을 갈음하였다. 『동두천』으로 널리 알려진 시인의 시세계는 『물 건너는 사람』에 와서 절정을 이루었다고 평가할 수 있다. 시를 짓는 의미와 인생에 대해 완숙한 이해를 보여준다는 점에서, 길과 집의 관계에 대한 탁월한 해석에서 우리는 김명인 시의 백미를 발견하는 것이다. 비록 김명인의 시가 앞으로의 변화 가능성을 가지고 있지만 지금까지의 시들로도 이후 한국시사에서 중요한 장을 장식할 수 있으리라 생각한다.

서정시의 운명

IV.

새벽에도 기울어 가는 하루
아버지의, 아버지를 위한 노래
잡히지 않는, 혹은 부정으로 존재하는
'제 살 깎기'라는 운명
고향과 건강한 삶에 대한 기억

새벽에도 기울어 가는 하루

사내의 얼굴이 잠시 흔들린다
거품 사이 어둠이 묻어나는
바다를 향해 무표정한 시선 던지며
사내는 완강히 입을 다문다
허름하고 끈적거리는 바람
끊임없이 차창을 덜컹덜컹 흔든다
듬성듬성 빈 자리마다 침묵이 돋아나고
사내는 낡은 오바깃을 문득 세운다
어쩌면 가파르게 지나쳐왔을
사내의 삶처럼 일렁이는 파도
밭은 기침을 쿨럭이며 어깨를 들썩인다
망망한 것이 저 바다일까
짚이지 않는 날들 모두 아득한 것들
사내가 두 손 가득 얼굴을 묻는다

희미한 어스름 차창에 번지고
먼 불빛들 마른버짐처럼 푸석거린다
비릿하고 고단한 한 줌의 추억을 매달고
누군가 저 어둠 속 떠다니는 걸까

사내의 옆모습이 차창에 새겨진다
포구에 부려진 어수선한 바람
막걸리 한 사발 취기에 몰려 다닐까
마음 속 들먹거리는 지나간 시간들을
힘겹게 잠재우는 듯
사내의 눈꺼풀이 잠시 떨린다
어슴푸레한 전등빛 아래 모두 마음을 닫고
흔들리는 길 따라 창백해진 얼굴들
한 무더기의 쿨럭거리는 소음을 뱉어내며
버스가 길게 커브를 돈다
기울어가는 사내의 몸이 허물어진다

— 고창환 「6시 10분 버스」

「6시 10분 버스」에서 시인의 시선은 버스 안과 밖을 오고간다. 시인은 버스 안 사내에 대해 말하면서 창 밖 풍경을 동원한다. 새벽 버스 혹은 마지막 지하철을 타본 사람이라면 시의 배경이 머리 속에 그려질 것이다. 승객이 적은 버스에 잠도 다 깨지 않은 검은 얼굴의 사람들이 하루를 살기 위해 지친 몸을 이끌고 일터로 간다. 그들의 일반적인 행위 형태에 대해서도 우리는 쉽게 짐작할 수 있다. 대화가 끊어진 버스 안의 정막도 상상할 수 있다. 대부분 일행이 없이 홀로 버스에 탔기에 시선을 둘 곳이 마땅치 않다. 그래서인지 사람들은 창 밖을 본다. 창 밖을 보다 어느새 창유리에 기대어 잠이 들고 긴장이 풀어진 몸은 차의 흔들림과 일체가 된다. 시인은 이러한 상황 속에서 발견한 한 사내를 관찰하고 있다. 화자의 감정은 직접 드러나지 않고 창 밖 풍경의 묘사가 그를 대신하고 있다. 자신의 감정이 아니라 대상의 묘사에 의지한다. 그 대상이 가진 고유한 성질, 혹은 창 밖 풍경이 만드는 어렵지 않은 이미지가 시인의 투박하고 진솔한 감각을 느끼게 한다.

이 시에서 우선 두드러지는 것은 대상(새벽에 집을 나선 사내)이 가진 매력이다. 어느 곳에서나 발견되는 평범한 이웃에 대한 애정 어린 시선이 독자의 관심을 끌기에 충분하다. 시인은 대상에 대해 과장되지도 포장되지도 않은 감정을 대입시키고 있다. 「6시 10분 버스」의 이러한 특징은 감당하기 어려운 고민과 넘치는 자아를 거르지 않고 드러내는 흔한 시들과 대비된다. 실제로 요즘 시를 읽다 보면 전혀 구체적이지 않은 고민을 세상 모두의 가치들과 견주어대는 터무니없는 경우를 발견할 때가 있다. 또 뿌리 없는 자아들은 얼마나 자신 있게 시 위를 뛰어 다니는가. 시가 말만의 잔치가 아니라 세계에 대한, 인간에 대한 관심에서 출발해야 한다는 생각을 발견하기가 어려운 시대이다. 고창환의 시를 기쁘게 읽게 되는 이유가 여기에 있다.

물론 이 시는 여러 면에서 미숙하다. 특히 작품을 관통하는 감정의 원근과 높낮이가 부족한 점은 커다란 문제일 수 있다. 시어들이 좋아도, 대상이 가진 견인력이 아무리 크더라도 변화가 없으면 시는 지루해진다. 대상에 대한 세밀한 관심은 미덕이 되겠지만 두 세 행으로 이루어진 통사구조의 반복은 시의 구조를 단순하게 만든다. 유사한 감정을 반복하지 않고 깊이와 폭을 확보하기 위해서는 전달하고자 하는 내용을 정리하는 테크닉이 필요하며 하나의 감정을 시종 유지할 수 있는 집중력이 요구된다 할 것이다.

사내의 얼굴이 잠시 흔들린다
거품 사이 어둠이 묻어나는
바다를 향해 무표정한 시선 던지며
사내는 완강히 입을 다문다
허름하고 끈적거리는 바람
끊임없이 차창을 덜컹덜컹 흔든다
듬성듬성 빈 자리마다 침묵이 돋아나고

> 사내는 낡은 오바깃을 문득 세운다
> 어쩌면 가파르게 지나쳐왔을
> 사내의 삶처럼 일렁이는 파도
> 밭은 기침을 쿨럭이며 어깨를 들썩인다
> 망망한 것이 저 바다일까
> 짚이지 않는 날들 모두 아득한 것들
> 사내가 두 손 가득 얼굴을 묻는다

우선 눈에 띠는 것은 각 행의 끝 부분에 쓰인 단어들의 공통점이다. '흔들린다', '묻어나는', '던지며', '다문다', '흔든다', '돌아나고', '세운다', '지나쳐왔을', '들썩인다', '묻는다' 등으로 모두 14행에 10개의 용언이 사용되었다. 현재의 행위를 비교적 실감나게 표현하고 있어 시가 사내에 대한 관찰에 집중하고 있음을 알 수 있다. 따라서 이 시의 첫 행에서는 화자의 내면보다 관찰 대상의 성질이 중심적으로 다루어진다 할 수 있다. 새벽 버스를 탄 사내는 거품이 이는 바다를 바라보고 있으며, 화자는 어두운 바다와 사내의 삶을 연관시킨다. 화자에 의해 연상되는 삶의 내용이란 '허름하고 끈적거리는' 것이며 파도처럼 '밭은 기침을 쿨럭'일 정도로 힘겨운 하루하루이다. 그에게 세계는 바다보다 넓고 힘든 곳이어서 검은 바다를 보고도 자기 삶의 망망함을 생각한다. 어쩌면 삶이 바다보다 더 '아득한' 것일 수 있다.

시인이 대상을 관찰하는 이유는 그 대상을 통해 감정을 보다 효과적으로 전달하기 위해서이다. 또, 하나의 시에서는 하나의 징조가 유지되어야 감동을 줄 수 있다. 모든 시어들이 그 정조를 위해 봉사한다고 해도 과언이 아니다. 대상도 마찬가지이다. 소설의 대상은 작가를 끌어들여 그를 이끌어가기도 한다. 그러나 시의 대상은 소설과 같을 수 없다. 군데군데 빈 자리가 있는 새벽 버스 안에서 삶의 무게에 지친 한 사내를 발견했다고 치자. 산문의 화자는 그를 관찰하고 묘사하며 끝까지 추적하려 한다. 그가 무슨 말을 하는지, 무슨 생각에 잠기는지, 심지어는 어제 무엇을 했는지에도 깊은 관심을 가져야 한다. 그의 시선을 따라가기보다는 얼굴 표정에 더 많은 관심을 두기가 쉽다. 버스가 멈추고 그가 어디론가 걸어간다면 작가는 끝까지 그를 따르며 무언가를 독자에게 전달해 주어야 한다. 그러나 시인이라면 굳이 대상을 분석적으로 추적할 필요가 없다. 보편적인 인간의 감정을 노래한다면 그의 과거를 상상하는 일로도 시는 충분하다. 사내의 경험이든 시인의 경험이든 화자의 감정에 걸러져서 표현되면 그만이다. 발상을 위해서는 대상이 당연히 필요하겠지만 경우에 따라서 시인이 인물에 대해 오해하거나 과민해져도 아무런 문제가 되지 않는다. 시의 주된 감정이 사내에게서 발견된 것인지 시인에게서 사내에게 투영된 것인지도 확실히 단정하여 말하기 어렵다. 시는 대상에 대한 구속에서 자유로우면서 감정의 직접적인 표출에 대한 책임은 더 무거운 양식이라 할 수 있다. 눈에 띠는 것을 그대로 보여주는 안전함은 상대적으로 적어진다. 첫 연에서 느끼는 아쉬움이 이것이다.

희미한 어스름 차창에 번지고
먼 불빛들 마른버짐처럼 푸석거린다
비릿하고 고단한 한 줌의 추억을 매달고
누군가 저 어둠 속 떠다니는 걸까
사내의 옆모습이 차창에 새겨진다
포구에 부려진 어수선한 바람
막걸리 한 사발 취기에 몰려 다닐까
마음 속 들먹거리는 지나간 시간들을
힘겹게 잠재우는 듯
사내의 눈꺼풀이 잠시 떨린다
어슴푸레한 전등빛 아래 모두 마음을 닫고
흔들리는 길 따라 창백해진 얼굴들

> 한 무더기의 쿨럭거리는 소음을 뱉어내며
> 버스가 길게 커브를 돈다
> 기울어가는 사내의 몸이 허물어진다

앞의 연과 같은 방법으로 시어들을 골라내면 둘째 연에서는 '번지고', '푸석거린다', '매달고', '떨린다', '뱉어내며', '돈다', '허물어진다'의 일곱 단어를 뽑을 수 있다. 수의 많고 적음도 문제지만 시어의 느낌이 첫 연과 다름을 확인할 수 있다. 이 용언들은 각각 '희미한 어스름', '먼 불빛들', '고단한 한 줌의 추억', '눈꺼풀', '쿨럭거리는 소음', '길게 커브를', '기울어가는 사내의 몸'과 호응한다. 첫째 연의 그것들보다 동적인 성향이 현저히 줄었음을 발견하게 된다. 얼굴이 흔들리고, 시선을 던지며, 입을 다물고, 차창이 덜컹덜컹 흔들리며, 어깨를 들썩인다는 표현들과는 다른 느낌을 전달하는 것이다. 앞 연에서 시인이 산문적인 관찰자의 자리에 가까웠다면 이제 시인은 자기 목소리를 직접 드러낸다. 첫 연보다 둘째 연이 더 시적이라 느껴지는 이유가 여기 있다.

정리하자면 이 시는 흔들리는 사내의 얼굴에서 시작하여 '기울어가는 사내의 몸이 허물어진다'로 마무리된다. 피로에 찌들어있는 한 사내를 통해 시인은 세상살이의 어려움을 무리 없이 표현해낸 것이다. 그것을 통해 이 시가 궁극적으로 도달해야 할 감정은 슬픔이 되어야 한다. 사내와 새벽버스, 검푸른 바다가 모두 이러한 감정을 만든다. 둘째 연에서 사용된 '희미한 어스름' '먼 불빛들' '고단한 한 줌의 추억' '지나간 시간들' '어슴푸레한 전등빛' '창백해진 얼굴' 등의 단어들 역시 시각과 기억을 자극하는 정적인 언어로써 시의 이러한 분위기를 이끌고 있다.

아버지의, 아버지를 위한 노래

툭하면 아버지는 오밤중에
취해서 널브러진 색시를 업고 들어왔다.
어머니는 입을 꾹 다문 채 술국을 끓이고
할머니는 집안이 망했다고 종주먹질을 해댔지만,
며칠이고 집에서 빠져나가지 않는
값싼 향수내가 나는 싫었다.
아버지는 종종 장바닥에서
품삯을 못 받은 광부들한테 멱살을 잡히기도 하고,
그들과 어울려 엉덩이춤을 추기도 했다.
빚 받으러 와 사랑방에 죽치고 앉아 내게
술과 담배 심부름을 시키는 화약장수도 있었다.

아버지를 증오하면서 나는 자랐다.
아버지가 하는 일은 결코 하지 않겠노라고,
이것이 내 평생의 좌우명이 되었다.
나는 빚을 질 일을 하지 않았다,
취한 색시를 업고 다니지 않았고,
노름으로 밤을 지새지 않았다.
아버지는 이런 아들이 오히려 장했고

나는 기고만장했다. 그리고 이제 나도
아버지가 중풍으로 쓰러진 나이를 넘었지만.
나는 내가 잘못했다고 생각한 일이 없다,
일생을 아들의 반면교사로 산 아버지를
가엾다고 생각한 일도 없다. 그래서
나는 늘 당당하고 떳떳했는데 문득
거울을 보다가 놀란다. 나는 간 곳이 없고
나약하고 소심해진 아버지만이 있어서.
취한 색시를 안고 대낮에 거리를 활보하고,
호기 있게 광산에서 돈을 뿌리던 아버지 대신,
그 거울 속에는 인사동에서도 종로에서도
제대로 기 한번 못 펴고 큰소리 한번 못 치는
늙고 초라한 아버지만이 있다.

– 신경림 「아버지의 그늘」

1.

대학 저학년 때다. 시골서 유학 온 친구와 신경림의 시를 두고 설전을 벌인 일이 있다. 그 친구의 주장은 줄곧 서울서 성장한 내가 신경림의 시를 이해하기란 궁극적으로 불가능하다는 것이었다. 물론 수용하기 어려운 말이었다. 그나 나나 열정에도 못 미치는 문학적 치기로 가득 차 있었기에 쉽게 서로를 용납하지 못했다. 그런데 최근 경상도 산골 출신의 한 선배로부터도 비슷한 이야기를 들었다. 서울 사람들이 신경림의 시를 이해한다면 아마 자신의 반에도 미치지 못할 것이라고.

지금에야 드는 생각이지만 그들의 말에 일말의 진실이 담겨 있었

다. 신경림 시를 설명하는 가장 중요한 요소가 '경험'이라는 생각이
들기 때문이다. 문학이 개인의 경험을 넘어서 보편적인 인간의 정서
를 표현해 내야 한다는, 어느 시나 경험을 바탕으로 창작된다는 문학
개론식 답을 모르는 바 아니지만 신경림 시에서의 경험은 특별한 면
이 있다. 굳이 이름 붙인다면 삶의 구체성이라 부를 수 있겠다. 그는
인간의 내면에 자리하는 공통된 감정에서 시를 풀어나가는 것이 아
니라 현실에서 부딪치는 문제를 제시하고 그것에서 최대한의 감정
파장을 이끌어낸다. 그의 시에서 서사가 느껴지는 것도 이 때문이다.

2.

「아버지의 그늘」 역시 이전 신경림 시의 특성을 그대로 간직하고
있다. 시간이 포함된 이야기 형식, 구체적인 경험, 세계의 중심에 서
지 못한 이들의 뒷모습 등이 여전히 드러나고 구체적인 사실들이 빠
른 속도의 문장으로 나열된다. 그렇게 짜여진 시의 구조는 비교적 단
순하다. 두 연으로 이루어져 첫째 연은 아버지에 대한 기억을 이야기
하고, 둘째 연은 기억 속의 아버지만큼 나이가 든 화자의 현재를 돌
아보고 있다. 웃음에도 슬픔이 묻어나는 예전 시의 강렬함은 없지만
사물을 바라보는 시인의 거리 감각이 느껴진다.

> 툭하면 아버지는 오밤중에 / 취해서 널브러진 색시를 업고 들어왔
> 다. / 어머니는 입을 꾹 다문 채 술국을 끓이고 / 할머니는 집안이 망했
> 다고 종주먹질을 해댔지만, / 며칠이고 집에서 빠져나가지 않는 / 값싼
> 향수내가 나는 싫었다. / 아버지는 종종 장바닥에서 / 품삯을 못 받은

> 광부들한테 멱살을 잡히기도 하고, / 그들과 어울려 엉덩이춤을 추기도
> 했다. / 빚 받으러 와 사랑방에 죽치고 앉아 내게 / 술과 담배 심부름을
> 시키는 화약장수도 있었다

어느 집에서나 아버지는 권위이면서 동시에 극복대상이다. 자라면
서 처음으로 접하는 권위이기에 테제이든 안티테제이든 아버지의 영
향은 자식들에게 절대적일 수밖에 없다. 그 절대적 영향력 때문에 아
버지를 대하는 자식의 태도는 稚氣를 띠기도 한다. 권위에 권위로 맞
설 수 없을 때 치기는 그 권위를 비켜갈 수 있기 때문이다. 이 시의
첫째 연을 이끌어 가는 힘은 화자의 이러한 치기이다. 아버지의 부정
적인 모습을 나열하고 있지만 아버지가 밉다거나 싫다는 언급은 찾
을 수 없다. 색시가 일으키는 제반 문제보다 그 향수 냄새가 싫었던
것이고, 빚을 지고 도망 다니는 아버지를 미워하기보다 낯모르는 아
저씨들의 술과 담배 심부름이 싫었다고 말한다. 화자는 아버지에게
직접 화살을 겨누는 것이 아니라 아버지를 둘러싼 몇몇 경험들에 대
해 투덜거리고 있는 것이다.

마음에 차지 않는 아버지의 모습을 기억한 후 화자는 어느새 아버
지가 되어버린 자신의 현재를 발견한다. 굳이 현재를 강조하는 이유
는 이 시가 아들의 모습에 투영된 아버지를 이야기하기 때문이다. 반
대로 아버지의 모습을 간직한 아들을 그리고 있기 때문이다. 그래서
시제도 과거에서 현재로 돌아선다.

> [……] 일생을 아들의 반면교사로 산 아버지를 / 가엾다고 생각한
> 일도 없다. 그래서 / 나는 늘 당당하고 떳떳했는데 문득 / 거울을 보다
> 가 놀란다. 나는 간 곳이 없고 / 나약하고 소심해진 아버지만이 있어서,
> / 취한 색시를 안고 대낮에 거리를 활보하고, / 호기 있게 광산에서 돈
> 을 뿌리던 아버지 대신, / 그 거울 속에는 인사동에서도 종로에서도 /

제대로 기 한번 못 펴고 큰소리 한번 못 치는 / 늙고 초라한 아버지만
이 있다.

    아버지의 모습에 대해, 더 정확하게는 자신이 기억하는 아버지에
대해 치기 어린 목소리로 투덜거리던 화자가 자신을 돌아보고 있다.
이 시에서 자신을 돌아보는 행위는 거의 깨달음에 가깝다. 그 깨달음
을 위해 '거울'의 이미지가 중요하게 사용된다. 거울 속에 비친 그는
아버지가 가지고 있던 호기마저 잃어버린 나약하고 소심한 사람이다.
그러나 화자의 거울 속에는 이상의 시에서처럼 '무척 말이 없는 왼손
잡이'가 살고 있다. 그래서 모두가 반대이고, 반대이기에 그 속에서
참된 나를 발견할 수 있다. 거울 속에서 좌우가 바뀌어 있는 영상이
'나'이듯, 전혀 다른 것처럼 보이는 아버지의 모습도 결국 현재의 나
와 다르지 않다는 생각을 추론해 낼 수 있다. 이와 같은 거울에 대한
암시는 '반면교사'라는 시어로도 어느 정도 예상되었다. 反이든 半이
든 화자의 현재는 아버지의 모습이 드리운 그늘이기도 한 것이었다.
아버지는 나의 불화의 대상이 아니라 아직까지 드리워져 있는 그늘
이었다(사실 권위가 누추해지는 과정이 애처롭고 안타깝게 보일 수는 있을
지언정 그것 때문에 아버지와 자식이 불화를 일으키기는 궁극적으로 불가능
할 것이다).
    그렇다면 첫 연을 읽고 떠오르는, 화자가 과연 아버지를 미워했을
까 하는 질문은 무의미하다. 이 시는 아버지와 아들 세대에 대한 이
야기가 아니기 때문이다. 어렵게 살아온 우리 아버지들의 모습을 이
해하고 사랑하게 되는 깨달음이 시의 핵심이다. 시인은 앞모습만 보
아오던 그들의 뒷모습까지 이해해야 한다고, 이해할 수 있다고 말하
고 있다. 그 때문에 첫 연의 거의 모든 진술은 둘째 연에서 번복된
다. 자신이 초라해진 후에 화자가 보는 아버지는 '품삯을 못 받은 광

부들'한테 멱살을 잡히기도 했지만 흥이 나면 '그들과 어울려 엉덩이 춤을 추기도' 하는 살아있는 인물이었다. 현실의 어려움 속에서도 흥을 안고 살아가는 민중의 한 사람이었다. 노름이나 색시문제로 늘 골칫거리였던 행실도 어찌 보면 '대낮에 거리를 활보하고', '호기 있게 광산에서 돈을 뿌리던' 활기찬 일상의 다른 말이었다.

이처럼 몇 가지 시어들만 이해하면 이 시는 쉽게 읽힌다. 경험의 내용이 그리 특별하지 않아서이다. 구조 역시 단순한 이분법적인 대조를 이룬다. 1연과 2연, 아버지의 부정적 모습과 긍정적 모습, 아버지의 모습과 아들의 모습은 매우 평이한 대립구조를 만들어낸다. 거울의 이미지 역시 안과 밖을 대조할 수밖에 없기에 그렇지 않아도 평이한 구조를 더 단순화한다. 거기에 '그래서', '문득', '있어서', '활보하고', '아버지 대신'으로 이어지는 통사구조나 속도의 변화 역시 주제를 드러내고자 하는 시인의 의사를 쉽게 드러낸다.

물론 편안하게 읽힌다고 해서 곧 뛰어난 시가 되는 것은 아니다. 경험을 선명하게 해주고 의미 전달을 명확히 하는 장점에도 불구하고 평이함은 다양한 해석과 감상이라는 시의 기본 조건을 침해할 수도 있다. 그러나 허우적거리며 산 아버지 세대의 모습을 기억하는 사람에게 이 시가 주는 감동은 작지 않을 것이다. 가난하고 불안하던 아버지 세대를 극복하기 위해 노력한 흔적을 보았던 이들도 이 시의 서사에 동의할 것이다. 비록 다양한 해석 가능성이 주는 복잡한 서정은 적을지라도 우리들의 쓸쓸한 뒷모습에 대해 다시 생각해 볼 수 있게 하는 시이다.

잡히지 않는, 혹은 부정으로 존재하는

그것은 나에게 없습니다
당신에게도 없습니다
그것은 그것에도 없습니다
예전에도 없었고 앞으로도 없을
그것은

당신과 나 사이에 있습니다
보시다시피 여기에 늘 이렇게 있습니다
6과 7 사이
6과 6 사이에 있습니다
존재와 언어 사이를 지나

환상과 현실 사이로 가볼까요
팔 하나에 손가락 다섯
하나의 가슴에 젖꼭지 둘
(이 환상적인 진화가 시큰둥하다면)
예쁜 배꼽에
피어싱 셋
배꼽에 매달려 달랑거리는 고리

고리에 매달려
달랑거리는 허공
이렇게 한없이 꼬리를 물고 이어지는 그것은

아이가 다가가 꼬리를 쓰다듬자
자신이 다람쥐라는 사실을 잊고 있다가
소스라치게 놀라 달아나는
가을처럼

그것은

– 장경린 「나는 부분의 합보다 크다 아니 작다 11」

불교에서 자주 사용하는 용어에 '空'이 있다. '空'은 '色則空, 空則色'으로 표현되기도 하는데 緣起를 중시하는 불교의 중심 사상으로 알려져 있다. '空'의 사상으로 보면 하나의 현상은 거기에 대립하는 현상을 전제로 하며, 그 대립하는 현상을 부정함으로써 하나의 현상은 성립한다. 따라서 현상 그 자체는 그것으로서 인식할 수 있는 것이 아니다. 어떠한 개념으로도 그것을 직접 표현할 수 없으며, 다만 부정적으로 표현할 수밖에 없다. 이는 언어가 가진 제한을 인정하는 것이기도 한데 말로써 표현하고 규정짓는 것을 피하려는 태도를 엿볼 수 있다.

굳이 어려운 종교적 깨달음이나 철학적 명제가 아니더라도 존재하는 것과 존재하지 않는 것(또는 보이는 것과 보이지 않는 것)의 경계가 애매한 경우가 많다. 오히려 그 경계를 통해서만이 인식되는 것들도 있다. 우리가 일상에서 만나는 사물 모두가 존재와 비존재 사이에 있고 현실과 비현실 사이에 존재하는지도 모른다.

장경린의 시 「나는 부분의 합보다 크다 아니 작다 11」은 불교의

‘空’을 떠올리게 하는 시이다. 그러면서도 관념적이라기보다 구체적인 현실을 이야기하는 듯한 느낌을 준다. 찾고 있는 ‘그것’이 무엇인지 알 수는 없지만 그 존재를 이야기하는 시인의 목소리가 들떠 있거나 과장되어 있지 않기 때문이다. 평이한 시 구성도 자칫 무거워지기 쉬운 주제를 친숙하게 만든다.

시는 막연하지만 시인이 찾고 있는 ‘그것’에 대해 말하면서 시작한다. 첫 연에서는 ‘그것’이 없는 곳을 말하고 둘째 연에서는 ‘그것’이 있는 곳을 말한다. ‘나’에게 없고 ‘당신’에게 없으니 우리에게 없는 것은 당연한데 심지어 존재한다고 믿어서 붙인 이름인 ‘그것’에도 ‘그것’은 없다고 말한다. 현재의 ‘그것’에 없을 뿐 아니라 예전에도 없었고 앞으로도 없다고 말하니 그 존재는 과연 ‘있는’ 존재인지도 의심스럽다. 그렇다면 ‘그것’은 왜 없는가? 장소가 문제가 아니라 그것을 있다고 믿고 이름을 붙이려 하는 태도가 문제이다. 그것은 있다고 생각할 때 없어지고 마는 것이기 때문이다. 둘째 연에서는 ‘있음’에 대해 말하는데, ‘그것’은 당신과 나 누구에도 속하지 않는 ‘사이’에 있다고 말한다. ‘늘 이렇게 있었’다고도 한다. 어디에서 속하지 않는 한 언제나 있었다는 말이 되겠다. 6과 7의 사이처럼 눈에 보이는 ‘사이’에도 있고 6과 6의 사이처럼 보이지 않는 ‘사이’에도 있다. 언어로 지정하여 그곳이라고 정하지 않는 곳에 존재하는 것이다. 결론적으로 ‘그것’은 ‘존재와 언어 사이’에 있고, 존재나 언어에는 없다고 할 수 있다.

> 환상과 현실 사이로 가볼까요
> 팔 하나에 손가락 다섯
> 하나의 가슴에 젖꼭지 둘
> (이 환상적인 진화가 시큰둥하다면)

　　예쁜 배꼽에
　　피어싱 셋
　　배꼽에 매달려 달랑거리는 고리
　　고리에 매달려
　　달랑거리는 허공
　　이렇게 한없이 꼬리를 물고 이어지는 그것은

　이어지는 연에서 '그것'이 존재하는 곳은 환상과 현실 사이이다. 시인은 "팔 하나에 손가락 다섯 / 하나의 가슴에 젖꼭지 둘"을 '환상적인 진화'라고 표현했다. '배꼽'과 '피어싱 셋' 역시 거기에 속한다. 팔과 손가락, 가슴과 젖꼭지 그리고 배꼽과 피어싱의 관계가 환상적인 이유는 그것이 현실과 환상 사이에 있기 때문일 것이다. 그런데 실제 이런 관계들은 일상에서 전혀 환상적으로 느껴지지 않는다. 당연한 현상으로 여겨질 뿐이다. 그 당연한 현상에서 발견하는 환상이란 인과의 단절을 의미한다고 볼 수 있다. 이 시에서는 그 무연함을 숫자로 표현했는데 하나와 다섯, 하나와 둘, 그리고 하나와 셋이라는 관계가 그것이다. 나아가 예쁜 배꼽에서 금속성 피이싱 그리고 허공으로 이어지는 연관도 '현실'적이기 보다 '환상'적이다. 이 무연 사이에서 시인은 '그것'을 발견한다. 구체적으로 제시된 것들에 연속에 그치지 않고 '한없이 꼬리를 물고 이어지는' 현상에 주목한다면 이것은 존재와 언어의 규정력을 넘어선 곳에 속하는 것이 된다.

　　아이가 다가가 꼬리를 쓰다듬자
　　자신이 다람쥐라는 사실을 잊고 있다가
　　소스라치게 놀라 달아나는
　　가을처럼

　　그것은

궁극적으로 '그것'이 있는 곳은 자연이다. 스스로 그러하여 자신을 잊는 것이 자연이라면 그것 역시 있음과 없음의 사이라고 할 수 있다. 환상과 현실의 사이만이 아니라 환상과 현실의 경계가 지워지는 지점을 말하는 셈이다. 위의 표현대로 하자면 '자신이 다람쥐라는 사실'을 잊을 정도의 상태이며 사실을 깨달으면서 '소스라치게 놀라 달아나는' 지경이다. 이런 풍경을 시인은 또 '가을'이라고 표현한다. 이 시의 용어를 빌어 표현하면 가을은 환상적인 진화가 이루어지는 시기이다. 아름다움으로 사물이 자신의 존재를 바꾸어가고 삶과 죽음, 있음과 없음, 열매와 조락이 무수히 변해가는 시기가 가을이다. 그러면서도 가을은 자연으로 그 변화를 만들어낸다. '그것'을 가을과 같다고 말하면서도 시인은 시를 여기서 멈추지 않는다. 자연이 그렇듯 이렇게 '그것'에 대해 말하더라도 멈추어서는 안 되기 때문이다. '그것'은 계속적으로 '사이'에 위치하고 변화하고 상대에 의해 규정되는 것이기에 시는 마무리가 없이 이어져야 한다. 생각이 어디로 옮겨가야 할 지 시인과 독자는 계속 그것을 머리 속에 그려보아야 할 것이다.

이렇게 시를 읽어도 '그것'이 무엇인지는 명확하지 않다. 명확하지 않은 상태로 의문을 남겨주지 않는다면 이 시의 매력은 반감되었을 것임에 틀림이 없다. '그것'이 모든 것의 사이에 있듯이 '그것'이 무엇인지를 언어로 표현해 버리면 '그것'에 대한 의문과 '그것'을 추구하고자 하는 의지 모두 없어지고 말 것이기 때문이다. 이 시의 목적이 일상에서 벗어나 주변에 대한 새로운 사고를 일깨우는데 있다면 이런 의지는 성공하고 있는 셈이다.

'제 살 깎기'라는 운명

1.

일과를 마치고 집으로 가는 삼십대 중반의 어느 날, 성모 병원 앞 도로 한 복판에서 덜컹거리며 차가 서버렸다. 우스웠다. 엑셀레이터나 브레이크만으로도 마음대로 가다 서다 할 수 있다고 믿었던, 깜박이 하나로 원하는 모든 길을 선택할 수 있다고 믿었던 많은 날들이 주저앉고 만 셈이다. 이 넓은 길에서 날 오도 가도 못하도록 만드는 이 힘은 무엇일까. 가을날 저녁. 견인차를 따라 나는 길을 벗어난다.

2.

버둥거리는 차를 머리 위로 들어올려 오토밋숑을 내렸다. 붉은 오일을 철철 흘리며 본네트 속 아수라 같은 세상에서 오토밋숑 즉 자동변속기가 내려왔다. 제 몸을 깎고 마모시키면서 반드시 자동이어야 했던 운명도 스스로에게는 자동일 수가 없는 것이었을까. 기계의 삶에도 부양할 가족이 있다는 것이 두렵다. 아니 그들도 어쩔 수 없을 때에는 목숨을 버린다는 사실이 뭐 그리 대단한 일인가. 생경스럽게 아주 낯설게 사람의 밤이 오고 있다.

3.

견적서에 견인되는 삶. 수많은 갈림길에서 나를 이끄는 이 사소함

으로 값싼 중고 부품이 올라갔다. 이제 차는 1단에서 4단으로 혹은 후
진으로 다시 자동일 텐데 마음은 폐차 같다. 언젠가 오르막으로 내리
막으로 내 힘겨울 때 등을 밀고 손을 잡아준 것은 당신의 눈물과 기나
긴 나의 고독이 아니라 흠집투성이로 버려진 폐기물들의 소모된 영혼
은 아니었는지. 나는 다시 지도를 보며 집을 찾아가겠지만 피칠갑의
작업대 위에 제 몸 헤쳐 보이며 완전 분해를 기다리는 기계 덩어리,
그것의 채 식지 않은 체온이 아직 따뜻할 것 같아서 두고 가려는 마음
에 눈물진다.

— 심재휘 「자동 변속 기어」

　심재휘의 시에서는 신인의 소박함이 느껴진다. 습작 경험이나 나
이, 경력 등을 떠나 그의 시에는 처음으로 시를 쓰기 시작하는 문학
청년의 순수함이 남아있다. 마음을 크게 다쳐보지 않은, 타고난 순진
한 마음결을 다치기 싫어하는, 시인의 여린 내면을 읽을 수 있다. 따
라서 그의 시에서 진저리처지는 고통이나 위악적인 포즈를 발견하기
는 어렵다. 험한 세상과 전면적으로 대결하기에는 미처 마음이 다져
지지 않은 연약한 화자의 작은 상처들을 볼 수 있을 뿐이다.
　그의 시는 강한 의지나 관념을 내세우기보다 조심스럽게 사물에
접근하고 그 사물에서 시인의 심리를 추출해내는 순서를 밟는다. 그
조심스러움이 연약함과 상관되기도 하지만, 다른 한편으로는 시인을
신뢰할 수 있는 최소한의 근거를 제공하기도 한다. 심재휘의 시에는
깊이를 가장하여 정리되지 않은 고민을 사변적으로 늘어놓을 위험이
전혀 없기 때문이다. 비록 거대한 담론을 설교하지 못하더라도 사실
들을 솔직하고 섬세하게 전달하기에는 부족함이 없는 시로 평가할
수 있다.
　물론 이러한 제 특징들은 세계를 보는 시의 폭과 깊이를 제한하기
도 한다. 연약한 화자가 만나는 세상은 분석되거나 이해되는 곳이 아

니라 느끼고 가슴 아파해야 할 대상이기 때문이다. 일상에서 주어지는 자극에 민감한 반응을 보이기는 쉽지만 일상 밖에 존재하는 관념적 상상에는 제한을 받게 된다. 다 자라버린 어른들이 무심히 보아 넘길 일들에 대해 민감히 반응할 수 있는 예민한 촉수를 가진 반면 삶을 아우르는(혹은 시 전체를 아우르는) 하나의 정조를 만들어내는 데는 한계를 가질 수밖에 없다. 삶의 강렬한 경험에 못 미치는 안락한 상처를 이야기하고 있다는 공격을 받을 수도 있다.

시인이 작고 미세한 자극에 민감한 만큼 시가 시작되는 계기 역시 아주 사소한 일상에서 발견된다. 「자동 변속 기어」는 '일과를 마치고 집으로 가는 삼십대 중반의 어는 날'에 가해지는 비일상의 경험에서 출발한다. 보통 일상이 주는 느낌은 무료함과 동시에 편안함이기도 한데, 그 편안함이 어긋나는 자리에서 시적 깨달음이 발생한다. 관성화 되다시피 한 일상에서 잊고 지내는 자신에 대한 되돌아봄이 가능하기 때문이다.

'엑셀레이터나 브레이크' 혹은 '깜박이 하나'로 쉽게 유지되던 생활이 깨어진 어느 날은 그래서 사소하지만 중요하다. 덜컹이며 서버린 차는 도로 한복판에서 자동차가 아닌 '나'를 주저앉게 만들었다. 여기서 일상의 시간은 멈춘다. 시간이 멈춘 곳에서 시가 시작됨은 상식이다. 그런데 문제는 주저앉았다는 사실이 주는 낭패감에 있는 것이 아니라 주저앉은 '나'가 힘든 일상에서 언제나 침몰의 가능성을 가지고 있었다는 점에 있다. 사실의 중요성을 말함이 아니라 '믿었던 날들이' 무너졌다는 충격이 화자에게는 더 심각하다. 삼십대 중반의 평범한 생활이 너무도 안전하게 느껴졌지만 그 안전함이 자신을 마모하는 제 살 깎기의 과정이었음을 이제 깨닫는 것이다. 이 상황을 화자는 우습다고 표현한다. 이는 당혹스러움의 다른 표현일 수도 있고, 한심한 상황에 대한 자탄일 수도 있다. 일상이 깨어진 지금 살아

가는 일을 그렇게 쉽다고 생각하고 지내왔던 날들이 화자에게는 자
못 새삼스럽다.

이러한 느낌은 속을 드러낸 본네트를 들여다보는 시인의 감정을
따라가 볼 때 더욱 두드러진다.

> [……] 붉은 오일을 철철 흘리며 본네트 속 아수라 같은 세상에서
> 오토밋숑 즉 자동변속기가 내려왔다. 제 몸을 깎고 마모시키면서 반드
> 시 자동이어야 했던 운명도 스스로에게는 자동일 수가 없는 것이었을
> 까. 기계의 삶에도 부양할 가족이 있다는 것이 두렵다. 아니 그들도
> 어쩔 수 없을 때에는 목숨을 버린다는 사실이 뭐 그리 대단한 일인가.
> [……]

작은 사실들을 평범하게 지나치지 않는 시인의 특징이 잘 드러나
는 부분이다. '버둥거리는 차', '붉은 오일을 철철 흘리며', '본네트
속 아수라', '자동이어야 했던 운명', '기계의 삶에도 부양할 가족이
있다' 등의 표현은 평범한 감각으로는 찾아내기 어려운 시어들이다.
차 속의 세상을 마치 화자가 살아가는 공간마냥 묘사하고 한껏 감각
적인 언어들을 동원한다. 화자는 자기의 속을 들여다보듯이 조금은
참담한 감정이 되어 자동차의 심장부를 들여다본다.

특히 자동 변속기에 대한 묘사에 있어서는 처절한 지경으로 이끌
어가려는 의도마저 엿보인다. 이는 자동차에서 자동변속기의 역할을
삼십대 중반의 화자와 연결하려는 의도이기도 하다. 낡아서 가라앉은
자동 변속기가 '제 몸을 깎고 마모' 시키면서 살아왔다면 가라앉을
가능성은 늘 존재했던 것이다. 그 마모는 어쩔 수 없는 것일 텐데 시
에서는 '부양할 가족'으로 상징된다. 부양할 가족 앞에서 목숨을 버
리는 것은 하나도 위대하지도 이상하지도 않은 일이다. 자동변속기어
가 가진 스스로의 책임에 비해 마모에서 오는 슬픔의 깊이가 무어

그리 대단하겠는가 하는 생각이다. 기계에게도 그것은 '운명'처럼 늘 따라다니는 것이 아니었던가. 어차피 자신을 위하는 것이 목적은 아니었다.

위의 인용에서 집중되는 시어가 '두렵다'임에 틀림이 없지만 두려움에서 시인의 감정이 그치는 것은 아니다. 시인은 그 두려움이 그리 대단하지 않다고 말하는 성숙함을 보여준다. 물론 그것이 두려움을 완전히 극복한 경지라고 쉽게 단정할 수는 없지만 탈출을 꿈꾸는 비겁함만은 벗어난다. '목숨'을 대단하지 않다고 말하면서 화자는 씁쓸히 자신의 처지를 되씹는지 모른다. 이러한 저간 사정이 당연하게 받아들여지기에 그것을 몰각하고 살아가는 인간의 삶이 오히려 생경하고 낯설게 느껴질 수 있는 것이다.

> [······] 이제 차는 1단에서 4단으로 혹은 후진으로 다시 자동일텐데 마음은 폐차같다. 언젠가 오르막으로 내리막으로 내 힘겨울 때 등을 밀고 손을 잡아준 것은 당신의 눈물과 기나긴 나의 고독이 아니라 흠집투성이로 버려진 폐기물들의 소모된 영혼은 아니었는지. [······]

우리의 일상을 이끌어지는 힘은 무엇인가. 나를 거리에 나앉게 하지 않고 무사히 집으로 돌아갈 수 있게 해주는 추동력은 무엇인가. 이 시는 그것에 대해 말하고자 하였다. 그 답은 거창한 데 있지 않다. '당신의 눈물', '나의 고독'이 아니라 폐기물들의 소모된 영혼이라고 말하는 부분이 소박한 결론이다. 눈물과 고독이 화려하고 표면적이라면 아무도 거들떠보지 않는 자동변속기어의 역할은 눈에 보이지 않는다. 잘 보이지 않는 것에 소모된 영혼이란 이름을 붙이고 시인은 '피 칠갑의 작업대 위에 제 몸 헤쳐 보이며 완전 분해를 기다리는 기계덩어리'의 체온에 여전히 마음을 두고 있다. 사실 소모되지 않고는 아무 것도 이루지 못한다. 특히 누구에게 사랑을 베풀 수는 없다. 이런 단순한 진리를 깨닫기 위해 이 시는 길게 달려왔다.

밋숑을 갈아서 자동차가 제 역할을 다할 수 있듯 일상에서 잠시 벗어났던 화자의 삶도 이제 제 자리를 찾는다. 시에서 멈추었던 시간도 다시 흐르기 시작할 것이다. 잠시 동안은 브레이크나 깜박이만으로도 어려움 없이 지낼 수 있으리라 짐작할 수 있다. 그러나 마음에 남는 상처는 깨끗이 지워질 수 없다. 시인은 자동변속기어가 들어 내지던 경험을 잊을 수 없기 때문이다. 새로 바뀐 자동차도 견적서에 견인되는 삶이기에, 중고품으로 갈아 끼워지고, 언제 주저앉을지 모르는 위험을 계속 안고 달려야 한다. 그렇다면 이제 이 시가 제 살을 깎으며 살고 있는, 그렇다고 느끼는, 삼십대 중반의 시인 자신을 노래한다고 해도 지나친 비약은 아닐 것이다.

고향과 건강한 삶에 대한 기억

추석날 천리길 고향에 내려가
너무 늙어 앞도 잘 보지 못하는
할머니의 손톱과 발톱을 깎아드린다
어느덧 산국화 냄새 나는 팔순 할머니
팔십평생 행여 풀여치 하나 밟을세라
안절부절 허리 굽혀 살아오신 할머니
추석날 천리길 고향에 내려가
할머니의 손톱과 발톱을 깎아주면서
언제나 변함없는 대밭을 바라본다
돌아가신 할아버님이 그렇게 소중히 가꾸신 대밭
대밭이 죽으면 집안과 나라가 망한다고
가는 해마다 거름주고 오는 해마다 거름주며
죽순 하나 뽑지 못하게 하시던 할아버님
할아버님의 흰 옷자락을 그리워하며
그 시절 도깨비들이 춤추던 대밭을 바라본다
너무 늙어 앞도 잘 보지 못하는
할머니의 손톱과 발톱을 깎아주면서
강강술래 나는 논이 되고 싶었다
강강술래 나는 밭이 되고 싶었다.

— 김준태 「강강술래」

농업이 전체 산업에서 차지하는 비중이 점점 낮아지고 인구마저 매년 줄어드는 현실이지만 여전히 도시인들에게 농촌은 고향의 이미지로 남아 있다. 명절 때마다 고속도로를 매우는 자동차들의 행렬을 굳이 지적하지 않더라고 고향을 향한 우리 민족의 그리움에는 특별한 면이 있는 듯 하다. 마음속의 고향에는 일상의 고된 삶을 쉴 부모가 계시고, 몸에 든 탁한 공기를 씻어줄 산과 강이 있다. 낮잠이 절로 오는 선선한 사랑방이 있고, 논둑길 밭둑길이 산 밑까지 펼쳐져 있게 마련이다.

그러나 실제 농촌의 현실은 이런 낭만적 풍경과는 거리가 멀다. 젊은이들을 찾아볼 수 없는 들녘에서 활기는 사라져가고 토양과 강은 이미 오염되기 시작했다. 그나마 남아 있는 아름다운 풍경은 도시의 자동차들과 별장에 점령당한 지 오래다. 반대로 농촌 사람들은 도시로의 탈출을 꿈꾼다. 이렇듯 마음속에서는 언제나 아름다운 낙원이지만 뿌리 내리고 살기에는 주저되는 곳, 모순된 감정을 낳는 땅, 그곳이 우리의 농촌이다.

「강강술래」는 이러한 농촌을 배경으로 쓴 시이다. 화자는 할머니 할아버지에 대한 추억을 통해 보통의 농촌 사람들이 얼마나 건강하게 살아왔는가를 보여준다. 그리고 그러한 삶이 사라져 가는 농촌의 현실을 안타까워한다. 여기서 건강함이란 타인에 대한 배려와 자신의 삶에 대한 겸손한 태도를 이르는 말이다. 언제 한번 빛나게 남 앞에 나서 보지도 못했지만 털끝 하나 타인을 해코지 하지도 않으면서 조용히 살아온 그들의 생을 잔잔히 들려주는 시이다.

천리 길 고향을 찾아온 손자가 늙으신 할머니의 손톱을 깎아드리는 데서 시는 시작한다. 농촌에서 평생을 살아오신 할머니 할아버지의 인생을 손자인 '화자'의 관점에서 돌아본다. '너무 늙어 앞도 잘 보지 못하는' 할머니는 '풀여치 하나 밟을 세라' 세상을 조심조심 살아오신 분이다. 죄 진 것 없이도 모든 일에 소심하기만 했던 우리 어머니, 할머니들의 모습이다. '안절부절 허리 굽혀'야만 그나마 평안한 삶을 영위할 수 있었던 것이 그분들의 현실이었다. 현실을 운명처럼 받아들이며 고생을 자기만의 것으로 견디며 내색 없이 살아온 많은 사람들의 생을 쉽게 연상할 수 있다. 이어 평생 대밭을 정성으로 가꾸시던 할아버지에 대한 기억이 계속된다. 날마다 거름 주며 대밭을 가꾸신 할아버지는 '대밭이 죽으면 집안과 나라가 망한다고' 믿고 계셨다. 여기서 믿음의 진위는 전혀 중요하지 않다(또, 진위를 밝힐 필요도 없다). 그 믿음을 위해 쏟으신 할아버지의 정성만이 새삼스러운 의미를 지닐 뿐이다. 할아버지는 행여 세상에 걱정이 있을까 두려워 '죽순 하나 뽑지 못하게' 노심초사 하셨던 분이다. 어떤 일에건 이러한 정성이 하늘을 감동시킨다고 그렇게 살아가는 것이 바른 인생이라고 생각하시던 순박한 어른이시다. 힘없이 살아가신 만큼 세상을 위해 할 수 있는 일도 적었던 분이겠지만 가능한 범위 내에서 모든 일을 실천하신 분이다. 그런 삶의 건강성을 누구도 부정하지 못할 것이다.

할머니에게서 나는 '산국화 냄새'는 소박하고 질박한 그분의 삶과 직접 관계된다. 산국화는 화려하지 않지만 은근하고 오랫동안 남는 향기를 뿜는다. 이에 비해 할아버지에 대한 기억은 '흰 옷자락'으로 남아 있다. 일반 백성들이 입었던 白衣에서는 평범하지만 정감 어린 시골 노인의 모습이 연상된다. 시인은 여기서 할머니를 후각으로 할아버지를 시각으로 표현해 그들 삶의 성격까지 전달하려 한다. 은근함과 명확함, 수동과 능동의 대비가 자연스럽게 이루어진다. 이런 할머니 할아버지가 살았던 농촌은 화자에게 설화의 공간처럼 아늑하게 느껴진다. 때문에 '도깨비들이 춤추던', '그 시절'의 대밭 풍경이 비현실적이라거나 허무맹랑하다는 느낌을 주지 않는다. 할머니 할아버지가 젊었던 시절, 농촌이 활기에 넘치던 시절에 대한 그리움이 절실하게 드러날 뿐이다.

과거를 그리워하는 심리의 하나는 현재의 불만을 위안 받기 위한 것이다. 이 시의 경우도 여기에 해당한다. 시가 시작되는 상황은 '너무 늙어 앞도 잘 보지 못하는' 할머니의 손톱을 깎아 주는 것이다. 농촌을 지키는 분들이 그렇게 늙었듯이 농촌도 함께 늙어버렸다. 시의 화자 역시 천리나 떨어진 외지에서 명절날이나 고향을 찾아오는 사람이 되어버렸다. 이런 변화는 첫째 행에서부터 예상되었다. 화자는 고향에 '내려온' 것이 아니라 '내려간'다고 말한다. 화자의 중심은 이미 천리 먼 타향에 놓여 있는 셈이다. 할머니처럼 '앞을 잘 보지 못하는' 분들이 지키고 있는 농촌과 아름다웠던 기억 속의 풍경, 그 풍경을 떠난 화자가 대조된다.

고향이 황폐해져서 사람들이 떠난 것인지 사람들이 떠나서 고향이 황폐해진 것인지를 따지기는 어렵다. 다만 고향을 떠난 사람들의 마음속에 고향이 남아 있는 것으로 보아 그들을 고향 밖으로 나가게 한 어떤 원인이 존재했을 것이란 짐작은 가능하다. '논이 되고 싶었다' '밭이 되고 싶었다'는 이런 심정을 표현한 것이다. 이루지 못한 소망과 관계된 것이기에 이는 하나의 슬픔일 수 있다. 할머니의 늙으신 모습을 보고 느낀 슬픔에 고향을 떠나야 했던 사정이 다른 슬픔으로 더해진 것이다. 그러나 이 슬픔을 다루는 방식은 전혀 과격하지 않다. 놀이 속에서 자연스런 승화를 시도한다. 추석 보름달을 보고 강강술래를 돌듯이 슬픔과 아쉬움을 낮을 목소리로 떨쳐 버리려 한다. 여기에 할머니와 할아버지의 겸손한 삶이 배경으로 드리워져 현실의 치열함을 잠시 잊는데 기여한다.

화자의 할머니 할아버지를 추억하는 형식이라고 해서 이 시가 특별히 한 가족의 이야기에 그치는 것은 아니다. 이 시는 오랫동안 우리의 농촌, 우리의 땅을 지키며 살다 간 수많은 할머니 할아버지의 생을 아우르는 이야기이다. 흙에 뿌리를 대고 살았던 농촌의 어른들이라면 누구라고 그렇게 살아왔으리라는 개연성이 확보되기 때문이다. 그들을 기억하는 화자의 위치와 고민은 과거에만 닿아 있는 것이 아니라 현재의 농촌을 이해하는 데도 도움을 준다. 문학이 구체적 경험에서 출발해 일반적 사실로 의미 확대를 기도하는 것이라면 이 시는 일단 성공하고 있는 셈이다. 우리는 「강강술래」에서 관념적으로 만들어진 농촌이 아니라 할머니 할아버지의 땀이 묻어 있는 잃어버린 고향을 발견하게 되는 것이다.

저자 김한식

문학평론가
고려대학교 국어국문학과 및 동 대학원 졸업(문학박사)
현 상명대학교 한국어문학과 교수
1997년 <작가세계> 신인상 평론부문 수상으로 등단

저서에 <현대문학의 경험과 형상>, <현대소설과 일상성>
    <현대소설의 이론> 등이 있다.

역락비평신서 7

서정시의 운명

인　쇄　2006년 9월 5일
발　행　2006년 9월 12일
지은이　김한식
펴낸이　이대현
편　집　박소정
펴낸곳　도서출판 **역락**
　　　서울 성동구 성수2가 3동 301-80
　　　(주)지시코 별관 3층
　　　전화 3409-2058, 3409-2060
　　　FAX 3409-2059
　　　홈페이지 http://www.youkrack.com
　　　이메일 youkrack@hanmail.net
　　　등록 1999년 4월 19일 제303-2002-000014호

ISBN　89-5556-498-8-03810
정　가　16,000원

* 잘못된 책은 교환해 드립니다.

이 책은 한국문화예술위원회가 선정한 우수문학도서로
국무총리복권위원회의 복권기금을 지원받아 무료로 제공합니다.
(참조 : www.for-munhak.or.kr)